爱是生命的呼吸

王文澜◎著

爱是生活在这个世界的生命得以青春焕发、四季常青的阳光雨露；
爱是人性的渴望，爱是生命的呼吸。

中国文联出版社
http://www.clapnet.cn

图书在版编目（CIP）数据

爱是生命的呼吸 / 王文澜著. -- 北京：中国文联
出版社，2015.6
ISBN 978 - 7 - 5059 - 9974 - 9

Ⅰ.①爱… Ⅱ.①王… Ⅲ.①短篇小说—小说集—中
国—当代 Ⅳ.①I247.7

中国版本图书馆 CIP 数据核字（2015）第 126640 号

爱是生命的呼吸

作　　者：王文澜

出 版 人：朱　庆

终 审 人：朱彦玲　　　　　　复 审 人：蒋　泥

责任编辑：蒋爱民　褚雅越　　责任校对：傅泉泽

封面设计：中联华文　　　　　责任印制：陈　晨

出版发行：中国文联出版社

地　　址：北京市朝阳区农展馆南里 10 号，100125

电　　话：010 - 65389152（咨询）65067803（发行）65389150（邮购）

传　　真：010 - 65933115（总编室），010 - 65033859（发行部）

网　　址：http：//www. clapenet. cn

E - mail：clap@ clapnet. cn　　chuyy@ clapnet. cn

印　　刷：北京天正元印务有限公司

装　　订：北京天正元印务有限公司

法律顾问：北京市天驰洪范律师事务所徐波律师

本书如有破损、缺页、装订错误，请与本社联系调换

开　　本：710×1000　　　　　　1/16

字　　数：245 千字　　　　　　印　张：16

版　　次：2015 年 7 月第 1 版　　印　次：2015 年 7 月第 1 次印刷

书　　号：ISBN 978 - 7 - 5059 - 9974 - 9

定　　价：48.00 元

爱是人性的渴望，爱是生命的呼吸

——作者

目 录
CONTENTS

世相篇

蒲松龄的一天

2014 贺岁幽默小说

1

初冬时节。清晨，天空一片透亮。

今年冬天的空气质量可真是好极了，这在蒲松龄生活了几十年的这座城市简直是罕见的。

天是如此的澄亮，可太阳公公就像是患了富家公子的懒散病——时辰过了还迟迟不见升起。老蒲心想，这太阳老儿可能昨晚跟那位新小三儿亲嘴聊天聊久了，睡过了头，忘了上班的时间了。

穿好衣服去户外散步。出了大门，使劲儿吸了两口新鲜的空气，老蒲顿时有种神清气爽的感觉。

花园边遇到那只不无世故的大花猫——花老大。花老大正迈着绝对轻盈、标准的猫步，盯着正前方，眼睛直勾勾，无声无息，缓缓而行。见此，蒲松龄朝猫直视的远处一看，发现前面二十米处有一只晨光里聚精觅食的小鸽子。

你看那花老大，停下来，瞪大眼睛，又眯缝眼儿皱了皱眉头，然后重又瞪大眼睛，"嗖——"的一下，扑了过去……

就在猫扑过去的同时，小鸽子扑棱棱棱棱棱，飞到了旁边的屋顶。

喘着粗气惊魂未定的鸽子，居高临下望着若无其事无赖一般的老猫，愤愤然骂道："花老大，臭流氓！狗强盗！你个不要脸的东西！你个千刀万剐被车撞碎脑袋压断狗腿不得好死的坏蛋！！！"

一向温柔无比的鸽子，此刻愤怒得连声音都有点变了调。

蒲松龄再看看那只"不要脸"的花老大，心中泛起从未有过的厌恶，恨不得过去替小鸽子抽他两个响响的嘴巴子——如今和谐社会，太平天下，做人怎么能像小日本鬼子一样不地道呢？

回到家里，他开始写作即将杀青的一篇传奇小说，可脑子里全是此前猫和鸽子的一幕，以至于不由自主地把故事中那个原本已经有点不地道的主人公的神情嘴脸，弄成了刚才那只花老大的模样。

2

近午时分，小说终于写完了。老蒲一身轻松。透过窗户，外面阳光明媚，他的心情也跟这晴朗的天气一样，爽极了。

下午，特意安排自己户外散步半天——天气如此之好，再窝在书房里，简直是对不起这大好的天气……

老蒲一边走一边嘴里哼着于文华和那个什么什么相杰——嘿，那帅哥的名儿一时想不起来了——俩人演唱的《绳子上的爱》那浪浪调……

一辆黑色大奔驰在老蒲身边柔声慢气地停了下来。窗玻璃缓缓降下，发现里边坐着满面春风的帅哥李生——看样子，李生今天的心情似乎也不错。

李生笑呵呵，不容分说，要老蒲上车。

坐到车上，李生瞅了一眼老蒲，开口道：哥们你猜我要去哪里？我要去赴牛知府的宴。天气这么好，时间还早，我先拉你去廉政公园兜一圈。

老蒲：赴牛知府的宴，老牛啥状况？

李生：他女儿考上一所名校的博士了。

啥？他女儿，就是两年前那个曾经把你缠死缠活、让你掉进温柔乡绯闻兜了一箩筐的花妞？怎么，她也能考上博士？

蒲松龄瞪着眼睛，有点不相信的口气，他甚至怀疑自己是不是听错了。

过去的事儿，哥们就别拿我开涮了——说话间，一丝难以形容的表情轻轻掠过李生的脸面。

怎么？怎么就"过去"得这么快？刚刚走出了桃花溪，换了鞋子就开始背搭手装起正人君子了？

你记住，李生笑着岔开话：我说老蒲，如今那是有钱买得鬼推磨！

老蒲：啥样的鬼好推磨？我倒想看看。

李生：虽说不是所有的鬼都愿意推磨，但至少有那么一大把的鬼都是可以推磨的。听说那不推磨的，有些是因为管教比较严，还有个别据说是患了自视清高的精神分裂症。

顿了顿，李生又补上一句：谁不知道，你这一辈子是专门跟各种鬼打交道，想必这些根本不用我说。

蒲松龄无语……

李生补充道：不仅是当老子的牛知府使足了银子！再说，你也知道，老牛那小狐狸精女儿根本就不是什么省油的灯——骚情的女儿腐败的爹，父女俩双管齐下，各使各的招，哪里还有他们拿不下、搞不定的鬼？

老蒲笑道：哥们，话别说那么难听嘛，不管怎样，那小狐狸精好赖也曾恋过你一场的吗？再者，你知道我可是全国"狐狸精保护协会"的常务理事……

3

李生走后，蒲松龄独自在河边散步，逍遥浪荡了一个时辰。

路边草坪上遇到一对热火朝天的同性恋——女的，长得蛮有模样味道，个头较高穿紧身裤的一位比较丰满，稍稍偏低穿棉丝袜超短裙裤的一位略显苗条，而显苗条的这位，完全称得上是一位十足的美女。老蒲心想，美女啊美女，你们若是真找不到合适的男朋友，找我老蒲临时凑合凑合也可以嘛！你们这又是何苦呢？唉，真不知道你们这心里身外的到底是咋地啦。两人年龄看上去二十刚过，身份不好辨别——看不出是大学生还是社会上闲溜达的。

距离她俩十米左右的地方有几棵赤裸着身子但树冠硕大的光杆儿无皮树。老蒲心想，这俩人怎么就不知道往身后那树下挪动挪动，却要偏偏站在这前后左右没遮没拦的光天化日之下，唉，真不知她们心里是咋想的。

没错，俩女孩俨然像是在向路人示威——旁若无人，又抱又亲，又亲又捏。老蒲走过来的时候，正好看见丰满的那位捧着对方俊美的脸蛋，像夏夜里忘情游戏的大头流氓鸟儿那样，一下一下试探着啄着（亲吻着）对方的嘴唇，而苗条的那位却紧紧搂着对方圆滚滚性感十足的屁股，忘情地接受对方的啄吻。俩人像是在演电影，只是旁边既没有导演也不见摄像，完全自导自演。顽童老蒲给这"时兴电影"起了个名——《冬天里的一把鬼火》。

老蒲心里像是疯跑着无数只多头蚂蚁千脚蜈蚣似的，觉得既难受又瘙痒又不好意思，眨巴眨巴眼睛，摇摇头，走了。

都走过去快一百米了，这少见多怪、玩心不改的老蒲又忍不住回过头来，想再瞅一眼那俩女孩的"尽情表演"，结果没小心，一个闪失，掉进了栈道边的小水沟——小水沟虽说看上去清凌凌，但清凌凌的底下，却是足足半尺深的淤泥，老蒲锃亮锃亮的皮鞋瞬间面目全非，一下子就没了模样……

4

半小时后，在街口路边擦鞋摊儿打理美容过心爱皮鞋的老蒲，恰好又路过一家新开的大闸蟹专卖店。

老蒲像个好事的玩童一样，突然心血来潮想要进去瞅瞅。

店内陈设简单。只见那留着小二黑头的店员，用一支漏网伸进盛了螃蟹的大玻璃缸里捞出几只活蹦乱跳的大闸蟹，"哗啦"一下倒在一只洋铁盆子里，然后抓起跑得最快的那只，熟练地操作起来——

大闸蟹，先是八条腿而后是两个大钳子，顺顺溜溜地被这小子捏在一起，然后从一旁抽出一根水里泡过的稻草什么的，动作熟练地将那小可怜交叉十字，绑扎起来。

如此操作的整个过程，乐呵呵笑盈盈地大闸蟹竟然配合得那样好，半点挣扎调皮的意思都没有，温顺得就像是情愿配合那店员跟它挠痒痒做游戏一般。

老蒲有点同情起小螃蟹来。他没想到长这么多腿外加两只老虎钳子的螃蟹竟然有如此温顺的时候。老蒲静静瞅着螃蟹，那神情就像是在无声地告诉那被稻草捆扎起来的螃蟹：我可怜的螃蟹小老弟啊，你傻呀！你傻爆了！知不知道啊，过不了几个时辰，你就会以这般五花大绑的模样，被人放到水里煮了、笼上蒸了、油锅里炸了！

想到这，老蒲轻轻抹了抹自己潮湿的眼窝，离开了闸蟹店……

5

路过那座昼夜红火的浪琴电影院，旁边是名模韩茉莉开张还不到一年的"玛丽大酒店"——俗称"小三大酒店"。

老蒲刚刚走到电影院门口，想瞅一瞅上演什么好电影，却撞上自己的老熟人——年逾天命的刘知县刘四运。

说到这刘四运，还得借三秒钟时间稍稍插上两句。记得老蒲与四运刚刚相识那一阵，有一次与他一同吃饭，有朋友开四运的玩笑：四运啊，常言道，这人活一世能有三运——官运、财运、桃花运就够大发了，你怎么还多了一款，能不能说说你比别人多出来的是哪一运？

话音未落，旁边一位看似不苟言笑、平日与老刘更熟悉的贴心朋友，慢声慢气道：还有啥运，狗屎运呗。此话一出，顿时惹得满堂哄笑。

言归正传。你看眼下这大冷天的，四运却春风荡漾般领着一位二十左右、露胸亮腿翘秀臀、脸蛋儿描得像是清明过后刚出窝的花狐狸一样的小美女。

老刘搂着美女，美女贴着老刘，有说有笑，大摇大摆地走出小三大酒店——虽说离得几米远，可那女子身上浓浓的法国紫罗兰香水味已经扭着腰身浪浪荡荡飘到了老蒲的鼻尖尖底下。

一阵刺激一阵恍惚，蒲松龄顿觉眼前一黑，打个喷嚏，突突突，心跳加快，不好意思地转过身去想要装作没看见，结果听见刘四运在身后大大方方、乐儿乐呵地喊叫着："喂，老蒲，一个人看电影呢？"

老蒲转过身来，脑子空白，啊——啊——，张了两下嘴，一时间竟然找不到一句合适得体的词儿……

6

应付过刘知县，老蒲走过一家三级甲等医院门口。

老蒲发现院子里里外外吵吵嚷嚷甚是热闹，凑过去一看，见有人在门诊部前停了一辆货运车。后档敞开的车上停放着一口棺材，车下摆了两个大花圈。

近旁，有的燃纸烧香，有的号啕大哭——那个朝天张着大嘴巴，号得最来劲的，是一位披着衣服、脸上长满了粉刺的高头大马爷们，看那样子，俨然像是死了后爹后娘的样子。

再看看那燃香烧纸的俩男人仨女人，他们也在哭。你看，左边那女的，哭得最有意思——忽高忽低忽轻忽重忽缓忽急忽长忽短曲里拐弯，哭得竟然像山里的大姑娘唱情歌。

有几个医护人员无奈地站在一旁，像是给这些号丧的孝子站岗。

这场景，老蒲一看就心里明白——对此，眼下有个新词：医闹。

一向极富同情心的老蒲，今天见了这场面却完全没有被这气氛所感染的半点意思。

听着几位"号唱家"，老蒲突然想起了自己那两位著名的音乐家朋友——音乐学院搞声乐的吕生，还有度曲儿的柳生。老蒲心想，吕生要是有幸听了眼前这位大老爷们的号啕法，定会受到启发，说不定会搞出一个三大唱法之外的新派唱法来；而天赋极高的柳生就更不用说了——他若是听了左边那娘们的天赋极高风格独具的哭法，说不定当下就能发明一个比洋人的"半音化""微分音"更新鲜的作曲体系新玩意儿来。

想到这，老蒲深深叹口气，心想那俩哥们就是没这福分，遗憾了。

……

7

走了大半天，老蒲感到有点累了。他觉着这满含新鲜和偶然意味的多彩一天，逛得有点意思，更有点兴奋，暂时不想回家。

正在想着晚上的饭该到哪里去吃，电话铃声响了。

一看，陌生号码。

喂？——电话那边递过来的女人细枝细叶的声儿，银铃般的美妙，挺熟悉的。

喂，我的蒲松龄呀，在干什么呢？

请请请问这位女士，您哪位呀？

怎么？连我的声儿都闻不出来了？声音充满多情兮兮的甜腻。

哈，天哪！是"她"呀！

天大的惊喜——不！比天还大的惊喜！！霎时间，蒲松龄激动得差一点两脚离开了地球……

没错，你猜对了——电话是老蒲那位方圆百里人人皆知的红颜知己"三美"打来的——她从法国留学回来了。

电话说好了，三美约老蒲在"大观楼"共进晚餐！

老蒲嘴里哼着自己最喜欢的浪情调儿——《溜溜的她》，眉飞色舞、脚步轻盈地前去赴约……

餐后两人再去大剧院欣赏俄罗斯莫斯科国家芭蕾舞团演出的经典舞剧——

诸君想不想知道这晚演的是啥剧吗？我告诉你们：雪白——雪白——的长腿子娘儿们，个个腰里别了三根鸡毛、蹬、蹬、蹬——跑过来，蹬、蹬、蹬——跑过去的那个《天——鹅——湖》，美死哩……

8

演出结束，老蒲和三美走出灯火通明的大剧院。三美要蒲松龄一道去"上岛"喝咖啡。老蒲顿时面现难色。

到底就是知音！——看老蒲难堪表情，三美立马不再坚持——她知道，老蒲一向都是那种晚上十点前必须回家的、听话好男人……

回到家里，老蒲见娘子淑女一样端坐在沙发上，一边嗑着瓜子一边看着电视——电影频道这一阵正好演的是根据自己的小说改编、由时下名角儿范二水和王三春主演的再新版《画皮》。

亲爱的娘子，洗脚了没？老蒲不无殷勤地伺候道。

还没呢——娘子一边瞅着电视一边拖着缺盐少醋的公主腔调，回了声气。然后又像是随便问了一声：郎君今晚上哪浪去了？

嘿嘿，东头咱那李生哥哎，约我到"三味楼"喝茶谝闲椽去了。老蒲边答边去给娘子准备洗脚水。

"来喽——"洗脚水端过来，温存地摆在娘子的面前。老蒲伸手试了试，太烫了，于是拿起茶杯一阵风接来一杯哇凉哇凉的冷水，掺和进去少半杯，试了试，还是略有点烫，小心翼翼再滴进去三两滴，伸进两根指头，像是八十二岁名老中医杨振林给大姑娘小媳妇把脉一样，闭上眼睛聚精会神试试，合适了。

娘子看着老蒲的赖德行，没好气地扼（瞪）了一眼，乘老蒲不注意，冷不丁，狠狠拧了一把老蒲的耳朵。

唉哟，我的娘呀！轻点儿！——老蒲捂着耳朵龇牙咧嘴对着娘子道：拧掉了夫君的耳朵，夫君还拿什么听话话，给娘子捏脚捶背亲嘴嘴，被窝儿里头藏猫猫呀？

恐惧是黑色的

引子

不知从哪里突然传来"确切消息"——当下走红影视明星唐小丫患了
DH－1型变异性强感染艾滋病，据说已到了晚期。

不到三天工夫，这一爆炸性的消息传遍了唐小丫曾经生活、学习和走向
成功的这座城市的大街小巷、角角落落。

一夜之间，与她曾经有过"亲密来往"的几个男人，突然间全都觉得身
体不适——不是手脚冰凉，就是高烧冷汗；不是血压飙升，就是心律失常。
总之，程度不等、症状各异，全都有了明显的感觉和"艾滋"发病体症。

1

我们首先到黄局长这里瞧瞧。

得知唐小丫这一黑色悲剧信息，黄局长犹如五雷轰顶，即刻两腿无力，
瘫坐在办公室的沙发上，手脚冰凉，万念俱灰。

神经抽搐、两腿抽筋、心律失常的老黄，心想，难怪这近一个月来，自
己老是感觉身体一阵儿这里发麻一会儿那里发酸，总有些不适，晚上躺在床
上那是一身的虚汗直往外冒。这一下，他全明白了。老黄深信，自己的身体
不适，明摆着，毫无疑问与自己曾同唐小丫之间的"关系"有直接关系。

黄局长和唐小丫认识是三年前的事。由于着急调动工作，托黄局长的朋

友老毕牵线，天生丽质，模样长得水灵、腰身如若棉柳的唐小丫，很快跟黄局长搭上了关系。老黄一见唐小丫，立马垂涎三尺魂不守舍。

在黄局长的周全计划和不懈努力下，花了老鼻子功夫的老黄如愿以偿——老黄和唐小丫终于"通上了电"——尽管只是一头主动一头被动的单相"直流"。

客观地来讲，老黄将唐小丫从原来那个不大起眼的幼儿园直接调到市电视一台，可谓的确帮上了天大的忙。但无论如何，这俩人的关系却没有保持几天。原因是，一来唐小丫从一开始就不喜欢老黄的"尊容"——他那"地方救济中央"的秃脑袋、两点倒八眉构成的不景气的囔囔模样，根本不符合一般女孩的审美标准，更不用说是唐小丫这样一位天生丽质的绝色美女；二来，这老黄有一股怪怪的、即便法国名牌香水都敌不过的臭烘烘的体味，加上抽烟太多，一股说不清道不明无以名状的混杂味儿，让唐小丫本就有点挑剔的嗅觉着实受不了！

唐小丫一到电视台，即刻动脑子想法子，甩掉了自己的这位"恩公"——说句公道话，这实在不能太怪罪唐小丫。

可无论怎样，老黄为此可是耿耿于怀了好长时间。甚至在一次铁杆朋友的聚会上，喝酒喝得有点高的老黄，就像是收拾犯了错的孙子一样，指着身边可怜兮兮的女秘书的鼻子，一把鼻涕一把泪地破口大骂："唐小丫，你她妈的就是个忘恩负义没良心的、十足的破婊子白眼狼！啊——啊——啊——噢呵呵哈哈哈哈"——这不是笑，是老黄哭呢。

如此看来，唐小丫在姓黄的这老鬼心里的情根爱系，实在扎得不浅啊。

虽说唐小丫那嫩生生的鲜儿老黄远远没有尝够，但毕竟是品尝到了。男人就是这样的贱皮子——尝不够的果子永远是最好最甜最嫩的，而一旦尝够了，也就是该腻味的时候了——无论是猪八戒一辈子惦记着的人生果，还是王母娘娘瑶池园子里的大蟠桃……

言归正传。等老黄渐渐平静下来，回到当下现实中的他，清楚地意识到，该考虑考虑这接下来的事情怎么办。

老黄毕竟是个有胆有识的过来人。他想来想去，最后想出一个甚为妥当的解决办法——决定以上吊的方式了却自己的生命。

老黄算是想明白了：对他来说，神不知鬼不觉地悄悄死了，比有那么一天让众人知道自己得了艾滋病而因此坏了自己的"一世清名"，要好得多！想到这里，他觉得一定要将此事包得紧而又紧，不能让任何人知道自己这档子事——一切的一切，都不能让人知道一丁点的蛛丝马迹。

决定上吊之后，老黄流着眼泪想起很多需要安顿的事情——人之将死，其情也苦啊！其心也悲呀！诸多事情中，这最重要的一项，就是自己的死因，还有存款。钱，当然没的说，那是要留给可怜的老婆孩子。但是自己如此莫名其妙地急着去赶赴黄泉，这死因该以怎样一个合情合理的理由和方式，给老婆孩子作个交代呢？这给老黄一时出了难题。

想来想去，老黄终于得出一个自以为两全其美的、很有一点天才成分的好主意。

最后，他终于莫须有地编造着，给老婆写下这样的遗嘱：此前没给你说过，我曾去澳门赌城赌掉了公家的两千万元。现有确切消息——上面将要派人来查。如果我死了，这一切也就不了了之烟消云散了，否则，我定将死罪难逃。如果我活着，不仅咱家的现有钱财全被没收不说，我还得判个死刑或者至少是个无期徒刑。与其这样，还不如我一死了之，把现有的钱财给你和孩子留下，保证你们日后的生活。老婆啊，不要伤心，化悲痛为力量，只要你记得我的好，每年我的祭日给我烧上一张纸，流上两滴眼泪，我也就知足了。千万记住，这件事，只有你知道，连孩子都不要让她知道。

遗嘱写好了，反复看过三遍，然后小心翼翼放在了那个只有他和老婆知道的、万无一失的地方。

然后，找来了那条自己当兵时使用多年的军用背包带……

2

我们再来看看这些年本市房地产开发赚大发的孙总孙进宝。

平日里难得有闲暇，好不容易和朋友说好了这天外出钓鱼的孙总，一大早从自己的司机嘴里得知唐小丫的消息，即刻觉得自己这不是坐在自家豪华的大奔上，而是觉得屁股底下埋了一枚重磅炸弹，顿感心惊肉跳。

　　彻底毁了兴致的孙总，不再想钓鱼的事儿，而是借口临时想起一件重要的事情，铁青了脸要司机立马开车回公司。

　　回到公司，孙总反锁了自己办公室的门，一个人坐在自己豪华的老板椅上发呆。发了足足半个小时的呆之后，又开始一支接一支地抽烟，直抽到整个屋子烟云笼罩。

　　陷入崩溃状态的孙总，突然后悔起在唐小丫这个挨刀女人身上花费的功夫和钱财。真是他妈的！连叫苦的心思劲儿都没了。

　　记得唐小丫刚到电视台的那一阵，正好赶上本市第一届模特儿大赛。作为评委之一的孙总，望见唐小丫的第一眼，便毫无商量地被她宛如貂蝉一般的美色，毫无商量地一把扯断了他的魂根——那自以为结实，实际上跟大多数见了美女两腿发软心痒痒的臭男人一个德行一样经不起拉扯的脆兮兮的魂根。

　　世间的美女多的是，要真想在这样的"选美"大赛中胜出，可不是简简单单凭了自己的美色就可以胜券在握的。这一点孙总还是心里有数的。更不用说，这次的选手，那可真是美色荟萃、靓女如林。其中有那么几位，若要凭心而论，还真跟唐小丫不分上下有那么一拼——唐小丫要想获胜，那必须得有坚实的后台，那得花银子。而眼下地产实业如日中天的孙总，最不成问题的就是流起来响声哗哗哗的银子。

　　可话说回来，这唐小丫并不是一个随便什么人想缠就能缠得上的主儿。尽管她很想在这机会难得的比赛中获胜，也很想有人赞助，但究竟该让什么样的人"赞助"，她还得仔细琢磨琢磨——有了好不容易刚刚脱身的黄局长的教训，她可不能再一次把自己这金枝玉叶般的鲜花，随随便便插在了老黄那样的臭牛粪上。

　　初赛之后，一向干练的孙总既把握时机，又不失分寸地，三下五除二挺顺溜地成了唐小丫的"孙总孙哥"。孙总的垂青，的确让唐小丫的心即刻跳起了快乐的"嘣嚓嚓"——因为孙总不仅财大气粗，而且又是一表人才长得帅气，无论从哪个角度来讲，都符合唐小丫的口味——一句话，俩人都是对方眼里的菜。

　　唐小丫表演给孙总的第一餐"美味佳肴"，便是在绿宝石大酒店上演的

"白水小鸭袭上心"。两个人很快"入戏"。千姿百态、美轮美奂的小丫，给孙进宝留下如梦似幻终生难忘的记忆。当下，孙总向小丫表示：不惜代价，一定要给她拿了这个大奖。

紧接着，"孙哥"便以他在场面上早已练就的一身超级本领老道经验，给各位评委又是大方地豪华请客又是阔绰地奉送大礼——又一个三下五除二，就把所有该搞定的主儿全都搞定了。一切做得大方自然、滴水不漏。

比赛的结果你应该已经猜到了——唐小丫获得比赛大奖！

也正是因为这个大奖，开启了唐小丫未来走向影视业的星光大道。正是从这个意义上，唐小丫该深深感激一辈子孙进宝，应该是情理之中的事。

孙总在唐小丫身上的确花了大把的钱，但也得到了这个如花似玉美人的全身心回报。甚至一度，唐小丫不无真情地提出：如果孙总可以离婚，她愿意嫁给孙总，一辈子和他厮守在一起。但多少受了"丑妻家中宝"思想影响的孙总，想来想去，还是觉得让小丫做他的情人小三更为妥帖。

对于孙总来说，事与愿违的是，一年后唐小丫被京城一家影视公司发现，进而加盟那家公司后，繁忙的工作，让她越来越顾不上自己的这位"恩人"了。尽管孙总还不失时机地去"看望"小丫，但细心的孙总能感觉得到，她已经完全不是此前的那个"小丫美人"了。

而随着唐小丫的一路走红和事业日益繁忙，在"孙哥"心头日复一日累积起来的，是对唐小丫越来越多的怨恨，直至与她渐无声息地断绝往来。可如今，让孙总万万没想到的是，这个女人竟变成了如此可怕的一颗炸雷，不仅毁灭了她自己，而且还要连带着要了他老孙的性命。

想到这里，老孙突然满心无名怒火，开始仇恨起天底下所有女人来。

再后来，他开始眉头紧锁仇恨起自己的小老婆——就是一年前气走自己原配的贴身秘书。说到这小老婆，别看她表面上对自己百依百顺，而心底里却始终不忘她那个小白脸初恋情人。对小老婆的仇恨与愤怒中，孙总突然想起自己那善良温厚的原配，一双儿女的亲妈……

他的心中充满了前所未有的仇恨，心想，我是不活了，但我死了，也绝不能把钱给了这个小狐狸精！

老孙的死法是：服用超大剂量的安眠药……

3

我们再瞅瞅某知名大学不学无术的教授邱某。

邱教授是少女唐小丫在这所大学读专升本时的任课老师。由于人长得漂亮，鹤立鸡群的唐小丫当时在全班同学中最受邱教授的青睐偏爱。每次考试，邱教授都会毫无顾忌地给小丫高分不说，毕业以后，还给她介绍了市里的一家条件不错的幼儿园——虽说是幼儿园，但在当时工作难找，而她又是专升本这样一个谈不上过硬文凭的情况下，那也算得上是一份可心的正式工作。

大学期间，邱对生得出水芙蓉一般的唐小丫，那可是真正的垂涎三尺、百般讨好，但因当时唐小丫年纪尚轻，只是个嫩嫩的待放含苞花骨朵，根本没有这份心思，也断然没有邱教授期望的那种可能。由于小丫对邱的过分的殷勤表现装作视而不见，使得邱始终没有一个得手的机会。

唐小丫在影视业小有名气之后，半年前，邱出差期间凑巧遇到唐小丫。如今变得落落大方的唐小丫，出于对当年关心过自己老师的感激，她在京城一家很有档次的烤鸭店请老师吃饭，算是对昔日恩师的感谢。

餐后，邱说谈话时间太短，没有尽兴，邀请唐小丫到所住酒店附近的一家豪华酒吧，陪他喝一杯。唐小丫痛快地答应了。

俩人喝掉了一大瓶白酒。醉意朦胧眼睛发红的邱教授说，自己喝得有点大了——其实对于一向海量、喝起酒来不要命的邱教授来讲，再喝掉这么一大瓶都没什么事儿的，倒是唐小丫还真有点醉了。

既然邱教授醉了，唐小丫不放心，便亲自送自己的"恩师"到他入住的酒店。

进了房间，借酒壮胆的邱教授，像一条发情发狂的色狼一样，疯了似的，即刻抱住了唐小丫又啃又咬……

从酒精的麻醉中清醒过来的唐小丫，脑中闪现过一丝该不该投诉这色狼的念头，但这个念头很快就被她彻底打消了。一方面，事后向她一再"道歉"说是"酒后失态"的邱教授乃自己的"恩师"；二来，从一开始就半推半就的她，态度本来就不怎么坚决明了。再说，这样的丑闻传出去，于自己的名声有什么好？

不仅如此，而且临出门时，唐小丫竟然还多情兮兮地主动给了邱教授一个吻。这不得了的一吻，让老邱原本泄气忐忑别扭沮丧的神经一下子放松了。紧接着漫上老邱心头的，是春天雨后的竹笋一般噌噌冒出来的猪八戒梦嫦娥式的曼妙幻想……

出差回来，几个月的时间了，邱教授的老婆发现他家老邱越发变得奇奇怪怪了——此前的他，只是不学无术，即便不干正经事，也还不是现在这般模样。而眼下的老邱，竟变得痴痴呆呆，俨然魂不守舍的精神分裂症患者。

说起邱教授的"不务正业"，业内熟悉他的人几乎无人不知晓——因为他的很多"故事"都出自他那从不说谎的老婆之口。如此一来，大家就没有不信的理由了。

邱教授担任学院图书资料员的老婆，两年前就对自己的一位同事说过："我们家那个亏了他八辈子先人的老邱，我真恨不得要他死了算球了。"

同事："老邱啥事儿，怎么惹你这样生气呢？"

老婆："你看他那球德行，哪像个当教授的样子。"

同事："到底咋了？"

老婆："他成天不干一件正事儿！"

同事："教授嘛，教教书，做做学问，给你挣挣钱就可以了，别要求那么多。"

老婆："做个屁学问！他一年到头不写一个字的文章，不读一本书，你说他能做什么鸟学问？真是亏了他家的人了！"

同事："那哪行，教授是要有成果的。"

老婆："嘿，近两年发的两篇挂名的文章，全都是他那个全凭人家自学完成学业的研究生写的。文章里写了什么，这亏了人的"导师"，压根连半个字都不知道。"

同事："那学生的课总得上吧？"

老婆："上课？上什么课？研究生的课，有时一个月都不见应付一次，一个学期上不了三两次。"

同事："天呀！那他一天干什么呢？"

老婆："睡觉，喝酒，看电视。"

同事："晚上看电视，那白天干什么？"

老婆："白天也看，上午、下午、晚上，全看。"

……

以前是这样，而三个月前出差回来，这邱教授更是鬼魂附体一样，越发不着调儿了。妻子再也懒得看也懒得过问……

这下好了，昨天跟系里一位老师打电话约喝酒，顺便听到了唐小丫的事情，这老邱立马心跳加速，没了喘声。

虽说懒惰不务正业爱睡觉，但对于"去见阎王"这档事儿，才四十出头的邱教授暂时还没做任何计划——因为死了就看不了电视喝不了酒打不了麻将了。但是，这艾滋病可真是太可怕了！

邱教授不想让自己成为教授中的艾滋病名人。想来想去，决定结果自己的宝贵生命——跳楼。

但老邱又是个生来胆小怕事的。站到自家十三楼顶朝下一看，下面的人影儿有点小。于是回到家里，拿出一瓶最好的酒，七十五度甘露醇，坐在楼顶，一边喝，一边唱，一边流泪——想想几分钟后，自己将与这个世界诀别，大大地悲从心中来。

喝够了，唱够了，哭够了，一看时机成熟，终于眼睛一闭，俨然一位赴死的英雄一样，头朝天脚朝下，跳了下去……

4

朋友，耐心点，咱们再关心一下唐小丫的初恋者、年轻医师侯运来。

侯医生听了唐小丫这一消息，倒是表现得比较镇静——因为唐小丫那是他的初恋，爱心在他这里暂时占了上风。

只是想到他将要面对的可怕未来，想了一天一夜之后，他最终还是决定去死，免得自己在无尽的恐惧和痛苦折磨中度日。

侯运来，心里装满了无尽的悲情，迈着沉重的脚步来到大河边，那是读高中的他和同桌的唐小丫初次约会的地方。

站在河边的一刻，记忆中那初恋的幸福的日日夜夜弥漫在他的心头……

记得有次假期，运来去北京看姥姥，离开了半个月。等他回来的时候，唐小丫牵着他的手一起来到河边。他发现，自己不在的那段日子，小丫竟在这里的水泥栏杆上，写下了一行行对他的思念，他当即趴在那栏杆上，用嘴唇亲吻小丫用心写下的那一行行爱恋……

记忆是何等的美好啊！但是，他们的爱是不可能有结果的，因为他们中学毕业的时候，他考到了上海医学院。而自觉不如运来的小丫，抱着运来流了一把又一把的眼泪之后，主动离开了运来——无论运来怎么挽留。

再后来，由于生活的变故，他们的志趣爱好和人生追求，越来越走向不同的路径。虽说他毕业后又回到了这座城市，然而他们彼此间却越离越远……

尽管如此，但初恋的记忆在他们俩人的心中是永远抹不去的。就在唐小丫将要离开这座城市的那个夜晚，她提出了一个让他难以拒绝也不想拒绝的要求——那是他们两人生命中一个无比美好的夜晚，时至今日，只要闭上眼睛，便能清晰地感觉到小丫的温存的呼吸和那淡淡的体香……

站在河边，望着滚滚流淌的河水，想到自己不出一刻工夫，就要将自己的生命交给这自己的选择，他流下了不知道是伤悲还是痛苦还是慰藉的眼泪。

侯运来觉得这辈子最最对不起的，就是如今深爱着自己的妻子，还有那出生不久的可爱的女儿——想到可怕的未来，他觉得自己根本没脸活在她们母女的身边……

在所有能想到的死法中，侯运来最终选择了跳河——他心想，能在他和小丫初恋的地方绝命，无论怎样还是比较完满的……

尾叙

可真是凑了巧了——没出一周，唐小丫突然在该市现身——她是随剧组来这里拍戏的。事业有成、如沐春风，对自己的传言蒙在鼓里的明星唐小丫，全然不知道自己有过这般天方夜谭似的恐怖谣言。

然而纸里终究包不住火——来到本市的第二天，一位一眼看出唐小丫根本没事的大学时的闺密，开玩笑似的告诉了小丫有关她的传言。

听了朋友的讲述，唐小丫瞪大眼睛，惊得半天说不出话来。等她平静下来的时候，她很快意识到，这可恶至极的阴风谣言，是从哪个阴暗的鼠精洞里刮出来的。

小丫扬言，一定要起诉和惩治"那小子"——要让那个"不要脸的臭流氓"吃不了兜着走！

哈哈，我的朋友，想必你现在一定还关心着前面那几位"当事人"赴死的结局吧？我告诉你：

——局长老黄，的确上了吊，被绳子勒得鼻青脸肿张着眼睛蹬着腿，可还没来得及死，原本只想惩罚他一下的阎王爷，呼哧吹了一口气，上吊用的不中用的背包带突然断了。恰在这时，被进门来的老婆发现了。

——大富翁孙总喝下去的那瓶原本足以让一头狮子两只老虎毙命的安眠药，竟然是河南一个制造劣等药品的不法分子制造的假药，药效根本不济——孙总舒舒服服睡了三天两夜，唐小丫来的时候还没有醒来，想必这下一定会彻底解除了长期得不到休息的疲劳。

——不学无术的邱教授跳楼，只摔伤了左脚一根脚趾头——关键时刻还算有点智商的邱教授，在十三楼顶又唱又叫，终于等着了最佳时机：当时有过路的几位见义勇为青年，打了110，将这"难得的人才"救了下来。

——至于那令人同情的医生侯运来，跳进河里呛了一鼻子"母亲河的乳汁"，当下意识到：他这辈子一定得做个志愿者，告诉天下所有人：这世上所有寻死的法子中，跳河一定是最最不可取的下下策——淹死比什么都恐怖啊！！当下觉得，这么死了太不划算，于是立即喊着"我的娘啊！我的爹呀！救命啊，救命！"拼着命爬上岸来。

没错——四个人都没死。

SKL 的火星梦游

1

很长一段时间了，一心急着想要再次获得轰动效应，想要出大名、火一把的作曲家绿毛史太郎，始终进入不了创作状态，找不到创作的灵感。为此，他甚是焦虑，甚是烦恼。

史太郎原来并不叫这个名字，而是叫史发旺。入道之后，为了让自己显得与众不同洋气一点，便请算命师给自己起了这个名。史太郎的大名前面之所以冠上"绿毛"二字，是因为极端喜欢新潮和个性的他，将自己脑门上方偏左 250 度的一小撮长头发，染成银光闪闪的"正宗狼眼绿"而得名，并以此在场面上给自己的同道和粉丝们留下记忆，于是荣得"绿毛"这一雅号。

说到史太郎的出名，有个精彩的故事是需要讲一讲的。

史太郎的工作室堆了一大堆世界名曲、民间歌曲、地方戏曲的乐谱、唱片什么的，但他对这些个东西从来不屑一顾。他觉得那里的一切都早已过时，看着让他倒胃口。史太郎明白，作为一个有影响有价值的音乐大家，他必须得出新，他必须得打造艺术精品，他必须得拿出前所未有的绝活——那种让别人眼珠子掉地、不想耳目一新也得耳目一新的绝活！

经过连续几个夜晚和白昼的苦苦失眠、苦思冥想之后，史太郎终于想出一个绝招——想出一个用算卦赌博的办法求取音符、获得音乐灵感的妙招。

他将自己需要的若干个音符写在小纸球儿上。写好了，将他们装在一个闷罐子里。然后闭上眼睛，摇一摇，然后伸进手，聚精会神，嘴里念念有词，摸出一个，再念念有词摸出一个，再念念有词摸出一个……如法炮制，最终摸出他需要的所有。

摸完之后，将这些音符球儿按其先后顺序，依次排在一起，搞成序列，并命名为"绿毛史太郎原始序列"。

他总共搞成三个这样的序列。然后采用作曲倒影技法变换一下，又生出三个，再逆行一下，再生出三个——没错，总共九个，够了。一看自己的天才制作，花里花哨，有点意味。史太郎满脸的得意，心想，如此一来，他的新作取得成功已胜券在握。

可是，就在他一脸得意，嘴里哼着绿毛调儿去厕所拉屎的一会儿工夫，好不容易整好的一堆"原创序列"，被自己两岁大、不懂事的女儿给搞乱了——原来的序列再也没法儿恢复了。这一突来的事故，急得绿毛差点儿提着眼珠子跳楼！

让史太郎万万没有想到的是，就在他为此感到崩溃之时，他突然发现，被女儿"动过手脚"之后的序列，比先前他搞出来的更精彩！——哈哈，这孩子，简直就是个天才！就是神童！！

接下来的工作进行得十分顺利。史太郎的新作于一夜之间拼贴创作完成。标准的原创作品，标题为《有序无序的瞬间游戏》——不仅标题新颖，而且听起来蛮有意思，新鲜别致肯定是没得说。作品完成的一刻，史太郎绿毛一甩，得意地搓了一个响指——他看到了自己这一作品终将成为不朽的未来。

说句公道话，这样的作品，给了那些可怜的、只懂得正常艺术思维的普通作曲家，打死他们也创作不出这样的杰作！一句话，无论从哪个角度来讲，史太郎的新作堪称"大手笔"。

作品公演，效果不同凡响——尽管大多数听众或皱眉头，或瞪眼睛，两眼茫然、一头雾水，但在权威的专业评论家那里，却是好评如潮！知道不？大家之作，要的就是这样戏剧的效果！

演出当晚回到家，史太郎抱起自己的宝贝女儿，小脸蛋儿被他亲得红里透了紫。兴奋得几近癫狂的史太郎，边亲边说：我的神童小宝贝儿哎，等长大了，一定会成为比你老爸更有天分的作曲家滴！

那小宝贝儿像是第一次发现新大陆似的，揪着史太郎的那几根绿毛道：

"爸爸的绿毛真酷！"

2

好汉不提当年勇啊。已有的成就早已成为过去。史太郎现在需要的是一部新作，一部能够产生更大的轰动效应甚至让他得以名垂青史的杰作！这可真是让他伤透了脑筋。

平时很少看书的史太郎，这天信手翻开一本封皮已经破烂发黄的外国音乐史书。凑巧翻到了他该翻到的那一页：数十年近百年前一位美国音乐家约翰·凯奇大人的"偶然音乐"《4分33秒》让绿毛大受启发、一阵惊喜——作为专业音乐家，史太郎本应该知道此人此作，或许是时间久了或别的什么原因，有点忘记了。

想必，你一定是知道这《4分33秒》为何等奇妙之作。

正像你所知道的那样，约翰·凯奇先生的大作乃前所未有的新奇制作。你瞧瞧：演奏者身着燕尾服绅士风度一本正经走上台来，毕恭毕敬向听众鞠躬行礼，然后又一本正经坐到钢琴前，神态自若，动作优雅，缓缓揭开琴盖。听众屏气凝神，一双双眼睛齐刷刷聚焦台上演奏家，期待斯坦威钢琴流淌出大家期盼的美妙声音，可是好一阵过去了却什么动静都没有。演奏者只是像一个神经不正常的失忆症患者一样，眼睛紧紧瞅着摆在眼前的手表……

就在这期间，原本一片寂静的演奏大厅，一个有点感冒、嗓子痒痒的小女孩忍不住咳嗽了一声。"嘘——"小孩旁边一位显然是很在行很有修养的音乐发烧友，急忙扭过身来，绅士般一脸严肃神情，想要提醒或制止咳嗽的孩子，可自己没把握好，竟然放了一个整座音乐厅都能听得见的响屁，引来听众的一片哗笑……

哗笑过后，钢琴家煞有介事地盖上琴盖，绅士风度般站起身来，毕恭毕敬，颔首微笑着向听众鞠躬，彬彬有礼退场。紧接着，款款走上靓丽的主持人来，告诉大家：刚才大家欣赏到的，是一首由当代杰出音乐大师约翰·凯奇先生创作的、新颖高雅的"偶然音乐"作品。作品的标题是《4分33秒》，其含义是：各位朋友在演奏者坐到钢琴前的一刻直至"演奏"结束的4分33

秒无声期待中，所感受到的或是寂静无声，或是偶然听到的各种自然声响，它们，便是这部作品的新颖内涵……

当年《4分33秒》的公演，由作曲家本人担任"独奏"。很多观看演出的、"缺乏音乐修养"的听众，一听主持人如是这般的介绍，气不打一处来，当下差点没冲到台上，拧掉约翰·凯奇那可怜的两只耳朵，敲掉他三颗门牙……

阅读约翰·凯奇的故事，聪明的绿毛即刻看到了自己的希望。合上书本，他马上来了情绪。兴奋之余，他很想到外面呼吸呼吸新鲜的空气，让苦思冥想、憋闷了许久的自己出去透透气，爽快爽快。

出得门来，神清气爽的史太郎将了将自己头上那标志性的几根绿毛，顿显一副目空一切的忘我神情——你知道，新潮艺术家踌躇满志地得意之时，往往都是这副德行。

心潮澎湃的史太郎，路遇一只拉屎拉得认认真真、煞有介事的甲壳虫——屎壳郎。你看那屎壳郎，真有意思，它忽上忽下忽左忽右忽走忽停——每走三步五步，就会翘起屁股拉出一滴绿屎。这一路走过，竟然拉得动静有致星星点点有模有样。

史太郎越看越觉得有意思——或者说很有意思！于是，乐呵呵将这奇妙的屎壳郎哥们装兜里带回了家。

正在构思新作的史太郎，不小心，让那背搭手四处晃悠的屎壳郎爬上了正待创作的乐谱上——像此前那样，斑斑点点，拉起屎来。史太郎仔细一瞧，有点意思！

看出门道的史太郎，灵机一动，有了！——他干脆将谱纸恭恭敬敬给屎壳郎摆放在地上，让这哥们尽情地去爬、尽情地去拉。自己拿来一瓶新开的牛栏山二锅头，哼着绿毛调儿，得意洋洋地品起了小酒。

爬上五线谱顿感眼界大开的屎壳郎，可能是受到绿毛手中酒精味道的熏染，显然是来了大兴致。只见它，手足舞蹈、梦游一般在五线谱上左摇右摆，疯疯癫癫晃悠起来，太有意思了！

不过有点麻烦的是，这屎壳郎哥们有时会晕乎乎别出心裁地倒着走。可是绿毛仔细一瞧，很快就裂开了嘴——真是不得了，太有意思了！这屎壳郎哥们挺神的!!——你看你看,它返回的部分跟此前拉出来的部分,竟然形成了天衣无缝又满含创意的"逆行"和"倒影"。天哪,屎壳郎,哥们,天才呀!这样的技法,那可是许多科班出身的作曲家要花天大的功夫才能学到或者永远都学不到的本领!!!

史太郎激动地拍拍又亲亲屎壳郎的屁股,激动地叫喊道:哥们,你可是我的好弟兄哎!我服了你啦!我爱死你啦!

屎壳郎的创造,让绿毛心花怒放。他心想,屎壳郎哥们无论怎么折腾怎么爬,最后折腾出来的一定是前无古人后无来者的不朽杰作!哈哈!你说说,这岂不妙哉?

史太郎与屎壳郎搭手协作——他精心为屎壳郎的杰作设计强弱快慢轻重缓急,并将自己此前设计好的三种节奏序列运用其间。

正如你猜想的那样,作品完成得十分顺利,取名《SKL 的火星梦游》。

作品完成了,史太郎在钢琴上试了试,这才发现这钢琴根本不中用。有多一半音——不,是百分之九十的音,钢琴上根本就没有,全在琴键缝缝里的角角落落,比原来有人发明的小于半音的"微分音"还要复杂。

没辙,只能请来一位获过大奖的小提琴高手。

只见请来的高手拧着脖子瞪着眼睛皱着眉头歪着嘴,费了老大劲才杀鸡宰鹅一样,视奏了其中的几行。可没想到,这高手竟然咧开嘴,脸上露出像是哥伦布发现新大陆一般的惊异的笑容,像个真正识货的行家那样,连声称赞:杰作,杰作,绝对的杰作!前所未有!——尽管自己累得满头大汗脸红脖子粗,但高手视奏过后,依然笑容满面竖起他那"伯乐般"的大拇指……

没错,只要是懂行的"明眼"人,一看就知道这是一部前所未有的杰作——天才的旷世杰作!

至于最终的演出效果——听众和评论家的反响,你自然是可想而知的……

书法大师

1

叶郎，笔名墨夫，大号山顶洞居士，远近闻名的"书法大师"。

叶郎生来好动。他自小就有一刻钟都无法静下来的特点。在叶郎还小的时候，他娘逢人便说：这孩子在我肚子里的时候，那可是静悄悄半点儿动静都没有。我心想，这孩子将来生出来肯定是个蔫虫懒蛋。可谁能想到，从我肚子里一出来，竟然就成了这么个好动的泥鳅——你让他安静哪怕一刻钟的工夫都没指望……

有邻人开玩笑说：叶郎他娘，你这儿子没准是那孙猴子再世——在你的肚子里，那是被压在五行山下，一旦从你肚子里蹦出来，可不就成了个又蹦又跳好动的？没准，你这娃将来的本事大着呢。

叶郎不光是好动，他还总是喜欢动歪脑子，干点让人哭笑不得的"好事"什么的。这方面，他的小脑子可是超级够用。这不，你看就在他娘跟人说话的屁点儿工夫，他说不定已经干下了不止一件的"好事"——不是拔了路边自行车的气门芯，就是给人家车钥匙眼儿里塞进去一根火柴棍儿，或者找一块有点刃口的石头或碎玻璃什么的，东瞅瞅西逛逛，但凡是他眼里能发现的目标，"刺啦——"一声，划拉上一道让他觉得开心得不得了的痕迹印儿……

夜郎有一个世间少有的望子成龙的爹。这当爹的不光望子成龙，他还挺有一点文人的雅兴，尽管自己并不是舞文弄墨的文化人。他家附近是城隍庙，那里常年热闹非凡。叶郎的爹在城隍庙里无事晃悠的时候，不妨也顺便到买卖书画的铺子里逛游逛游。有一次，他凑巧在那里遇见一个买主从店主手里花好几千元买走了一幅他横看竖看都觉得难看得要命的字画。为此，他百思不得其解。

出得城隍庙，叶郎的爹开始动起心思来：这写字，不就是花费一副笔墨纸砚吗？看来还真是个不费功夫就能赚大钱的好营生。何不让我的叶郎从现在开始练字儿呢？再说，如此一来，不正好可以改改他那好动的习性？嗨，这可真是个一举两得的好主意！

事儿就这么定了——叶郎他爹决定让已经开始上初中的儿子练书法了。

为了叶郎练字，他那当爹的还真是费了一番功夫——他好不容易找到自己已经十多年没任何来往的老同学，再通过这位老同学，找到一位挺有名气的书法家，请他做儿子的启蒙老师。

这老师绝非应付差事之人。但是没过一月，无论老师怎么耐心，最终还是没能坚持下去——他从来没见过像叶郎这么一个不省心的学生。最后，只好对叶郎的爹道声抱歉，为他和叶郎的师徒关系画上了无可奈何的句号。

等再长大懂事一些，面对老爹买来的各种传统碑帖，叶郎曾经倒是想下一番功夫。但是他那一刻不停东游西荡的心，根本无法静下来——叶郎终究是个不可救药的浮躁之人，天性使然，谁都没得办法。

叶郎手头的碑帖换了一种又一种，但每一种都是半途而废。

可叶郎的爹反倒逢人便说：我的儿子，各种碑帖都练过了。有一天遇到一位懂得一点书法门道的熟人，告诉他：书法不是那么练的，临帖，那得选好一种，坚持练习才是——像你儿子这般做法，那是书法练习之大忌。

人就是这样，没有这方面的才能，自然会有别的才能，他不会一无所有、一事无成。叶郎正是如此。叶郎在某些方面属于脑子很灵光的那种——成年后的叶郎，最大的一个特点，就是敢想，尤其是敢吹，绝对地敢吹。

在一次据说是卖假药那地方来的一位"国内名家"的书法展上，叶郎醍醐灌顶、如梦初醒似的悟出一个可以让他终生受用的道理……

2

一年以后。

叶郎——不，现在该称呼他"墨夫"，或者"山顶洞居士"的时候了——已经是小有名气"自成一派"的书法大家了。

这是一次非官方组织的公益募捐书画义卖活动。参加义卖的书画家中间，有大名鼎鼎的"大书法家"、山顶洞居士墨夫先生。

义卖现场。请看大庭广众面前墨夫不同凡响的表现。

一张六尺整宣铺在眼前，叶郎墨夫手里提着饱蘸浓墨的狼毫，眯缝眼睛，望着宣纸，俨然一副旁若无人、煞有介事或山雨欲来的神态架势——我们小声说一句：这神情这架势，有多一半正是从一年前举办的那次书法展上，从那位"书法大家"那儿学来的。单就这副架势，他足足摆了一分钟，围观的欣赏者个个屏气凝神，小气儿都快要憋过去了，但还是不见山顶洞居士墨夫的动静。说是迟那是快，就在观者眼珠子快要憋出来的一瞬，只见山顶洞居士身子左右一晃，哗然一个惊动四邻的招式，以迅雷不及掩耳之势狼毫落笔六尺宣纸之上。看他，一会儿像张飞一样瞪大眼睛一会儿又像正午时分吃饱喝足的一只百岁老公猫一样眯缝两眼。不大工夫，偌大一张宣纸上，或像字儿或不像字儿少一半字儿认得出多一半字儿谁都不认识的书法大作，一气呵成。不不不，最精彩的还在最后——在仿佛耗尽了浑身力气将要写完最后一笔的那一刻，狮子一般的山顶洞居士竟然像是不可一世的东洋相扑那样，狂吼一声"哈！"立在近旁的八成观者，差点没被他这一狂吼吓跌了眼珠子——一点不假，山顶洞居士的"墨宝"，黑乎乎满眼一片，没头绪曲里拐弯——绝对的"自成一体"，相信那是很多人从来没有见过的"大家风格"。

只见观者中，有人拍手跺脚大喝其彩，有人嘴唇紧闭一脸茫然，更多的人却是大摇其头——他们一边摇头，一边吃惊地咬牙瞪眼，一边憋着嘴捂着嘴，转身离开山顶洞居士的表演现场。那离开的人中，有你的一位熟人吴海雄，也算是一位书法家，尽管不怎么出名，但据我所知，启功老先生生前对他的书法曾有过一番颇为赏识的赞许。

事有凑巧。山顶洞居士表演那一阵，一位衣服脏兮兮的刷墙师傅牛二蛋正好路过，也顺便凑过来看看热闹。比起周围更多的书画爱好者文化人，牛二蛋这位原本对书法艺术一窍不通完全外行的刷墙师傅，却从中悟出一个许多人恐怕都没有悟出也难以悟出来的道道——书法这玩儿，看来就是谁写得越不像字儿、谁搞的越难看就越能唬人。

平时稳稳当当的牛二蛋，这天回到棚户区的临时住处，却变了往常的口气神情——大有那么一点想不通的他，进得门来撂下手里的刷墙工具，开口跟自己的娇妻香禾唠叨起来。

二蛋："老婆，你男人牛二蛋同志跟你商量个要紧事儿。"

老婆："神神叨叨，啥事儿？"

二蛋："我不想刷墙了。"

老婆："扯淡，不刷墙，咱俩喝西北风啊？"

二蛋："哪能让我细枝柳叶的老婆喝西北风，我要让你吃酒喝肉！"

老婆见二蛋没正经，瞪了一眼不作声。

二蛋："给你说正经的，我要练习书法，当书法家。"

老婆吃惊地瞪大眼睛："二蛋，没高烧吧，扯什么天方夜谭？"

二蛋："老婆放心，没谱的事，咱牛二蛋从来不干。"

老婆又瞪了说胡话的二蛋一眼，懒得再跟他唠叨，提起身边的水壶去厨房做饭去了。

二蛋望着老婆好看的腰身屁股，冲着背影大声飙了一句：我的香香老婆，你就等着有一天跟上我吃香的喝辣的吧！

说到这刷墙师傅牛二蛋，还真该插上几句，说说他那不一般的"爱情故事"。二蛋这小子虽说是只有初中文化的农村娃，但人长得挺帅气且脑子好使。几年前，本是一家不错企业员工的二蛋，跟一位也在公司打工的小妞香禾挂上了钩。香禾这妞儿跟二蛋经历有点相似，虽说来自乡下，但读书读到高中，模样生得异常俊俏，尤其是那一对看上去丰满好看弹性十足很是吸引坏男人眼球的乳房，让公司的老总很快喜欢上了她。

老总喜欢香禾这很正常，如果二蛋知趣一点，悄悄退出就啥事儿都没了。可问题是，这个会打算盘的香禾妞儿，做起事儿来还真有点脑子——她一边喜欢老板的地位老板的钱，一边又喜欢二蛋的身子年轻的脸。这么一来，麻烦肯定就不是一般的大了。很快，老板发现了他们俩的猫腻。没过三天，这香禾二蛋双双被老板当鱿鱼给炒干净了。

可是事情到这儿还没完——有一天，一个其貌不扬、像是武大郎的拜把子兄弟的小伙，一路寻上门来找香禾。这小伙逢人便说香禾是自己的媳妇，结婚不到一个月就离家出走没了踪影。二蛋这才知道，香禾已是结了婚的人，是早有主儿的小媳妇了。

没错，来者就是由双方父母做主，打小跟香禾定了亲、结了婚的丈夫。香禾正是因为死活不喜欢自己这要出息没出息要模样没模样的丈夫，才逃出来打工的。一不做二不休，这牛二蛋子还真有点"男子汉"的牛气魄。没出一个月，在香禾的有力配合下，二蛋三下五除二完成了自己人生的一个重大举措——漂亮的香禾名正言顺成了他的老婆。接下来的日子，二蛋加盟一家颇有经营规模的装饰公司当了刷墙工，怀了孕的娇妻香禾则留在家里给二蛋做饭料理家务。

言归正传。经过一夜的慎重思考，脑子一向好使的二蛋做出一个重大的决定：从明天起，他决定以练字为主以刷墙为辅，专攻书法。

二蛋发明的书法家当别具一格——他练字不用常规的毛笔，而是用他熟悉不过的工具——板刷。当然，他的板刷那是被他用心改造过的——板刷两侧的鬃毛被他"咔嚓"一声斜刺里一剪，于是变成了他手里想正则正、想侧则侧、想粗就粗、想细就细、要大就大、要小就小的得心应手好家什。

二蛋的计划和目标是：决计苦练三个月，争取成为一位"自成一体、独具一格"的书法家。

见此，老婆香禾认定自己好端端的丈夫二蛋一定是中了邪风。

3

三个月的时间，说快不快说慢不慢地过去了。

男子汉牛二蛋在老婆面前没有食言——三个月后，农民书法家牛二蛋在装饰公司老板的大力支持下，如期举办了自己的书法展。书展取得了意想不到的效果不说，这家装饰公司也因之跟着沾了牛二蛋的光——对二蛋和公司来讲，真可谓一举两得互利双赢。

二蛋展出的作品以其新颖独到、别具一格的风格特点，一夜走红、闻名于世。据一些采访的媒体记者报道，电视台将很快推出二蛋个人及书法艺术的专题节目。

对了，二蛋这位农民书法新秀，是以其独创的"板刷秃笔书法"自成一格。

说到这"板刷秃笔书法"，又得稍稍啰嗦两句。起初，借着每天刷墙的机会，二蛋用板刷划拉了一阵之后，他曾一度也想过正儿八经地拿上一支毛笔试试，但很快他就发现，毛笔这个轻不溜秋软不拉塌的玩意儿，比起他使用惯了的板刷还是难使多了。于是就死心塌地地从一而终使用自己的板刷了。就是用这号称"秃笔"的板刷，然后巧妙地运用他这几年刷墙过程中灵活使用各类大小板刷的一切手法技巧，很快找到了他想要的那种感觉——脑子好使的二蛋，凭借独特的工具，凭借独特的技艺，结果写出的字儿不同于任何一位书法家的眉眼模样。

看着自己的杰作，得意的喜悦顿时爬上二蛋的眉梢。

书法展期间，二蛋托公司老板请到一位"权威"书法评论家——凭借老板的面子，只请人家吃了顿饭，便把一切都搞定了。

"权威"评论家不愧为权威评论家。他对二蛋的书法作品口若悬河地发表了一番宏论后，最终以言简意赅的十六个字做了总结定位：笔力遒劲、苍朴雄浑、功底扎实，笔趣天成！

关于这位"权威"评论家，他这些年来对许多书法家的作品都做过评论报道，因此在评论界颇有影响，占有一席评论之地。可唯独这一次——这是后来他自己酒后失言——他说自己的确有点吃不准，因为他很少见过这样的作品。说白了，对这样的作品，其实自己根本不懂，但又不敢漏了"不懂"的馅儿。但想来想去，既然以前大家没见过这样的作品，那现在要给他来个定论，他作为"权威"的、有影响力的评论家，一切还不是由他说了算？更不用说，那公司老板又是自己的好友……想到这里，他便大着胆子做出了上述的评论和定位。

　　没想到，"权威"的评论一出，不少报刊、网络媒体争相转载，于是，这位幸运的"板刷秃笔"农民书法家牛二蛋得以一夜出名。

　　书法展当天晚上，爱意满满的娇妻香禾，特别给了丈夫二蛋一顿意味深长的美味佳肴——大葱炒蛋，美其名曰"以蛋补蛋"，算是给自己能干的丈夫特别嘉奖。

光环学者

1

"凝云碧翠"又称"碧园",是东海大学校园里绿色掩映、依山临湖的一座景色怡人的园子。园子占地数公顷,由于林木茂密、四季常青,多年来一直被视为这座学府的天然氧吧、绿色圣地。无论春夏时分还是秋冬季节,都会有数不清的学子在这里读书、作画、促膝交流或锻炼身体。由于景色秀美,近年来这里还不止一次地成为《绿云》和《水木年华》这样一些影视片的外景拍摄地。每天清晨,上了年纪的退休老教授们在这里打拳、散步,怀揣梦想的年青学子在这里潜心晨读,吊着嗓子不停地"咪咪咪、嘛嘛嘛"的帅哥靓女,即便不懂这一门道的外行,一听就知道是音乐学院的学生。而每到傍晚,曲径通幽的林荫小道上,你可以不时看到成双成对手挽着手的情侣们,那裹挟在甜蜜私语和幸福浪漫中的热恋身影,让生活在这里青春永驻的人们,心头平添一份人生的诗意和美丽……"凝云碧翠",东海大学一座名符其实的生机勃勃、充满清新活力的学识与生命的养育之园。

清明过后,早该是春天百花盛开,树木绽放新绿的季节了。可是不知为什么,"凝云碧翠"园子里多少年翠色欲滴生长得好端端正值盛年的一些大松树,有不少全都显出一副干枯憔悴的病容,俨然一副病入膏肓、很难再活过来的样子。前两天,有校领导亲自登门,请来有经验的植物学教授、号称"树医"的文思圣教授为其把脉叩诊。文老教授发现,这些树的皮层里头生了一种过去从未见过的虫子。这是一种截至目前还不知道该用什么药物才能杀灭的、肉眼几乎看不见的虫子——说得直接一点，就是说这些树得了"癌症"。

在国人的心目中向来有一种约定俗成的概念，那就是：作为一座知名的学府书院，那些生机勃勃的大树，尤其是历经百年风雨长成的参天大树，不仅是学园里不可或缺的自然景观和绿色氧吧，同时也是其学术生气和学府文化底蕴的某种象征。正像文思圣教授所说，一座像样的学府，没有茂密氤氲的林木，尤其是没有一些枝繁叶茂生机勃勃的参天大树，那是不可想象的。其实，不单是文先生这样的资深教授，实际上在很多普通学人的心目中，恐怕都会认为，一座学府的学术环境氛围和学术底气，一定与这里绿色茂盛的环境氛围是相辅相成、互为景观的——茂密之绿色，参天之大树，实乃学府书院的风水命脉。

或许正是因为这个缘故，面对一棵棵干枯憔悴、濒于死亡的大树，学园里许多爱校如家的师者、学人、学子们，无不为之痛心，每个人心里都有种说不出的感觉，仿佛那病不是得在树的身上，而是患在学人们自己的心上。大家为之议论纷纷。

议论中，你可以听到、感受到各种各样的情绪和说法——惋惜的、痛心的、抱怨的、批评指责的、冷嘲热讽的。总之众说纷纭，什么都有。甚至有人还将大树的枯死附上一些神神秘秘的迷信色彩，说这是学府风气不正、教学疲软、学术萎靡、人才不景气的象征，等等。

有些话，既然说者有意，那么听者不免产生某种并不是没有道理的联想，也属理所当然。说到风气不正、学术萎靡、人才不景气的问题，众人七嘴八舌道出一大堆认为与此牵扯关联的"人物"。而其中的有些人与事，大家的看法、说法竟然是那样的一致。如此的"共识"恐怕就不是空穴来风了。下面提到的，便是所议论的众人中的一位"学者名人"B 教授，这里我们不免择其一二，看看这位 B 先生得以成为"名人"的一些"事迹"及其他的逸闻趣事。

2

这里是该校某专业一年一度的博士论文答辩会。答辩委员会由本校和外请的五位知名教授组成。

因为有自己的亲传弟子参加答辩，B教授特意前来旁听。

B教授虽说五十刚过，但由于他的"学术影响"，在学术界可是个大名鼎鼎有影响的"学界名人"，所以他一出现，不仅在场的学子们要颔首起立对他表示谦恭的问候和致意，甚至就连外请来的这位尊贵的答辩主席，也都要走过来向他表示一番问候和敬意，其情其景，令人肃然令人起敬。

第二位上场答辩的，便是B教授的弟子。专家组对该生的论文陈述表示满意。然而在随后的论辩中，或者更确切地说，是在论辩即将结束的时候，却不幸冒出了一个让在场者包括答辩主席在内的所有人都感到十分难堪的问题——针对该论文源自参考文献的一个重要观点，答辩主席对此似乎很感兴趣，于是附加性地提了一个问题。鉴于这位"准博士"回答得马马虎虎，答辩主席突然转过身来，和颜悦色、不无亲切地同B教授探讨起来。

正常情况下，这样的做法略微有点唐突或者被认为不合规范。但这次答辩主席的"探讨"的确是绝无半点为难之意——因为，一来这篇文献在该文中显得十分重要，二来从不愿意为难答辩学生、此时更想要给B教授一个风光面子的答辩主席，灵机一动，算是有意安排了这样一个大好机会，可谓用心良苦。

答辩主席对着B教授，从引文的题目到具体引用内容，一字不落地念了足足一分半钟。正襟危坐、神情岸然的B教授听得很专心。听过之后，他很有教授风度地摇摇头，十分谦虚地说："实在抱歉，弟子的这篇引文，为师有点疏漏，没有看到。"

怎么可能？B教授自己竟然不清楚这篇论文？这样的回答令答辩主席吃惊不小，令旁听的学子们嘘声一片。你可知道这是为什么吗？

平心而论，导师不熟悉学生论文的每篇引文虽说不是十分在理，但也并不是一个完全说不过去的问题。但这位B教授让大家觉得说不过去的是：答辩主席提到的这篇文章，不仅是该文重点参考文献，更为重要的是，该文是由 B 教授和他这位弟子"亲自合作完成"，且导师 B 教授堂而皇之挂了第一作者……

毫无疑问，在场的所有人看得一清二楚——这位导师的解释和面部神情，明白无误地告诉大家：他压根儿就不知道，自己还有这么重要的一篇论文发表。他满以为，那肯定是跟自己不搭界的张三李四王二麻子写的文章。一句话，他压根儿就没有详细翻过学生的论文。

就在陷于尴尬局面的一刻，听众席上有一位跟答辩席上那位博士住一个屋子的低一级博士，轻蔑地扫了一眼 B 教授，随即瘪了瘪嘴，咬着身边一位同窗的耳朵，轻声说道："我太清楚了，他（答辩博士生）那篇论文完全是自己写的，发表的时候第一作者按他导师一贯的游戏规则，挂了"老板"的名，却没将此事告诉自己的老板——他压根就没有料到会有今天这么难堪的一幕。"

问题是，事情过后 B 教授自己知道真相以后，竟然没有丝毫的不好意思或半点愧疚之意。这就不能不让人觉得，如此的"知名教授""学界名人"，脸皮实在有点太厚、太无耻、太没有为师的德行了。

3

B 教授这位"名人大家"真可谓故事多多。有些故事可能是熟人间随便开的玩笑或者是别有用心者的瞎编胡诌，但有些事儿恐怕就不是无中生有了。

众人皆知，B 教授有个管不了丈夫的老婆。这老婆原本挺爱自己的丈夫，且夫妻两人感情甚好。后来因为 B 老婆不经意间逮着了老公一个足以气爆她眼珠子的"大把柄"，而老公又是一副死猪不怕开水烫背着牛头不认账的无赖相。这一下，便深深地伤害和激怒了老婆。从那以后，他们的生活开始摩擦不断，夫妻感情随之大幅度滑坡。

正是从 B 老婆的嘴里，道出许多 B 教授的故事。其中最损的一件事就是有关老 B 打从准备评教授那阵儿开始，一路走来如何"著书立说"的事儿——老 B 这一招，后来从别的渠道也得到充分证实，所以我们完全可以信其有而绝不可以信其无。

为评教授而"著书立说"，即便是做的再怎么过分，再怎么不合规矩，再怎么整出一些见不得人的事儿，从既得利益出发，按理自己的老婆是不会向外声张的。但问题是，B教授后来又将这一套"法宝技艺"富有创意地传授给自己的那位"得意爱徒"——也就是现在大家都知道的那个跟自己的导师深度默契、行为不轨，起初让老婆左看右看不顺眼、后来明火暗火不打一处来的"小狐狸精"的时候，火冒三丈的B老婆实在忍受不了，于是借自己发泄之时，没把住，竟然将丈夫"著书立说"的绝活，一并泄露到了外界。原本B老婆做得还是有点分寸——气头上的她将此事只是告诉了她的一位大学闺密，可问题是，这位闺密却是个天生肚子里存不住货的主儿。于是，这后来会发生的事儿你就可想而知了。

心生恨意的老婆之言本不该全信，问题出在后来有位老B的"半同行铁哥们"也讲到这样的事情。这位从不说假话的朋友说，老B有次高兴犯轻狂，彻底喝大了，于是就死缠硬缠，非要给他"传道、授业、解惑"——向他传送如何做学问、如何"著书立说"的"捷径"、如何成为"名人"的"法宝"……这位老实的朋友所言，与B老婆所讲如出一辙，于是大家不得不信了。

按老B的老婆和朋友所言，他"著书立说"的绝活是：无论专著还是论文，想好一个题目，立即布置下去，让自己的学生按其要求上网查询资料。而后根据所需，少则选出三篇五篇，多则十篇八篇，电脑里"噼里啪啦"同时打开，而后一目十行快速浏览，而后根据自己的文章或著作所需，又是"噼里啪啦"一顿生猛选择、快速粘贴。如此一来，一半天的工夫整出一篇"论文"那是轻而易举之事。最快的时候，他可以在一个小时完全搞定。至于"专著"，自然是要花费多一点工夫——多则半个月，少则起码也得一个星期或是十天八天工夫。

"工作"过程中，通常情况下老B总是一边抽着手头的大中华——最差也是熊猫、万宝路之类，烟云缭绕；一边眯缝眼睛、歪着鼻子，拖动鼠标熟练操作，俨然一副庖丁解牛、游刃有余的样子。搞得得意忘形的时候，他会"啪"地一下，很潇洒地拍一把自己的脑门，戛然停下手头的"工作"，而后又紧接着"啪"地一下搓一个响指，再拍两下屁股扭三下腰，然后哼着五音不全的小曲儿，四仰八叉瘫在沙发上，一阵得意洋洋的癫狂之后，抿上两口学生"孝敬"的茅台、五粮液之类，然后再兴致高涨地接着炮制……

B教授对自己的这一套熟练手段，不无得意地美其名曰"B氏综合扒梳蒙泰学术速成法"。问题是，十年过去，老B的如此做法，似乎在学术界没有任何人发现半点蛛丝马迹，为其发表论文出版著作的那些个知名刊物或出版社，也没有任何人表示怀疑、提出异议或过问此事。恰恰相反，正因为他找到了做学问的"有效捷径""最佳途径"，所以他不出几年的工夫，就成了学界众人皆知的"著作等身"的"学者大家""教授名人"了——这，就是当下学术界的"中国特色"。

4

不要尽说些不愉快的，我们还是说点轻松有趣的。

当了教授，当了博导，又随之向校方要挟造势、挖空心思当了副院长"功成名就"的老B，生活内容及工作日程立马有了重大的调整和变更——除了天上飞来飞去，便是喝酒、赌博、看电视。

没错，如今他的所有爱好中，看电视成了他最高雅也最不厌其烦的项目——只要没有饭局，没人请他吃酒喝肉，没人约他搬长城的时候，他九成的时间全耗在了电视机前。

说起B教授看电视，恐怕没有几个人可以跟他比拼——他家的每个屋子现在都有电视。每天早晨一睁开眼，不穿裤子就得先打开电视，如果有他感兴趣的节目，时不时会蓬头垢面忘记了洗漱。他早餐也是在电视机前，甚至为了方便起见，后来干脆给餐桌上方装了电视。正像他老婆所说，老B看电视，那是早晨、中午、下午、晚上连轴转，从不分白天黑夜，从来没有节假日。为此，气不打一处来的老婆，称老B为"重度电视痴迷综合征患者"。

因为看电视而忘记了给学生上课，那在老B根本不算什么新鲜事儿。最为夸张的一次是，校长通知部分副处以上干部召开一个重要会议，结果这老B电话静音看电视根本没发现。到了第二天才看到：有人为此给他打了十多个电话，其中三个就是校长亲自打的，而他竟全然不知。后来找借口给校长解释此事，校长明明知道老 B 在说假话，只是看在他是"学术名人""一校栋梁"的份上，点点头一笑了之。

看电视之于老 B，那是堂而皇之台面上的项目。台下，还有更精彩的，那就是老 B 所谓"红粉场面"上的事儿。

成为名人之后的老 B，对老婆越来越不待见。可是，有那么几天时间，他突然对老婆表现得殷勤备至。说是有一个绝好的机会——他的一位做旅游业、有事求他帮忙的朋友请客，为他们夫妇安排了为期九天的新马泰一游。他不无遗憾地说，自己最近正好赶上院里工作忙，根本脱不开身，实在没法与夫人一道前往。然后一脸殷勤地告诉老婆，只好让她独自一人去新马泰游玩了——大好机会，机不可失。老婆没去过新马泰，一看这样的好机会，不仅满足了自己的愿望同时也顺势给了老 B 一个面子。

其实，老 B 说的去新马泰根本不是什么朋友请客，而完全是为了支走老婆而苦心想出来的招儿——他是想借此机会与自己的一位火候正旺、时值关键的重要情人约会。

遇了平时，老 B 出去跟三模四样的女人约会，根本用不着过分地避讳老婆，而唯独这一次，是个扎扎实实的例外——他的这位跟自己一样癫狂入了火候的小情人，情到深处，竟然娇滴滴，拧着性子扭着腰，提出了一个色情荡漾又让老 B 猝不及防一时没了主意的极端要求——她提出一定要在老 B 的家里足不出户待上一个星期。这一下还真难住了老 B。但是教授终归是教授，尤其是像老 B 这样的"名牌教授"，智商跟一般人就是不一样。不无"智慧"的老 B，很快就想出了打发老婆新马泰的主意，并立马做了细致周到、不漏任何蛛丝马迹的安排。

老婆一走，老 B 和自己情人在自己家里春情荡漾、如鱼得水、云里雾里、亦真亦幻地度过了整整一个星期。在这一周的时间里，老 B 想出一个不会引起任何怀疑的主意，跟院里请了假。而后美滋滋陪着自己的"小美人鱼"，足不出户，幽居一周，实现了两人的情人梦想。只是住在楼下的邻居吃尽了苦头——他们不时听到楼上各种富有特色的动静，满以为是屋里关进了四条腿八只脚的幽灵。有时，动静有点大，简直就像是野驴野马野骡子……

你猜猜，B 教授这一周干了些什么？当然有些是你可以猜到的，而有些，你肯定是打死都猜不着的。在他们的所有活动中，最高雅的一项，那就是 B 教授借这次机会，让自己的小情人教会了跳探戈儿——这你可能没猜到吧？还有一些别出心裁的活动，比如红地图、黑太阳、快乐上吊、爱情鸟下蛋等等！哈哈，那就更是没有人能猜得着的了。想知道吗？对不起，恕我不能告诉——还是给 B 教授一点面子吧，毕竟是场面上的人物——"大家名人"。

你再猜猜，老 B 疯火癫狂度过一周的这位"小美人鱼"是为何人？我告诉你，正是下面将要曝光的这位……

5

凭着自己的学术威望和影响力，B 教授无论圈里圈外，办起事来有的是牛力马力。这不，他一年半前闪亮推出自己的女博士就是一个绝对有说服力的例子。

老 B 的这位博士——前面说过了，就是两年在他家足不出户住了一个星期的那位，说来还真是好运气。当然，这一切跟老 B 的绝技运筹是绝对分不开的。

"高徒"毕业那一阵，恰遇一位高官要一位绝对高品位、高规格的女秘书。B 教授从一位消息灵通的酒友那里得知这一消息，觉得真是难得的大好的机会到了。他前后左右权衡一下，觉得自己的这位博士符合高官的条件绰绰有余。于是，凭着他的人脉关系，直接来了个"恩师代替弟子毛遂自荐"。结果，事情就像是泥鳅过河，进行得异常顺溜。但知情者明眼人一看就明白——老 B 的博士能被录用，表面看上去是因为她的博士学历什么的，而实际上则完全是因为这"小美人鱼"比博士更管用的窈窕身材和漂亮脸蛋儿……

老 B 忍痛割爱，舍得将自己最上心的红颜美人双手奉送他人，那是有所打算的——这之后，正是有了这位高官的"关心和力助"。老 B 事业"更上一层楼"，得以人生事业的辉煌圆满。这里既有他过去一贯"著书立说"的功劳，也有后来其他道道的运气来路。

而今的 B 教授，集各种荣誉于一身：下到学校上到国家级的各种荣誉头衔，数不胜数，巴掌大的名片三张五张也盛他不下——人生辉煌得意至此，可谓无以复加。

说来也跟那位高官有关——老 B 所在市半年前设立了一个最高学术成就奖，名曰："光环学者奖"。

结果，老 B 一路过关，很顺利地获得那个大奖。当然，知情人心里明白，老 B 的这个奖，与其说跟自己"著作等身"的"学术成就"有关，还不如说是跟那位用心提携的高官有关；与其说跟那位高官有关，更不如说是跟老 B 的那位"知恩图报"的"小美人鱼"有关。

特别值得一提的是，老 B 获得大奖的那个奖杯的设计造型，哈哈，真是太有趣、太有创意啦——奖杯造型竟是一个西服革履背搭着手，头上一轮光环、不无装腔作势的猪头人身怪，真乃绝顶新潮设计。

美臀俱乐部

卢琳夫正身心贯注地静静瞅着眼前画架上即将完成的一幅人体油画，电话铃响了。

他眼睛瞪着搁在一旁的手机，陌生号码。听着那一声紧似一声的"呼叫"，很不耐烦地皱皱眉，叹了口气，最终还是一脸无奈地扔下了手中的画笔。

"请问哪位？"音调中流淌出明显的不耐烦。

"嗨，我的艺术家，又在下功夫呢？"电话里是琳夫的铁哥们儿大李的声音。

"唉，你这个烦人鬼，换手机了？"

"没有，用小情人的手机！"

"没个正经的时候，怎么老是在我最忙的时候骚扰我！说，啥事？"

"行了行了！我告诉你，高翔从美国回来了，我们聚聚吧？"

"啊？高翔回来了?!"

"别啰嗦了，快点出发，地点就你的'美臀俱乐部'——滨湖生态园，即刻出发，坐我的车。"

"就咱俩？"

"怎么会呢，除了你我，还有老梁。"

一听高翔回来，琳夫脸上即刻露出了喜色。高翔，多年的好友，那是琳夫最想见的人。

琳夫一边脱下脏兮兮的工作服，一边哼上了《快乐寡妇》里边那段脍炙人口的旋律。

高翔从美国回来，得以促成大学时代四位同窗好友的这次聚会。

下午两点

先介绍一下这四位昔日同窗好友现在的身份：

高翔：定居美国哥伦比亚大学的职业艺术家。

卢琳夫：东海大学美术学院教授、著名画家。

老梁：东海大学某学院教授。

大李：东海大学车队队长，外号"新闻处长"，以下简称"处长"。

下午两点，他们四位准时来到"美臀俱乐部"——湖滨这座高档的"室内生态园"。

滨湖生态园何以变成了"美臀俱乐部"？这与今天到来的画家卢琳夫有直接关系。

两年前，这里重新改建装修，财大气粗有大背景的祝老板，托人找到了著名画家卢琳夫，要他为这里的八间超豪华包间画几幅上档次有品位的油画。结果，对老板意图心领神会的天才画家卢琳夫，灵感勃发，一口气便完成了八件大尺幅或站立或坐姿或斜卧的、超级性感的女裸体——画中生机勃勃的女裸一律半侧位背向观者，个个绝色，个个美臀，个个美艳动人，个个令观者无不心惊肉跳。

祝老板对这些画作赞不绝口、深为满意。也正是因为这些美艳无比的裸体画作，引得很多有身份、上档次的达官贵人社会名流，都愿意来这里娱乐消费，祝老板的生意，那是好得不得了。

随着生意的日趋红火，没过几天，"生态园"的名字被不知什么人命名的"美臀俱乐部"所取代，而且很快便不胫而走，传开了。

今天来者中有了卢琳夫，这一拨人自然也就成了这里招待得殷勤备至的贵宾。

下午两点一刻

几位铁哥们相互见面，话不出三句，问候中便夹杂一些"五颜六色"没正经的词儿。尤其像卢琳夫这样在哥们中已经被定了性的"黄种人"，三句话就能嗅得到"下水道"的味儿。

一阵寒暄，一阵天南地北地胡诌乱侃之后，琳夫提议、大家异口同声表决通过：大家一边玩牌一边聊天。

琳夫对着大李：新闻处长，洗牌。

高翔："嗨，哥们，哪来这吓人的名头？"

琳夫："人家现在是大名鼎鼎啊，地球人全知道，你不知道？"

高翔疑惑地对着大李说："哥们，啥猫腻，这显赫的名头咋来的？"

大李苦笑一下："嗨，我这张破嘴，天生不会说领导爱听的。"

高翔笑了笑："不对吧，不会说还能说出个'新闻处长'？"

大李看了一眼琳夫和梁教授，摇摇头对高翔道："他俩最清楚，我这是多嘴的哑巴吃黄连，就因为说坏了话，原来的处长官儿半点声响没有就给丢了不说，还给人留下'新闻处长'的笑柄。哎，我这是吃了巴豆拉稀屎——收拾不住的每况愈下。"

高翔笑笑："那你现在何处高就？"

大李："现在，搞后勤管车队了。"

高翔："噢，那就是该称李队长了。"

一脸坏气的琳夫恶作剧道："不管别人怎么称呼，咱哥们永远称呼你'处长'——过去是堂堂'研究处长'，现在又是'新闻处长'——无论从哪个角度讲，都是处长嘛。"

下午两点半

高翔："咱们玩什么？"

处长："干瞪眼吧。"

高翔："怎么瞪？我不会。"

处长："这世上所有玩法中，'干瞪眼'最简单，一学就会。"

处长讲了讲游戏规则，于是大家开始玩起了"干瞪眼"。

以"新闻处长"为首，大家一边"干瞪眼"，一边给老友高翔讲述这一年来发生在他们东海大学的形形色色的故事。

不出三句话，他们扯到东海大学的发展新思维、新举措问题。随即又扯到金副校长。

处长："你们知不知道，金副校长正在准备申请新一轮两院院士。"

梁教授："不是有人告他那成果是剽窃的吗？"

处长："告管什么用，他上边有人。再说了，现如今，那些堂而皇之的狗屁成果，十有八九哪个不是剽窃的？"

高翔："有这么严重吗？"

处长："嘿，你看看现在那些所谓的学术刊物，想要找出一篇原创的有价值的论文，太困难了！许多刊物，包括国家级的一些资深刊物，早都办成金钱交易的臭狗屎了！"

高翔："不管怎样，作为申请院士的人，他们的成果至少不应该是剽窃的吧？"

处长："嗨，这种人，他们才比谁都会剽窃呢！你没看中央一台的新闻，刚刚弄出来几个剽窃行当的醋熘儿大泥鳅——其中有国家最高学府的学术带头人、知名教授、两院院士……比起他们，老金他妈的算什么。"

下午三点差一刻

琳夫：金副校长我不大了解，但研究处的那位黄处长，这两年来大家对他的"学术研究"说法可是比较多。

处长：琳夫，你一个只知道"吃荤、作画"，两耳从来不闻窗外事的人，也能听到这些事儿？

琳夫笑笑：有时不小心，一阵顺河风就给夹杂着灌进耳朵里了。

处长：黄处长，不值一提的狗屎一堆。

高翔：怎么这么严重？

处长：彻底的人渣一个。

梁教授笑着道：你不该是因为人家替了你的处长位子，才对人家这样过意不去吧？

高翔望着处长：老李，是这样吗？

处长：球，跟这没有关系。

高翔：那是怎么啦？说说看。

处长：黄处长，有人对他的"学问"早已经做了总结性的定论，归纳起来三个方面：第一，饭桌上的学问；第二，买官卖官学问；第三，女人身上的学问。

老实巴交的梁教授一脸正色道：哎呀，那可是不敢小觑的大学问。

老梁话音未落，惹得满堂哄笑。

下午三点

新闻处长：你不知道，老梁的学院这都快要人去楼空了。

高翔：怎么回事？

新闻处长：大家都拼命争着当领导。

高翔：用得着那么多的领导？

新闻处长：总共六十个人的学院，竟然有五十六个都想当领导，你相信吗？

高翔：不会吧？太骇人听闻了。

新闻处长：呵，这当口，骇人听闻的事儿多了。

高翔转身看着梁教授：老梁，确有此事？

老梁笑着点了点头：确有其事，除了我，恐怕就只有一个人不想离开学院。

高翔：什么人？

琳夫：他们院长，对吧？

梁教授：是，我们院长去了图书馆。

高翔：去了图书馆，啥状况？

梁教授：院长根本就不想去，可是没办法——他必须给上面安排好的人腾位置。

高翔若有所思，片刻，然后对着三位朋友道：我真不明白，待在大学里边，当教授做学问有何不好？

新闻处长：呆子，你以为如今国内像咱们这样的学校会是你那哥伦比亚大学？

高翔：那跟当教授有什么关系？

处长：哥们，关系大了！利益驱动啊！我告诉你，当一个领导有多大的好处啊：名誉来了，地位来了，女人来了，科研经费有了，外出"学术研讨"游山玩水的机会有了，巧立名目出国"考察"的机会有了，各种好处数也数不清，全都来啦！他妈的！出牌！

大家一时默不作声。

处长：当教授，如今当教授有个屁用！我说了老梁别不高兴，依我看，当个有油水的尕科长，也比你老梁这样老实巴交地埋头当教授强！他妈的，出牌！

下午三点一刻

新闻处长：再别说，就连多少年老老实实搞科研的穆教授，在人人紧着当官的当口上，也是上朝的皇后拉了稀——坐不住了。

梁教授：哪个老穆？

新闻处长：还有哪个，就是写了一百篇学术论文，出席过十八次像模像样的国际会议的"生物老穆"呀！

琳夫：啊，那个老穆呀，此人我知道的，他哪里是个搞行政的料？这也太邪乎了。

新闻处长：嗨，这年头，邪乎事儿多了，邪乎得让你抠掉眼珠子都不能相信。

高翔听了直摇头不作声。

看了高翔一眼，新闻处长接着道：你猜猜，老穆为什么要当领导？

高翔：为啥？

新闻处长：他的老婆儿子一看人人都争着当官，急眼了，终于给老穆下了最后通牒——像他这样的资深教授，必须当处长！万一不行的话，至少也要当个副处长！否则，老婆离婚，儿子就不认这个爹了！

高翔：不会吧？太邪乎了！

新闻处长：有啥不会，可怕吧？这年头，啥都会，啥事儿都有可能！他妈的，出牌！

下午三点半

新闻处长：你们猜猜，那个"耗子处长"是咋坐到那个处长位子的吗？

三人齐声：咋回事？

新闻处长：沾了他那红颜知己一对大奶子的光了。

琳夫：嗨——，这个有意思，说说看。

新闻处长：一次陪上面一位领导吃饭——对了，那时候他还是他那个学院的副院长，他带了人家新闻学院一个很有气质又不无风骚的漂亮妞儿——你们可知道，那女的是何许人也？是该学院新分来没几天的一位年轻教师。

琳夫：后来呢？

新闻处长："耗子"一眼看出，那位领导当即为女子的美色倾倒。"耗子"是什么人？他那眼神，那脑子，太好使了！领导的眼神忽闪一下，里边的意思"耗子"立马就消化了——当下开始替领导动起脑子来了。

琳夫：我说老哥啊，成色这么好一个女子，"耗子"怎么套得上？

新闻处长："耗子"凭着自己的有利条件，开始一再向那女子示好，让女子错当是自己这位副院长喜欢上了她。随即耗子又拿公家的钱，买了一台近万元的高级苹果手提电脑，送给了这个"院花"。

琳夫：好上了？就这样简单？

新闻处长：哪有这么简单，这只是个开始，后来的戏还多着呢。总之，最后将那女的真的拐到了手。

琳夫：狗杂种，还真艳福不浅啦！

新闻处长：哪里，拐搭了一个漂亮的妞儿，自己没舍得用几天，转手就进贡给了省上的那个领导。

琳夫：嘿，这个没劲儿的！

新闻处长：没劲儿？嗨，人家那才叫有情况——"蟠桃"鲜儿尝过了，转手又派上大用场，这样的事儿，你我能做得了？

琳夫：嘿，人渣，这狗日的太没有德行了！

新闻处长：有德行就不是今天的"耗子"了。这杂种，不仅歪脑子好使，那狗屎运气也是好傻了！他娘的，出牌！

下午四点

新闻处长：别急，还有好事儿呢。

高翔：哈哈，看来你这个"新闻处长"可是绝对的名副其实、地地道道。

新闻处长：没错，所以现在路上熟人见了这样喊我，嘿嘿，我也就理直气壮地答应了。

琳夫：说说，是不是又是哪个漂亮妞儿的故事？

新闻处长：嗨，你这个不可救药的好色之徒，就知道漂亮妞儿。我说的是"假大空学院"的事儿。

一听这话，高翔忍不住笑了起来：怎么，还有这么好玩的学院？

新闻处长：有啥好笑的，"假大空学院"人所共知。

高翔：有意思，说说看。

新闻处长："假大空学院"，对外吹得惊天动地，其实内里啥都没有。别的不说，你看"假大空"家那个给学生连课都不好好上的混混老师，不仅自己考上了博士，现在竟然开始在院里双肩挑——她蛮像回事儿地上了岗了——除了一门心思地搞外交公关，竟然还同时兼职负责起科研来——科研，他懂个狗的球。

高翔：人家也许真有那本事吧？

新闻处长：呸！狗屎！这年头，撞了大运的蠢猪都可以坐上老虎的宝座。

琳夫，老梁，我的好兄弟！如今，像你们这么一心热爱自己的事业的教授，真是唐僧头上的辫子——稀缺又稀缺了！唉，他妈的，出牌！

下午四点半

琳夫：新闻处长，我听说咱们的某位领导外出考察，看过西北的腾格里沙漠，觉得很有气势。回来后，竟然异想天开，准备在我们这座南方的校园搞一处占地二百五十亩的沙漠景区。可有此事？

处长：没错。哼，不用着急，像现在这样下去，用不了多久，怕是我们的整座大学都会变成腾格里沙漠了。

高翔：什么意思？

新闻处长：你不看，现在人心如此浮躁，一座好端端的大学，竟然没有几个人能安下心来做学问了——这样的大学，已经开始沙化了——开始严重的"沙漠化"了！

大家沉默无语。

新闻处长：出牌！黑桃尖。

梁教授：哈，处长牌这么好？

新闻处长：牌好，牌好顶个屁用！一想起，如今搞成这般模样，真是既愤怒又绝望！

高翔：不行你们就换一个别的大学。

新闻处长：嘿，到处都一样。搞不好，会有越来越多的大学校园都得变成像腾格里一样的"迷人"景区。

下午五点

高翔：看来，国内的高校风气的确有问题。

新闻处长：何止是有问题，问题大了去了！这样下去，他妈的该完蛋了！

梁教授：关键是老师们的心态出了问题。

处长：唉，老梁啊，你这个死心眼儿老实蛋，就知道搞科研！我告诉你，不是老师们的心态有问题，是别的方面有了问题！

　　梁教授：那你说哪里出了问题？

　　处长：唉，不中用的老书呆子！看，那边过来一个幼儿园的小孩，过去问问她吧。

骆驼之死

引子

为期七天的国庆长假，让乐于出行、游山玩水的城里人津津乐道。

陇上行，西北游，金城兰州是出发港，但心之向往在敦煌——整个西北，恐怕没有一个去处会比梦幻般的敦煌更令人向往、更让人感兴趣的。

没错，来敦煌，很多人的一大游兴，就是骑着骆驼走沙漠——鸣沙山，月牙泉，艺术瑰宝莫高窟，日复一日，来来往往，留下驼队数不清的脚印和同样无以计数的汗水。

从露出三危山的第一缕晨曦亲吻大漠，直至夜幕降临，一轮明月投入月牙泉的怀抱，听着那"咣当——咣当——"回响和飘荡在绵延起伏的沙漠之中的驼铃声，你的心啊，真是说不清那铃声该称之为清脆悦耳？还是荒凉孤寂……

1

这是敦煌市郊距离鸣沙山和月牙泉不远的一个农户。户主姓高，一脸的憨厚，看上去俨然年近半百的样子，其实才三十五六。小丈夫四五岁的妻子，从穿着打扮，一看就知道是离城里不远的乡下人，虽说有点土气，但却是见过世面的。上小学三年级的儿子三毛，天真可爱，一向听话懂事，经常帮自己的爸妈做各种家务农活。

常言道，靠山吃山，靠水吃水。高家夫妇这几年的确是沾了莫高窟和鸣沙山月牙泉的光。夫妇俩除了种好那几亩农田外，每到旅游旺季，如何计算着挣挣游客的钱，越来越成为他们生活收入的一个重要来源。为此，他们家养了两峰骆驼，因此也算一个小小的骆驼养殖户。两峰骆驼，领头那峰被称为沙漠王子，曾几何时他是何等的体格健壮，耐力无比，可现在他深知自己的各方面都已不再是当年的那个沙漠王子了。跟在王子身边的，是他的妻子沙枣花。

不知何故，今年国庆长假来敦煌的游客，比以往任何一年都要多。一看这诱人光景，夫妻两人即刻高高兴兴打起了自己的如意算盘。做丈夫的说：今年的长假，咱们少说也得赚够这个数——这样说着，老高给妻子憨笑着眨了眨眼，竖起几根手指头……

长假第一天。忙活一天，憨厚中透着喜悦的丈夫老高，满头满脸全是灰尘的他，脸都来不及抹一把，便将这一天赚到的、远远出乎他预料的大把的钱，顺手铺在床上。然后不吭声，只是咧着嘴笑呵呵瞅着老婆。老婆并不看丈夫，而是两眼直瞪瞪望着床铺上那一大摊或新或旧或平整或皱巴的票子，就像是望着自己的亲生儿子——跟许多人一样，票子向来都是高老婆最好的兴奋剂。看到这么多的票子，老婆浑身上下从里到外哗啦啦散发出一种无法形容的兴奋来。她不停地搓着手，脸上顿时乐开了花，心想，这钱挣得，真是要多爽有多爽！

来敦煌的游客实在太多了。更不用说，那些来自东海南国从未见过骆驼的游客，个个都想骑骑骆驼，感受一下骑着骆驼游大漠的浪漫和惬意。如此一来，骑骆驼的游客排成了队，而牵骆驼的农民，无论大人小孩，为了满足更多游客的愿望，只好赶着骆驼一路疯跑，烟尘飞扬，让初到这里的人还误以为这是在拍电视呢。

如此一来，三天过后老高家无论丈夫还是孩子还是两峰骆驼，都有点吃不消了。生来善良和富有同情心的三毛，开始恳求父亲，让沙漠王子和沙枣花休息半天，因为它们俩这两天体力实在消耗得太厉害了。做丈夫的尽管也很爱钱，但是面对儿子的一再恳求，他心软了，和儿子一道请求老婆，要她开恩给俩骆驼放半天假。

可妻子说：没事的。甭担心。我们家的骆驼，身子骨硬朗着呢，否则怎么叫沙漠王子呢？老高父子俩再三恳求，但高老婆始终是那个表情那个话——殊不知，她毫不松口坚持着的那一刻，浮现和占据她整个脑子的，只有丈夫两天来铺在床上的大把大把的票子……

2

天生温和驯顺的骆驼，向来是愿意为我们人类服务的。它们任劳任怨，别无所求。他们唯一的心愿，就是希望人们能够理解它们，给予它们一点点该有的关心、同情和怜悯。可是，豢养和使用骆驼的人们，就像这老高的妻子，似乎并不能时常想到这一点，甚至从来都想不到这一点。见妻子一再坚持，毫无松口的迹象，听老婆话的丈夫也就啥话都不说了。

说了骆驼，我们再说说兴致大发的游客。正好，我们就近看看眼前这两个欢天喜地、忘乎所以的游客吧。明眼人一看便知道，他们是一对情人——小伙子比较年轻，女的显然比小伙子大许多，长得又白又胖，嘴唇下有一颗不大不小的美人痣，模样长得蛮漂亮，身体不是丰满而是十足的发胖。一阵又一阵荡里荡气的笑声，一副骚情兮兮的样子。那笑声，那模样，让人听着看着不免想三想四……

就是这一对儿，女的执意要俩人骑一峰骆驼。高老婆认为，这样的艰巨任务，沙枣花扛起来恐怕有点玄，所以只有丈夫沙漠王子承担了。

上了驼背，蛮有精气神的小伙子在后，肉嘟嘟的胖女人在前，由小伙子费劲地搂抱着。驼峰和驼鞍，早已被他们俩仿佛天衣无缝的肉屁股压得没了影儿。胖女人不带商量地从小男孩手中拿过驼鞭，抬动抬动屁股，大乳房忽闪着上下晃荡两下，即刻用鞭子开始抽打骆驼。她吆喝着、驱赶着，要骆驼跑，要骆驼跑得快，要骆驼跑得威风，要骆驼跑得让骑在背上的他俩感到舒服。

可怜牵骆驼的小男孩三毛，只好嗓子冒烟、上气不接下气地跟着狂跑……

殊不知，那鞭子拿在三毛的手里，根本就不是像胖女人这样抽打骆驼的，它只是三毛吆喝骆驼的象征性工具。看着被鞭子无情抽打着一路奔跑、汗流如洗的沙漠王子，三毛一边抹着眼泪，一边在心里默默地祈求：天老爷爷，求求你，不要把我们家的骆驼累垮了。

骑骆驼的游客越来越多。眼看如此形势，向来有经济头脑的高老婆，脑子一动，即刻调整了方略——他不用商量，就给丈夫和儿子发出命令：从现在开始，咱家的骆驼只接成双成对的游客，且加倍提高收费。单个的游客恕不接待。儿子三毛对此坚决反对，而且边说边哭了起来。丈夫老高也不同意，说那样一来骆驼根本吃不消，会累死的。但反对归反对，最后，一切都随老婆的主意定了。

即便这样，两峰骆驼还是不能满足太多的游客。如此一天下来，沙漠王子和沙枣花真的被彻底累垮了。三毛也是从来没有见过自己家的两峰骆驼流过这么多的汗，尤其是沙漠王子，他从前几乎是从来都不流汗的。

绝望的沙漠王子，包括他的主人包括极端心疼他的三毛在内，没有人知道，其实他已身患多种疾病——动脉血管硬化、肝硬化、高血压、胃溃疡、胆结石等等——只有沉默的骆驼自己心里明白，这一切全都是累出来的。

傍晚时分，月牙泉边，沙漠王子和沙枣花承载的两对客人双双要在这里拍照。于是他们俩也因此沾光得以歇息片刻。

沙漠王子极度疲惫却又不失深情怜爱地看着身边的沙枣花。一向心灵默契、夫唱妇随的沙枣花，从丈夫沙漠王子的神情中，即刻懂得和明白了他此时此刻心中的所思所想。

是的，这是数年前，沙漠王子和自己的妻子沙枣花第一次相遇的地方。那时的她，那时的沙漠王子，多么的青春烂漫，多么的清新洒脱啊……

沙漠王子和沙枣花，他们互相瞅着对方疲惫和干涩的眼睛，一生走过的路，一生所有的酸甜苦辣和喜怒哀乐，从他们记忆的屏幕上，从他们满是疲惫、无奈和默默对视的眼神中，无声地掠过……

要在往日，已是早该歇工休息的时候了。可今天不行——一位远道而来、浓妆艳抹的女诗人告诉老高，她想要和自己的情侣在月牙初上的时分，骑上骆驼去月牙泉边寻求诗的灵感。女诗人告诉老高，如果满足了他们的愿望，她一定会写出一首漂亮浪漫的诗，回头读给老高他们欣赏。至于骆驼的费用，她可以高出两倍甚至三倍付费。

老高心想：看我这模样，哪像是听得懂诗的人。不过一看这脸上描得不同凡响的女诗人，老高觉得她还真有点非同寻常的意思。更不用说，她还要高出两倍三倍付费，这生意划得来。于是，不顾骆驼的疲惫，老高也就默许了。

拖着疲惫的如同散了架的身子，沙漠王子只好为女诗人和她那位虽然始终没有说一句话，但却显然是言听计从的情侣加班一趟。累傻了的沙漠王子，他的脑子几近一片空白。但是面对这人类不可思议的想法和欲望，沙漠王子依然表现出对人类的最大限度的理解——这，就是他们骆驼的天性和本分。

3

这是长假的第五天。一早起来，沙漠王子觉得浑身无力，全身的骨头像是散了架一样，疼痛难忍、不听使唤。然而，听从主人的吆喝，他还是硬撑着站立了起来——主人的吆喝就是号令。沙漠王子眼冒金花、腿子筛糠一般打着战，走出驼栏。

考虑到骆驼的身体状况，高老婆发了慈悲动了善心，同意沙漠王子"调休"半天——这个上午，允许他每次只承载一位游客。

等待骆驼的游客已经在那里守候了。朝沙漠王子走过来的，是一位穿着时髦、大学生模样的城里小女孩。遇了平日，这样的小姑娘，沙漠王子随便驮她三两个都不成问题。可今天，王子再也没有了这种可能——驮着小姑娘只走了两三里地，他便眼前一黑，像一座小山一样，倒下去了……

神情迷蒙中，看着站在一边受了惊的小姑娘，沙漠王子满心惭愧，但他实在没有办法。他在心里默默地向她道歉：实在对不起，请你谅解，我实在支持不住了，没有办法。好在那女子手脚伶俐，毫发无损。凭着一种从未有过的直觉，沙漠王子知道，自己这是将要走到生命的尽头了。

当死亡到来的时候，他最割舍不下的就是他的妻子沙枣花——这个无怨无悔陪伴自己走过一生的亲密伴侣。此时此刻，望着她无助和绝望的眼睛，他看到了饱含在她那神情中的一切。无法抑制的眼泪，哗啦啦从沙枣花的眼眶涌出。作为恩爱一生、甘苦相依、生死相随的夫妻，一切都在这无言的眼泪中。唉，有生以来沙枣花从来没有流过今天这么多的眼泪啊……

还有，眼前这个体谅和关心自己的孩子三毛，他天性是那样的善良。王子想起三毛时常为自己端上满满一瓢水来饮它、亲手为他调盐巴添饲料、为它梳理毛发、亲手牵着他行走在大漠中的样子。更难忘他时常静静瞅着他，像朋友一样说话的模样。那神情告诉王子：他知道他跟王子说话，他是可以听得懂的。事实也是如此。沙漠王子心想：不要看我们不会讲你们人类的语言，可你们人类的善恶真伪，人类的一切行为，我们骆驼是看得一清二楚的。由于我们少言寡语，只知道干活，这正好养成了我们善于观察善与静思的习惯……

唉，人类要是都能像沙漠王子那样，这个世界该是多么美好呀。

最后，沙漠王子理解了自己的主人。望着夫妇俩，心里有过的一切不快全都化解了——尽管有的时候，为了钱，他们会暂时地疏忽他，但更多的时候，他们还是善待他的。说白了，夫妇二人，虽说都是没文化的人，但他们生来都是善良之人。这个当妻子的确是有点过于爱钱了。但话说回来，她之所以爱钱，还是因为日子过得紧——他心里比谁都知道，这些年，主人过得不容易。比起那些富有的人，他们还是太穷了。生命的最后一刻，他的一个最大愿望，就是希望主人日子能过得越来越好……

生命走向尽头、奄奄一息的沙漠王子，眼睛里渐渐露出越来越安然的神色。此时此刻，躺在松软、沉默和包容一切的大漠母亲的怀抱里，他感到一种仿佛很久没有感受到的温暖和一种仿佛有生以来从未有过的轻松。

他在心里默默地感念道：大漠母亲啊，这个叫沙漠王子的骆驼，他可是你的亲儿子啊！能在您的怀抱里安息，我是多么的幸福啊！我终于可以休息了。休息，这个词，多好啊……

沙漠王子，在自己悲痛欲绝的妻子沙枣花、三毛和老高夫妇的面前，闭上眼睛咽下了最后一口气……同样悲痛欲绝的三毛，趴在骆驼身上放声痛哭。正是这个可爱的孩子，让沙漠王子深深感受到了人间让他难以割舍的最后一丝温情……

就在这时，看着彻底咽了气的沙漠王子。高老婆突然感觉到，这倒下去的、死了的，不是一峰骆驼，而是一棵大树。一阵恍惚，她看见那棵树上生出了茂密的树叶。又一阵恍惚，树叶全变成了金币银币，开始纷纷落下。她突然开始号啕大哭起来……

等哭够了，高老婆擤了两把鼻涕，对着丈夫和儿子说道：骆驼死了也不可能活过来。依我看，还是找人尽快帮忙剥了皮，该咋处理就咋处理了吧。最好，先把四只驼掌割下来，趁新鲜送到敦煌大酒店，肯定可以卖个好价钱的……

一听这话，三毛再次哭喊着恳求自己的妈妈：妈呀，不要割掉骆驼的脚，留着他的脚吧，没了脚，他怎么走路呀！妈妈，别割他的脚，啊——啊——啊——

在三毛的苦苦恳求下，沙漠王子的脚终于保住了。而且按照三毛的请求，这峰活活累死的有功的骆驼，被埋在了大漠深处。

十分奇怪和令人费解的是：送完最后一拨客人，母骆驼沙枣花再也没有爬起来……

沙枣花因何而死？除了天地日月，除了月牙泉和鸣沙山，除了与她一生一世生死相依的丈夫沙漠王子，其他的任何人都不得而知。

沙枣花的死，似乎真正触动了高老婆——面对着不声不响悄悄死去的沙枣花，高老婆突然觉得那死去的不是母骆驼，而是自己……进而，她又想起先一天死去的公骆驼。再看看自己的丈夫，她突然悲从中来，心想：若是没有了为自己辛苦一生的丈夫，她将怎么活下去啊！她跪着伏在沙枣花的身上，惊天动地地恸哭起来，充满悲痛的哭声，久久回荡在鸣沙山和月牙泉的上空……

鹳

引子

鹳，真是一种既聪明又可爱的鸟。但他们究竟有多么聪明、多么可爱，诸位恐怕并不是很熟知吧？那么就随我一道跟随他们看看去吧。

春天到了。鹳们该从自己避过了北方漫长而寒冷冬季的地方——南非的一处海湾林地启程，返回遥远的北方。那里是他们的鹳家族祖祖辈辈生息繁衍的美丽的地方。

这是一个有着大小五百余只鹳的部落大家族。临出发前，族长召集各家各户管事儿的雄鹳——也就是我们常说的家长，领着自己的大小家庭成员一起开会。除了一些老生常谈的问题和注意事项外，族长特别针对去年南行途中遇到的突发事件和一些新问题，一再强调了该吸取的经验教训和该采取的必要手段。总之，讲到的所有问题都是大家特别应该注意的，所以每个家长都听得极其认真仔细。

约翰是这庞大的鹳家族中的一位。此时此刻，他正和自己的知心好友大卫一道，领着各自的妻子和儿女，两家人一同认认真真听从族长的训导。约翰和大卫他们都有各自幸福的家庭——约翰夫妇有一个可爱的公子，而大卫夫妇有一位聪明美丽的小公主。俩孩子打小青梅竹马，两家本可以联姻，只因牵扯到"表兄妹近亲通婚"的嫌疑，所以两家去年南下之前，不得不让其子女双双选择了各自合适的配偶，组成各自幸福的家庭。鹳家族，虽说孩子一旦成家立业，就必须和父母分开生活，但是和所有鹳家庭一样，他们两家父母孩子之间的亲情，绝不会因此受到影响。

说到近亲通婚的问题，还得稍稍多说两句，因为鹳家族对这一点向来很有要求。约翰和大卫两家，已经有几代的交情了，算得上是至交。尤其是到了他们这一辈，关系更是亲近得不得了——不仅他俩从小长在一起玩在一起，而且长大了，又分别娶了大、小芬妮姐妹做了各自的妻子。如此一来，两家更是亲上加亲，不想亲近都没有办法。

让人类汗颜的是，鹳这种鸟儿，那是天生的善良、天生的聪明、天生的向往美好与和平。这一切，足以让我们称其为最杰出鸟类。

1

开完临行动员大会，约翰一家暂时告别大卫他们，回到自己家里。

这一夜，无论是夫君约翰还是爱妻芬妮，他们俩都是久久不能入眠，各自想着各自的心事。

你可知道，鹳的迁徙，做家长的雄鹳和自己的妻子，从来都是不能同行的——做丈夫的必须先行打前站，去做自己作为丈夫该做的准备工作——为心爱的妻子亲手打理未来的温馨家园。此时此刻，善良温柔的芬妮忧心忡忡，她所担心的是明天即将离开自己的丈夫，他在归途中可否安全？会不会遇到什么不测？一切只能听从上帝的安排。芬妮翻来覆去难以入眠，她心里有很多话想要跟临别的夫君述说，却又不愿惊醒了夫君，因为，明天开始等待着约翰的，将是漫长而艰辛的飞行旅途，他得好好地睡上一觉。而约翰这边，看似闭着眼睛呼吸均匀的他，压根就没有睡着。他心里放不下的是自己弱小的妻子。约翰在想，自己先行离开之后的这些日子，芬妮的生活，尤其是在随后与她的姐妹们的北回途中，能否安全，能否顺利到达？

第二天，天刚蒙蒙亮，鹳家族的北回迁徙开始了。你看，所有的鹳家族，一个个全都显得依依不舍、难舍难离的样子……男子汉到底是男子汉。临别了，丈夫们会笑着用翅膀潇洒地拍拍自己的爱妻，然后与她轻轻吻别，便开始振翅飞翔了，无论他的心里有多么依恋和难舍……

雄鹳们越飞越高，越飞越远。他们的身影早已经像一片云一样飘动在遥远的天际了，可是雌鹳们还泪眼迷离地原地不动站在那里。这样过上很久很久，直到大家回过神来，发现自己的夫君们早已没了半点影子……

2

鹳家族的迁徙旅途，尽管事先有周密的考虑和充分的准备，且途中有体格健壮、思维敏捷负责组织的总指挥和大小领队，但他们沿途一路的诸多艰辛和难以预料的风云莫测，有时真是你难以想象。

约翰他们这次的向北迁徙正是如此。起初，一切还算顺利，但是在经过阿尔卑斯山脉的时候，他们遇到了猝不及防的麻烦和考验。

原来他们预定休息给养的地方，因遇到极端天气，他们不得不绕道而行。然而这一绕道，加上突来的风暴，让大伙儿一时迷了路。如此一来，他们不得不选择新的、完全陌生的给养之地……

终于，他们在茫茫视野里发现了一片小小的绿洲，那里有水。于是，在领头鹳的带领下，大家落在了这块挽救大伙儿性命的地方。然而就在那里，他们撞上了意想不到的厄运——他们遇到了一群凶猛残忍的灰鹰，遭到灰鹰的袭击。

在相互搏斗和逃难的过程中，出发前患有感冒且没有痊愈、身体不适的大卫，遭到灰鹰的袭击，折断了一只翅膀。大卫是坚强的，尽管伤的如此严重，但他硬是强忍着，始终哼都不哼一声。可无论大卫多么坚强，如此的伤势，要跟着大家一同飞行，短时间内恐怕是不大可能的事情。但是鹳家族是非常有情义的——在万不得已的情况下，他们是绝不会放弃的。

几天过去了，大卫的伤势还不见好转。望着大卫痛苦绝望的眼睛，领队的头鹳安慰大卫，要他不用着急，大家无论如何都要等他痊愈后再度启程。

大卫望着约翰道：约翰啊，看来我是没法跟大伙儿一同返回了。我死不足惜，我放心不下的，是我的小芬妮。没有了我，我真不知道她该怎么活下去。约翰，听兄弟一句话，如果有一天我不在了，你一定要帮我照顾好我的芬妮，让她好好活下去……

约翰眼泪涌出：大卫，我的好兄弟，不许你说这样的丧气话，你一定要有信心，要尽快恢复起来，我们一定要一起走。

不幸的是，天气突然出现了让鹳群意想不到的寒流迹象——必须在毁掉大家性命的寒流到来之前，离开这里。

正在领队不知道该做怎样定夺的时候。突然传来消息，为了不拖累大家启程，大卫趁着日夜悉心照顾自己的约翰父子俩不注意，一头撞在身边的一块岩石上，结束了自己的生命。

悲痛欲绝的约翰父子，趴在满身血污的大卫身上，向天悲哭不已。常言道，男儿有泪不轻弹！可此时此刻，所有在场的雄鹳们，无一不为之流下悲伤的泪水。

怀着痛失同伴的无限伤悲，鹳们默然启程了……

3

一个月之后。

迁徙的鹳家族距离目的地越来越近。雄鹳们开始有组织地分散开来，一二十或二三十只一组，朝自己的"领地"飞去。视野之内，蜿蜒的山峰、弯曲的河流、茂盛的森林、五彩斑斓的田园，还有那座尖塔高耸的复活大教堂……啊，一切多么熟悉、多么亲切可爱啊！

这是匈牙利西部靠近奥地利的一块地方。这里气候宜人，视野开阔，东边和北边是起伏的山峦和一眼望不到边的森林，南边是一条蜿蜒的宽阔河流，还有清澈如镜般的湖泊，西边是大片的原野，和一座有着千年历史的古镇。鹳是极聪明的鸟，他们很能从生活在某个地方的人们的性情、习惯和生活气氛中，感受人类对鸟类的态度。鹳们发现，生活在这里的人们与人为善，热爱生活，热爱艺术，热爱大自然，尤其热爱各种鸟类，一派祥和气氛。正因为如此，所以每当春天来临，这里无论森林还是湖泊河流，全都成了鸟的世界、鸟的天堂。你看镇子里，每一户人家的房屋顶上，几乎都有鹳的温馨巢居、爱的家园。而生活在这里的热爱自由和平的人们，也时时都可以听到鹳们赞美生活歌唱爱情的歌声，欣赏到他们为自己也为人类尽情欢乐的曼妙舞蹈。

必须回到自己的家园巢居，这是鹳的传统。先期到达的雄鸟们，很快找到了各自的家园。约翰父子的家离得不远。父子俩暂时告别，约翰很快找到他在村子旁边那邻近一片森林的家园。

约翰的家在一位音乐家的老房子屋顶。特别凑巧的是，约翰家园的屋主人正好跟他同名——也叫约翰，是一位非常优雅、很有诗人气质的著名钢琴家。也正是因了这个原因，过去的两年里，鹳约翰觉得自己在这里生活得别有情致，无比自豪。

一听见鹳约翰的歌声和脚步声，音乐家约翰立即走出屋来，脸上挂满如同春日阳光般灿烂的笑容，招手向自己的老朋友致以亲切问候。鹳约翰也是不停地拍打着翅膀，用他抒情男高音般的美妙歌喉，向老朋友钢琴家约翰致以亲切问候——时隔半年，老朋友见面，心中的那份美好和喜悦，只有他们自己心里最能够懂得。

休息片刻，约翰立即开始着手建设自己的家园——经过半年的风吹雨淋，原本漂亮温馨的家，此时显得有点破败凌乱、形容惨淡。不过这没有关系，雄鸟们之所以先期而至，就是为了收拾打扮、重整家园而来。一想到不久之后，自己的爱侣芬妮就会如期而至，约翰便满心喜悦、劲头十足，数十天的旅途劳累，早已无影无踪跑到九霄云外了。

主人的窗户飘出一阵美妙的钢琴声。凭着自己良好的听觉和音乐记忆，鹳约翰听得出，那是大作曲家李斯特的"旅行岁月"中的一首——《迷人的伯格曼山谷》，他更知道，那是彼约翰特意为此约翰"接风洗尘"而演奏的乐曲。一听到如此诗意美妙的音乐，一想到自己和爱妻芬妮将要和如此善良美好的人家相邻而居、朝夕相处，鹳约翰的喜悦再次漫上心头，啊！那是多么的幸福，多么的美好的生活啊！

鹳约翰干得十分起劲。他把自己的爱巢修理整治得比以往更加漂亮和富于情趣——不仅造型别致美观，而且不辞辛劳找来许多丝滑绵软的羽绒，铺在他们的床上。整好之后，他像个贪玩的孩子那样，蹦蹦跳跳试了又试，发现他们的爱床比那"天方夜谭"中的王子公主们的席梦思还要舒适。等到一切就绪了，他再从林子里采来一支鲜红的玫瑰，插在床头，作为给芬妮的见面礼物。玫瑰花的香味，让约翰进入诗意曼妙的幻想之中——一想到和芬妮见面的一刻，约翰顿时觉得有幸福的花雨仿佛在眼前纷纷落下……可就在这时，就在自己憧憬和幻想美好未来，感到生活无比幸福惬意的时候，一阵痛苦和悲凉袭上心头——他又一次想起了自己归途中不幸遇难的好友大卫。唉，没有了大卫，小芬妮将怎么生活呀……

4

收拾好自己家的同时，约翰也替小芬妮收拾好了她的家——大卫和芬妮原来的家跟约翰紧邻。这份工作，本是大卫干的，可如今大卫不在了，一切自然就该他约翰干了，而且必须要干得比给自己的更好。你可能会问，为什么约翰不先替小芬妮整理她的家园呢？我告诉你，不是约翰没有想到，鹳比人类聪明得多！他这样做，只是为了让自己先有个安身住处，然后好给朋友去干。

到了雌鸟们返回的日期了。然而整整一个星期过去了，却还不见她们归来的半点影子。

盼归的日子，可真是度日、度时如年啊！

每天从太阳升起到日落西山，约翰翘首西南、望眼欲穿。和所有等待和期盼自己爱侣的鹳兄弟们一样，约翰的每一天、每一时、分分秒秒，无不在焦虑、焦灼中苦苦熬过。

一次又一次的痛苦和绝望袭上心头——天性敏感的约翰，想到了芬妮她们归途中可能出现的各种灾难与不幸……

就在约翰和所有住在这块"领地"的雄鸟共同感觉到希望越来越渺茫的一刻，激动人心的景象突然而至——数十只雌鸟翩然飞翔的倩影，像轻盈飘逸的云絮一般出现在遥远的天际，而后划过一个大幅度的 S 形美丽曲线，向自己的爱侣飞来——亲爱的"她们"终于平安归来了——这是超过她们正常归期的第九天。可以想象，雌鸟们的北归之旅一定是充满艰辛和不寻常的。但无论如何，她们总算是回来了，回来就好，回来就是胜利。

尽管各有所别，但通过视察，鹳妻子整体上对夫君们的工作普遍表示满意。一对对恩爱的鹳男鹳女相聚的一刻，那是多么的激动人心啊！天性开朗、满怀诗情的约翰见了芬妮，失去了往日的又歌又舞——除了无比深情的、无言的紧紧拥抱外，芬妮看到的，是从他眼眶里无声滚落出来的豆大的泪珠——朋友啊，你自然已经明白，这一切都是因为什么。

归来的小芬妮，虽说看到了自己被装点得十分舒适的家园，却不见前来迎接她的大卫的身影。再看看约翰那无比痛苦的神情，生来聪明的小芬妮，已经十之八九地猜到了可能发生的事情——听到大卫不幸遇难的经过，小芬妮撕心裂肺悲鸣一声，当即晕厥过去……

满怀关心与同情的整个鹳家族，尤其是血浓于水的芬妮姐姐以及对朋友充满忠诚与爱心的约翰，他们对小芬妮给予不分昼夜地悉心照顾和开导劝慰，期望小芬妮那颗绝望的心，能够重新振作起来，看到未来生活的曙光……

5

无论小芬妮多么坚强，多么懂事，多么理解大家的一片善意真情，可大卫的不幸离去，对她来说的确是难以承受的致命打击。小芬妮始终不能相信，这样的噩梦会是真的。

几天来，弥漫在深深痛苦之中的小芬妮，始终夜不能寐，眼泪已经流干。她眼睁睁望着遥远的夜空，望着天上的各种星座，就像是静静望着她深深爱恋的大卫。记忆中，有多少个夜晚，她也是这样和大卫一道仰望天空的，那是多么幸福美好的记忆呀……

这样不知过了多久，疲惫的她终于睡着了。她做了一个令她更加痛苦的梦。梦中，她见到了自己亲爱的大卫。只见大卫的一只翅膀拖在地上，满身、满脸都是血，他的神情是那样的沮丧和悲凉。见到小芬妮，大卫的眼泪顿时哗哗流下。他神情悲伤地问她：亲爱的，你好狠心啊，你为什么不来看我啊？小芬妮想要对他表白，可是无论怎样她就是说不出话来。她想过去拥抱他，可发现自己的腿完全没有了力量，一步都挪动不了，根本无法走到他的跟前。心头焦虑如焚的她，伤心极了，眼泪禁不住流淌下来。她在梦中哭出了声……

不知从哪里飘来一丝淡淡的馨香，小芬妮确定，那是玫瑰花的味道，好香啊……

也许是受到香味的诱引，小芬妮醒了。睡眼蒙眬中，小芬妮突然发现，月光下一位不速之客正立在自己的床边。小芬妮下意识地蜷缩起身子，心想，这来者会是小偷、强盗，还是想要图谋不轨的"色狼"？正这样想着，小芬妮完全清醒了。她不由自主地惊叫一声，心也随之狂跳起来——因为她发现站在她床边的是她日夜思念的大卫！怎么，难道是他的幽灵来了？就在她定下神来真切地看清是大卫的一刻，她又一次晕厥了过去……

在像是无比遥远的一声声亲切的呼唤中，小芬妮终于苏醒过来了。此时此刻，她正依偎在大卫那温暖的怀里，她能够真切地感受到自己爱人的心跳。这下她终于确信，适才的一切，的确不是幻觉——他不是幽灵，他就是自己心爱的大卫，就是自己日思夜想为他流干了眼泪的亲爱的夫君。大卫，他真的回来了。

爱的力量胜过一切！大悲大喜的小芬妮，在大卫的一声声满含情与爱的呼唤中，从昏迷中醒了过来。几乎就在同一时刻，大卫和芬妮泪如雨下，痛哭失声，他们紧紧地死死地抱在了一起……

这大悲大喜的哭声，惊动了约翰和大芬妮。他们即刻跑过来看个究竟——你可以想象，眼前的情景，必然让约翰夫妇惊得目瞪口呆！但是他俩很快就反应过来，站在他们眼前的不是幽灵，是真的大卫回来了！

他们四个即刻紧紧抱成一团，喜悦的泪水像瀑布一样流淌下来。等喜悦的心情稍稍平静下来。大卫便开始给他们讲述了自己如何得以死而复生的神奇经历。

看来大卫真是命不该绝——吉人自有天相，是万能的大爱之神拯救了他。

大卫"死"了之后，不知道过了多久，他又苏醒过来了。等他神志完全清醒之后，他回想起之前发生的一切。此时此刻，放眼望去，视野之内、遥远天际，早已没有了半点家族同胞的影子。他心里明白，他们早已经离开此地了……

之后，他就支撑着伤痛的病弱之躯，艰难地四处觅食、寻找水源，期望早点恢复元气。日子就在这样艰难的分分秒秒中熬过。数日之后，在他身体基本痊愈，正思想着该如何回到自己的家园，回到小芬妮身边的那个清晨，突然从南边飞来了足足一百只的一群丹顶鹤。

真是天无绝人之路啊！世上的事情就是这样凑巧——这群丹顶鹤正好也生活在大卫他们栖息地的月亮湖畔。其中的约瑟和安妮夫妇，还是约翰和大卫他们的好朋友呢！如此一来，劫后余生的大卫与丹顶鹤朋友们一道，重又踏上了北回的幸福和希望旅程。

因为一向喜欢游玩的丹顶鹤们，总是走走停停，游山玩水，所以一直到现在，才得以在宁谧的晨曦中，回家与小芬妮团聚……

为了庆贺大卫的归来，大喜过望的约翰和芬妮，欣然提议：等大卫身体调适修养之后，他们四个要手挽着手，肩并着肩，在蓝天白云之间翩然翱翔，尽情歌唱，以此向万能的大爱之神还有养育了他们的这方美丽的大自然，表达他们心中有生以来从未有过的美好、惊喜、幸福和感恩之情……

6

鹳的世界，鹳的生活，真是一片生机，一派祥和。

几个月过去了，鹳家族的新一代诞生、成长起来了。看看那一个个新生的帅男靓女，你就会毫不怀疑，鹳是多么出色、多么优秀的鸟类啊！

约翰和芬妮的新生女儿丽达，天生的健康聪慧、亭亭玉立。常言道，女大十八变。更不用说有了让他们生生不息的这方天地的山水林野之精气，丽达出落得一天一个模样，简直就是一个天生丽质、绝世无双的鹳家族天使美少女！

该是谈情说爱、谈婚论嫁的时候了。鹳家族的许多美男子全都瞅上了丽达，盯上了鹳家族这个卓尔不凡的美少女。帅男们施展着各自的绝招技艺，纷纷前来追求，殷勤备至。可是你看看，小丽达却始终睁着她那双好看的大眼睛，显得十分矜持的样子！她是那样的彬彬有礼有教养，一脸的聪慧神情！哈哈，那副聪慧又矜持含羞的模样，真是太可爱了！

对着小丽达，我们看到了一个个美男子小绅士般潇洒的翩翩邀舞。他们是自然界天生的神奇舞者。你看，他们的轻盈舞姿是那样的曼妙别致，他们的美妙歌喉是那样的清脆嘹亮——如果不是亲眼所见，你真是打死都难以想象，鹳家族那曼妙的、不可思议的舞蹈和歌声，是何等的新颖独到，何等的激动人心，何等的令人类惊叹啊！这一切足以让人类所有的舞者、歌者，彻底自惭形秽、羞红脖子！

通过对一个个求婚者的仔细观察和多方考验，丽达终于认定善良而又帅气大方的弗兰兹，就是自己可以将终身托付于他的那位。

弗兰兹挽着含羞的丽达的胳膊，很有教养地离开热闹的鹳群，在醉人的花香和迷人的歌声中，先是弗兰兹像一位王子一般，不无潇洒地为丽达献上轻盈的独舞，之后，他们便满怀爱意地跳起了幸福的双人舞。有情人终成眷属——丽达和弗兰兹这天生的一对，终于结成幸福的一双……

是夜，微风轻抚、月光明媚，花香芬芳、夜色迷人。森林边上月亮湖畔的一块开阔之地，迎来了千百鹳家族祝福的热烈狂欢。他们围成一个大大的圆圈，为鹳家族又一对结成幸福伴侣的帅男子美少女而载歌载舞、彻夜狂欢。那令人激动不已的歌声、惊异不止的舞蹈，真是让自以为是的人类赞不绝口、叹为观止……

哈哈，你可否知道，这样迷人的歌舞，几乎每天都有！因为在这天堂般的世外桃源，每天都有像丽达和弗兰兹这样的靓女帅男，找到自己的意中爱侣……

月光下的洗礼

1

东方牧云的人生之路无疑是幸运又幸福的。

仿佛与生俱来便得到命运之神格外垂青和恩惠的他，打从记事的那天起，便对富有诗意的所有事物，有着一份极度敏感、好奇、痴迷乃至漫无边际的幻想。也许，正是因了这份不同于常人的敏感和好奇、痴迷与幻想，万能的大爱之神，以他那无所不能的慈悲之心，遂了牧云的心愿——将他安顿在通向缪斯王国的路上。

在通往缪斯女神那绿色家园的旅途上，在呵护着他的大爱之神的爱与微笑中，牧云一路走来，将自己天真的眼睛和透明的童心所捕捉到的一切美好事物，像悉心珍藏美丽的五彩贝壳一样，一脸天真地收入他人生的行囊，化在了他纯净的心灵里。

不记得是哪本书里，讲过这样一个故事：少年时，在荒野里牧羊的玛丽亚之子耶稣，进入其视野里的一切——无论广袤的原野、静静的溪流、天上飘动的白云，还是宇宙轰鸣的雷声，在他的心里都有着不同于常人的感受和理解。

殊不知，这个叫牧云的孩子仿佛也是如此——许多常人眼里看似寻常的事物，一旦进入他的视野，便有了新的不同寻常的意义。无论是路边的一棵草、一朵野花、一块石子，还是夜里的风声雨声、不时传来鸟鸣的林野和蓝天飘过的白云。一切在他的眼里，在他的脑海中，全都生发出美妙的诗的情趣和意味。

受上苍和命运之神的垂青，青春年华的牧云，终于幸福如愿地跨进了他梦想着的艺术殿堂的门槛。

记忆中，那是多么难忘的一个日子啊——在春风和煦花香阵阵、青翠的鸟鸣如歌一般飘荡在牧云耳畔的阳春三月的一个日子里，他像是受到缪斯女神的格外青睐，冥冥之中听到了她那亲切和富有磁力的召唤：牧云啊，而今你所步入的，远不是你所理解和想要进入的"艺术殿堂"。和许多的人一样，你们只是在那美丽的"神秘之园"大门之外。真正的艺术圣殿，绝不是这样容易就能进入的。它在上帝天国一样美妙的绿色伊甸园里。那里满眼苍翠、鲜花遍地，那里莺歌燕舞、溪水潺潺，你想见到的大爱之神的无数忠实仆人，就生活在那里。你可知道，这样一个梦幻般的世界，它需要一颗甘愿匍匐在大爱之神脚下，用自己的灵魂与我真情相拥的心灵，方能得到那把开启艺术王国金色门扉的钥匙，进入我的绿色藤蔓覆盖着的神秘之园……

就在这个晚上，一个十分偶然的机会，在不经意发现的一盘毫不起眼的甚至有点破旧的录音磁带上，牧云认识了两位最先将他紧紧揽在怀中的缪斯的仆人——这两个神明一般的人物，没有人不熟悉他们：一个叫贝多芬，另一个叫柴可夫斯基。

在贝多芬那令人激情荡漾、撼人心魄的《钢琴协奏曲"皇帝"》的音符洪流席卷中，在柴可夫斯基那让牧云终生都无法忘记的《天鹅湖》的曼妙乐声中，他只觉得自己整个的身心随之轻轻荡漾、飘然而起——他的颤动的身心，他的如沐春风一般的灵魂，伴着抑制不住的激动泪水，随风翩翩起舞的白云一般，整个儿化在了那仿佛来自天外的、荡涤心扉的乐流之中……

牧云，他的为了真与善的身心第一次被震撼，他的为了爱与美的灵魂第一次被洗礼。他深信，这一切都是缪斯之神的有心安排。牧云怀着一颗感恩的心，虔诚地匍匐在缪斯之神的脚下，因为，是她安排了令牧云无比热爱的两个人，做了他进入缪斯王国的身心引领者。

牧云心里明白，他必将终生铭记和感恩缪斯殿前这两位不朽的艺术神明。

也就是从这一天开始，牧云怀着一份热切而虔诚的期盼，把自己的心灵之家，彻底搬进了缪斯的世界。缪斯这日夜流淌着诗与鲜花的绿色家园，从此成了牧云身心沉醉和遨游其间的心灵居所。

从此，在缪斯的世界里，牧云像是在撒哈拉沙漠里风吹日晒干渴了一千年而突然被投进浩瀚大海的一块海绵——在无边的汪洋里，他的整个的灵魂都被彻底浸透。

天堂般艺术王国的每一个去处，都让牧云流连忘返。他轻轻叩响每一位圣者贤达的门扉，像虔诚的信徒一般，步入他们那每间屋子、每个角落都收藏着无数奇珍异品、诗与梦幻的庭院，进而与他们成为无话不谈的倾心挚友、忘年之交——他聆听海顿老爸爸讲述自己心爱的"儿子"莫扎特那些不为人知的故事；绝无仅有的诗人肖邦在钢琴上如若梦境一般，为这新来的知音即兴幻想；如若孩童般天真烂漫的柏辽兹，泪流满面为他讲述他那绝非常人所能想象和理解的爱情故事；难得孤独的李斯特，在那个阴雨绵绵充满忧郁的下午，神情激动地领他去看塔索的故居；心地善良又不无傲慢的勃拉姆斯，一再称他是自己百年一遇的知音，说牧云是他所知道的、不认为自己的音乐晦涩难懂的为数不多的朋友；绅士般优雅的柴可夫斯基在自己的故居花园里与他侃侃而谈，在满是白桦的林荫道上走了一圈又一圈，留下他们的串串脚印；诗人格里格牵着他的手在挪威峡湾的旖旎景色中，在花仙子和使着鬼脸的可爱精灵们的簇拥下，遥望飞流的瀑布，聆听森林中犹如青春恋歌般美妙的鸟鸣……就是在这样心与心的贴近与交流中，倾心倾情、五体投地的牧云，终与他们的灵魂深情拥抱，彻底淹没在他们美妙的艺术之中……

伟大艺术的包围、裹挟和渗透，让牧云的身心得以净化，让他的灵魂得以升华——牧云，他借着艺术圣哲们的偏爱和提携，成了缪斯之神的一位默默行走在红尘俗世间的、忠实信徒般的仆人。

心灵得以净化和升华的牧云，他的眼睛他的心灵不再像从前那样面对世界思考人生——他第一次发现，不朽的艺术，才是启迪人类看世界看人生，让人脱去俗尘脱去愚昧，让人真正变得清新、清醒、聪明和智慧的伟大的哲学！

2

在一切皆为真善美的、出神入化的艺术国度里，以一颗天真、纯粹和善良的心，汲取着艺术琼浆玉液之精华，心灵得以熏陶和荡涤的牧云，透过艺术王国的蓝色天幕，开始越来越多地想到那个好似在虚无缥缈之中却又并不虚无缥缈的"真实"存在——那冥冥之中引领着他的灵魂向上升腾的大爱之神。

与他心中渴慕的音乐圣灵们的一次次相聚和倾心面对之后，牧云时常会独自静坐。正是在这样的独自静坐中，他像是两千年前虔心打坐于菩提之下的那位王子，开始冥想大爱之神的种种昭示，冥想大爱之神对人生、对天地万物的领悟与教化。他时常或幻化或梦见自己看见了大爱之神，但一切又是那样的朦胧和缥缈……

又是一个万籁俱寂的清风明月之夜。

望着窗外如水的银色月光，心灵如同皓月一样清新宁静的牧云，携着明月之手，轻轻进入翩然曼妙的梦幻之中……

万籁俱静之中，明月带他登上一座高高的山峰。那是一座令人心旷神怡、一览小众山的、人迹罕至的造化之所。

就是在这个人迹罕至的去处，明月为牧云醍醐灌顶，涤清他的双眼。牧云瞪大着惊异的眼睛，仿佛前所未有地看到了大千世界的本来面目，他看到了许多他想看到和不想看到的。于或明或暗或清晰或恍惚之中，他看到自己往日所没有看到或没有注意到的芸芸众生之百相，看到人性的腐败与堕落，看到人类信仰缺失的可怕以及由此所带来的悲剧和灾难……

3

下山的牧云，心中不时泛起阵阵莫名的焦虑——为自己，更为这个世界。

一日，他独自来到南国一片孤独的海滩。就是在这里，他遇到一位来自遥远雪国的牧师。

牧云与牧师，相互间亲切友善的神情，让彼此获得一份难得的好感与信任，而随之的交流，让彼此拥有一份刻骨铭心的美好与默契。

其间，牧云和那牧师探讨人类的信仰。

而让牧师感到惊奇不已的是，他难以相信，这位有着澄明境界的东方绅士，对大爱之神，对西方人的信仰，竟有着如此与众不同的认知和深刻领悟。

牧师："您是信徒吗?"

牧云："我不是。"

牧师："您有信仰吗?"

牧云："您认为呢?"

牧师望着牧云，点点头又摇摇头，脸上现出疑惑的神情。

牧师："人是不可以没有信仰的。"

牧云望着牧师，微笑着点点头又摇摇头。

……

牧云来到一座教堂。正好遇上众多信徒做礼拜。此刻，一位远道而来的牧师正在布道，讲述圣经中扫罗如何迫害耶稣一节。牧云悄无声息地坐在教堂一角的一个空位上。

牧师的布道平淡无奇——如此精彩引人的神迹故事，在他那儿竟变得如此的淡而无味。牧云心想，看来各个行当都有这般应付差事的半瓶子水。再看看一脸茫然的信徒，很多人在那里昏昏欲睡。剩下没有睡去的，牧云看得出，他们显然也是没有听进去多少。透过教徒们的神情，牧云望见了他们的心灵。牧云看到所有聆听布道的信众，他们一个个的心灵被迷茫的云雾笼罩着。

面对平庸的布道者，面对幼稚、庸俗和愚昧的"信仰"者，牧云心里顿感茫然和失望。牧云心想，大爱之神喜欢的孩子，不该是这般状态这副模样。

走出教堂的牧云转念一想，又觉得：无论如何，有信仰就好，即便如此庸俗和愚昧……

4

　　这天夜里，牧云梦见自己穿上了牧师的服饰。

　　在一座看似眼熟的金碧辉煌的教堂里，牧云缓步登上圣坛，心如夜空皓月，开始布道。

　　牧云并不讲新旧约中的某一章某一节人所共知的内容——按照教徒们的请求，他讲的是自己对大爱之神及其信仰的理解。

　　圣坛上的牧云如是说：

　　何为上帝？上帝就是宇宙间至高无上的真与善、爱与美的象征——它是人类以其无限美好的理想和愿望所完成的最虔诚的创造。

　　上帝之所以完美无缺，是因为创造他的人类使他完美无缺；上帝将永远不犯错误——之所以如此，是因为所有信仰他的信徒，从来没有想过让自己心中的至高神明犯错误——人类不允许上帝犯错误。

　　上帝的智慧，是全人类智慧的结晶；上帝的真、善、美，是全人类一切真、善、美之最高形式的凝结和体现。

　　上帝是一个可以统治全人类，但却没有真正意义上之自我存在的伟大灵魂——上帝将他的灵魂的所有细胞元素，发散和根植在所有信仰他的信徒们的眼睛和灵魂里。

　　在拥有信仰的世界里，凡在灵魂深处受上帝约束的人，他是一个懂得和向往真善美的人；反之，则是人类的异己。

　　无论你信不信仰上帝的存在，信不信仰他的宗教，但从根本上来讲，凡想要和上帝作对的人，就是对人类共同维护的神圣准则的背叛和践踏。

　　上帝从来都不喜欢这样的"信徒"：他们打着上帝的幌子，披着信仰的外衣，而从事一切不能被上帝认可的事情——哪怕他在被蒙骗者眼里贵为上帝的"代言人"。其实，这样的人，他们是人类中最不信仰上帝的人，是地地道道的人类的敌人，上帝的敌人。

　　一个披着宗教的外衣为自己谋取金钱、地位和利益的人，比那些世俗社会里的强盗和阴谋家更可恶、卑劣和龌龊。

对上帝及其崇高理念的信仰，当属于全人类的泛信仰；凡属于人性的一切美质，都符合上帝规定的人性准则——无论你对此有没有明确的意识和认知。

一个人想要生活得幸福，你的心中就必须得真有上帝——也就是我一贯所理解的"上帝"，你的灵魂必须得和超然的上帝同在。

任何时候，只要我们的心中有上帝，我们的心灵就能获得一份应有的平静和安宁，我们就会获得真正意义上的幸福。很多人之所以意识不到这一点，那是因为他在世俗的泥沼里陷得太深，或者他的眼睛被有毒的世俗灰尘蒙蔽了。

人性本恶——人是一个与生俱来的贪图者和私利者。一个人淤积在心头的灰尘和污物，只有通过自己潜心修炼的双手，才能最终将其拂去，除此没有它法。对于一个没有虔诚修为的人，万能的上帝对他是永远无能为力的。

我没有如尔等一般的名义上的"信仰"，我也不同情那些愚昧的所谓信仰者。可是，我的心中、我的灵魂深处却真有"上帝"。从这个意义上来讲，我当属比许多名义上的信仰者更为合格的信徒——我深信，凡是心中有上帝的人，一定懂得我这番话；凡是不懂我的人，心中一定没有上帝。

上帝的真正信徒，将一切人性的真、善、美深藏在心中，他们的嘴唇是紧闭的，他们的神情是平和的。他们不曾有超越自己应得范围的奢望和欲求，但他们的心胸是无比开阔的，他们的心志是无限高远的。相反，一切凡是匍匐在上帝面前，以虔诚的神情和心愿为自己求财、祈福、谋利益的人，永远不会成为上帝的信徒。

上帝处在不断走向完美的过程中。我为自己作为上帝的仆人和侍奉者，并曾亲手为他递过沐浴的手帕而感到自豪。

如果天堂里真有上帝，他必然会在大千世界之芸芸众生中，看到如我一般渺小生命的存在——因为，这样的生命是它真正的朋友和永不背叛的追随者、信仰者。

……

牧云前所未有的一套宏论，在听讲的信徒当中一时引起哗然。

可是，哗然尚未平息，只见有人神情虔诚地走上前来，跪在了圣坛前面，随即，越来越多的人缓步而前，跪在圣坛前面。

他们相信：牧云讲出了大爱之神想要听到的有关信仰的真理。

5

布道之后，心情难以平静的牧云，来到宁谧的旷野。此时此刻，心境澄明的他与宁谧的森林、溪流同在，他更相信自己与心中的大爱之神同在……

恍惚间，他看到一位容颜高贵、目光炯炯，头上环绕着一轮金色光环的圣者来到自己的面前。

他一眼认出，这是大爱之神来到了自己的面前。

一脸慈祥的大爱之神，如同拥抱自己亲爱的孩子一样，紧紧拥抱牧云。随即他们之间有了如此这般的对话——

大爱之神："我亲爱的孩子，正如你之所言，我原本人类至高理想的化身——人类所谓对我的信仰，就是对真善美的信仰，就是对尽善尽美之人性的信仰。"

牧云："亲爱的大爱之神，您可否赞同我如是之说：心灵的皈依永远高于形式上的皈依？"

大爱之神微微颔首。

牧云："心中有善、有同情、有怜悯的大爱者，不就是真正的有信仰者？"

大爱之神再次颔首微笑。

牧云：万能的大爱之神，您可以允许我拥有一座只有我的心灵才看得见的教堂吗？

大爱之神笑了："我的孩子啊，你才是我的真正的信徒。这个世界，假若人人都能如你一般，人类的社会定会向前跨进三百年……"

面对大爱之神，牧云行虔敬礼！

大爱之神："我的孩子，你能做到每天祈祷吗？"

牧云："我不知道。"

大爱之神："为什么？"

牧云：我没有时间做一切形式上的东西，真正的祈祷永远在祈祷者的灵魂里。

大爱之神笑了。

临别，他再次深深拥抱了这个他心目中的虔诚"信徒"，并将自己手里拿的一把钥匙——一把能够开启人类之善心善行的金钥匙，微笑着递给了牧云……

6

又是一个风清月明之夜。

温馨的月色里，到处一片宁谧，俨然梦幻般的世界。

万籁俱寂中，如水的月光如温馨花雨一般，向牧云飘洒而下。

一个来自天外的温和声音告诉牧云：这是缪斯的姐妹、圣洁的月神亲自代大爱之神为他举行神圣的洗礼……

顷刻间，仿佛一股前所未有的清流，醍醐灌顶一般渗入牧云的整个身心肺腑，直通他的灵魂。

牧云，那心灵的眼睛清晰地望见：自己心头的灰尘，被这神圣的清流荡涤干净，顿显一片清新。

回过身，牧云发现自己的身后站着一排身着牧师服饰之人，个个神情如同月光一样温和。他们中间有巴赫、莫扎特、歌德、马勒、格里格、梵·高、柴可夫斯基、托尔斯泰等等。牧云知道，自己的这些老相识、知音，他们一个个都是大爱之神的宠儿，人类良心的化身。

就是从这一刻开始，牧云所理解的大爱之神，他所理解的人类信仰，就永远驻留在他那清新灿烂、阳光明媚的心中了。

征得大爱之神的同意，牧云主张和向往的人类崇高理念是：建立全人类的和谐大爱家园。

牧云知道，自己是人类之平凡的一员，但他不会忘记自己手中那把金钥匙——它由大爱之神亲手所赐……

情 爱 篇

爱是生命的呼吸

1

丈夫遗体告别仪式之后，倔强的她，不容亲友劝说，执意让众亲友离去——自己独自一人待在家里。

家，如今人去楼空，物是人不再。

前所未有的伤悲和孤寂呀。只觉得，这整个的世界，就像是没有了人烟生气一般。

是的，这个世界，抬眼望去，除了人还是人啊，可是没有了他，没有了那个属于自己的心上人，别的无论什么人，对她来说都是没有意义的。无情的命运之神仿佛带走了她所有的幸福，而把这个世界所有冰冷的孤寂和痛苦，一股脑全都塞进了她这座房子，一起搁在了她的身上，压在了她的心头，让她落入无望和凄苦的无底深渊。

此时此刻，待在两人曾经恩恩爱爱生活过的这个屋子里，四处弥漫着的全是他的气息——她能清晰闻见飘散在自己四周的属于他的、永恒的体香，那是一种令她痴迷的、近似哥伦比亚轻淡咖啡的味道……

2

傍晚，若是换了往常，这该是她和丈夫晚餐的时候了。可此时此刻，她半点食欲都没有。她已经几天茶饭不思、没有用餐了，可她依然没有丝毫饿意。可最后想了想，她还是强打精神准备了今天的晚餐——像是宗教般的神圣仪式一样，给自己一份，给丈夫一份。丈夫的一份，依旧摆在他通常用餐的地方。

她并不真的用餐。了无声息的寂静中，她就那样静静地坐着，轻轻闭上眼睛，用心灵深处的那双眼睛，静静地瞅着往日丈夫的餐位。瞅着瞅着，渐渐地，渐渐地，她看到了自己的心上人。

那模样越来越清晰，还是原来的那副神情，向她微笑着。那是多么温暖的笑容啊。然而，丈夫只是在那里微笑却不说一句话，更不用餐。他伸出手来，像平日那样，在她脸上温情地轻轻拍了拍，充满无限爱意地拂拂她的头发，摸摸她的鼻子，揉揉她的耳朵。啊，这一切是多么的温馨美好啊……可是，渐渐地，她越来越感受不到夫君手上往日那热乎的温度，传给她的，只是一种透着寒意的冰凉。再到后来，丈夫脸上的笑容消退了，不见了，随即泪水夺眶而出，顺着两腮哗然而下。她知道，这是夫君疼爱自己的泪水……等她从无尽的伤悲中回过神来，发现眼前变得空空荡荡，什么都没有了……

3

身心疲惫的她，轻轻走进丈夫的书房。

啊，多么亲切可爱的书房啊，可这书房里再也没有了他那熟悉的身影，更听不到他的声音。

她无声无息地走过去，缓缓坐到丈夫此前每天就座的靠背椅子上，脑中浮现出他曾在这里日日夜夜凝神阅读和写作的样子。

她突然觉得这书房变成了一个充满无数圣灵的空间——望着打理得整整齐齐的书柜里那极丰富的收藏，望着那伴随着夫君走过心灵旅程的中外名著，她仿佛看到了那些不朽之作的著者们，那人类精神的大师贤哲们，一个个都在默默注视着自己。

她知道，他们全都是夫君的至爱挚友，心灵的知音。夫君时常跟她说：我敬仰的大师们，他们一个个既是人类圣贤，又是我的伟大导师和挚友。他们被我虔诚地请到这里，为我孕育了一座有着强大精神能量的气场，这气场无时无刻不在辐射着我的灵魂。就是在这样的气场与辐射中，我可以穿越时空，跨越数百年上千年，同我敬仰的圣贤通灵，实现生命与灵魂的交流与默契……

夫君曾经说过，在这个可以通灵的世界里，他和这些圣贤们有着亲密无间的交游往来：他一生敬仰的歌德曾经一夜又一夜地和他彻夜长谈，谈论艺术人生大智慧；他在纳斯雅娜·波利亚纳的菜地里，和老托尔斯泰一道边耕耘劳作边悉心聆听他的教诲；别人眼里看似严肃异常的贝多芬，却毫无保留地为他敞开心扉，讲述自己鲜为人知的动人爱情故事，每当说到情之深处从来都是泪流满面，而每当此时，夫君都会像一位过来人一样劝说和安慰这位音乐圣人；为了亲耳聆听肖邦流淌着诗意的琴声，他可以在夜幕降临的时候轻轻摁下望道姆 10 号的门铃；而生来极端热爱大自然的他，一次次被他用心珍爱的音乐诗人格里格邀请到人间天堂般的特罗尔豪根，和大师一道面对峡湾，凝听天籁……

此时此刻，她看着大师们崇高而友善的神情，无不流露出对她的关心、友爱和同情，像是在深切地安慰着眼前这位善良聪慧的女子……

4

她突然想起自己曾不经意问过夫君的一句话："亲爱的，有一天你会不会抛弃我？"

像一个大孩子一样的他，听了她的话，表情突然变得严肃起来。随即，眼含泪水，无比深情地望着她，然后轻轻地说了句："会的，肯定会的——在我离开这个世界的那一天……"

想到这，她伏在丈夫的书桌上，禁不住潸然泪下痛哭失声……

泪眼中，她看见了摆在窗台上、而今沉默不语的水仙和兰花们，她看到它们一个个表情凝重，神情黯然。六神无主的花儿们，一个个俨然不知道自己此时此刻、从今往后花为谁开……

面对此情此景，她心想：你看这些花儿草儿，平日里都由夫君精心呵护，不光为它们松土、浇水、施肥，甚至闲情逸致的时候，还要给他们亲手演奏个曲儿，或者播放他和花儿们共同喜爱的经典乐曲，让他们听听那美妙动听的音乐。

而今不见了自己的贴心主人，这些花儿们，跟人一样，便失去了自己活在这世上的心性和情致，即刻蔫了清新可爱的模样。

唉，谁说草木无情啊……

5

不经意间，她望见了卧室窗帘上方，屋顶一角若隐若现的一丝尘埃。此时此刻，那表情凝重的尘埃，也竟然是如此的充满忧伤、心事重重。她仿佛听见那尘埃声音极轻地像是自言自语道：唉，你这不幸的娘子啊，我怎能不为你而感到伤悲呀？记得自我有生以来，就是在咱们这个家里，多少个日日夜夜，我亲眼看到你们在这里度过了何等恩爱幸福的美好生活呀！你难道不觉得我就是你们幸福时光的最忠实的见证者吗？说起来，我可得真诚地感谢你们呀！——虽说人们都厌恶灰尘，可外界这看得见的灰尘比起人类的灵魂深处那深藏不见的灰尘，哪个更可怕、更令人厌恶呢？尤其是像我这样有教养守规矩、静静守候一隅的一丝尘埃……

我的善良的女主人啊，说心里话，我真的很庆幸自己能在这里存活下来，让我看到你们，看到人世间最幸福美好的生活，以至于让我也因为受到你们的感染，而觉得自己的生活是如此的美好。说白了，作为这里的一丝尘埃，我也是在你们美好感情的阳光沐浴下生存下来的，谢谢你们啦……

6

突然，她的耳畔传来了轻轻的音乐的声响——她听得出，这是那位音乐圣人的《田园交响曲》。

她心里明白，贝多芬的这首乐曲，尤其是现在听到的这个乐章，那是夫君生前的倾心之爱。几十年来，他不厌其烦地听过不下千遍万遍。可是这一刻，这原本美丽动听、入人肺腑的明媚音乐，却变得如此的黯然，好似充满了无尽的忧伤，俨然失去了往日的情调。唉，原来音乐并没有什么固定的欢乐或是忧伤啊，一切不过是依了人的心情的变化而变化罢了。

由此看来，这音乐一定是通了人的性灵的——夫君生前一再告诉我：你一定要记得，等我离你而去的时候，你不要给我听别的任何音乐，你就给我听贝多芬的《田园交响曲》，而且就听它的第二乐章。冥冥之中贝多芬跟我说过，说我是他真正的知音。他的这部交响曲美妙的第二乐章"小溪边"，那一定是我灵魂的最后的归宿……

亲爱的人啊，生命的消失，原本就如万古长青的生命之树上随时飘零的片片落叶——生命的消失并不可怕，可怕的是找不到自己最终愿意去和想要去的地方。你可知道，在贝多芬的乐曲声中回归大地，去到那如梦一样美丽的"小溪边"，就等于是生命长青树上属于我的那片落叶，回归到了大地母亲的怀抱。这样想起来，生命的回归也是蛮幸福的！

难道不是吗？亲爱的，你想想吧，有哪一个人，他不愿意最终回到生他养他的母亲的怀抱呢？

7

这一夜，她做了个十分奇妙的梦：

梦中，他说自己构思好了一篇无比美丽的"神奇美文"，且必须得马上将这前所未有的奇思妙想记录下来。

我即刻递给他两张从床头枕边的信笺上取下的、带暗花的怀旧色小纸片。两张信笺很快全都被他写满了密密麻麻的字，可他还是没有写得下。于是，我无比温存地告诉他：夫君，你就在我的胸口写吧。

夫君笑盈盈问她：为什么要在你的胸口写呢？

我即刻道：亲爱的，你怎么就不懂呢，源自心灵的文字，就该写在我这里的，胸口是离心最近的地方……

夫君像是恍然大悟的样子：娘子真是太聪明了！

夫君觉得这话说得很是在理，实在是个再好不过的妙主意。于是，他就按照我的提议，开始用自己的手指，在我的胸口轻轻写了起来。太奇妙了，我并不用自己的眼睛去看他写下的文字，但是我的心却能够清晰地看到他写下的每一个字。写着写着，我的胸口渐渐变成了韵律流动的桃花源，他的写作变成了一种桃花源里的世外耕耘……这诗意的耕耘啊，那是一种以往从未有过的、任何人都无法体会得到的美妙和惬意……

8

这是夫君离去的第三天。傍晚，她想到"他们的"花园里去走走。可是来到花园边，她却即刻没了心情——原本美丽的花园，那里的一草一木知道，那是属于她和自己的夫君的。

往日，每到傍晚时分，人们都会在这里看到他们夫妇二人那形影不离、令人羡慕的悠然身影，可如今，夫君不在了，她一个人孤零零来到这里，除了孤独还是孤独，除了伤悲还是伤悲，浓浓袭上她心头的，只有一阵阵的凄楚和苍凉。

这平日里留下他们相依相随的身影，留下他们无尽欢声笑语的花园，此刻像是懂得了她的心思，一时显得凄然满园。从一棵棵小草小花到一株株灌木到一簇簇毛竹到每一棵大松树，全都静静候在那里，屏息凝神望着她，神情中流露出无尽的哀伤。

她的心在暗暗告诉自己：从今往后，我不要再踏入这伤心之地一步……

9

这是个皓月当空的宁静夜晚。

记忆中，每每遇到这样的月明之夜，夫君一定会和她一道，去户外选一个树影婆娑的宁静去处，在那里望月，赏月。你可以想到，那是何等的悠闲，何等的诗意曼妙呀！

可是，这一切，对她来说，已经完全成了今生今世奢侈得不能再奢侈的梦想了……

这样想着，月色朦胧下，于不远处的树影婆娑之中，她突然望见了夫君的身影——多么熟悉又亲切的身影呀！她不顾一切，发疯了一样，边哭边喊着"夫君等等我"，向那身影扑了过去……

"懒虫起床，懒虫起床……"

她突然被一阵清脆响亮的闹钟铃声惊醒。

梦醒时分，她发现亲爱的夫君竟安然无恙地躺在自己的身旁，一只手还轻轻搭在她的胸口……

啊！原来是一场噩梦啊！！！

她悲喜交集，摸摸夫君的脸，发疯一般抱住自己尚在睡梦中迷迷糊糊的丈夫，失声痛哭起来。她哭得惊天动地！直哭得挂在墙上那幅画里的人物、睡莲和鸟儿们，还有地上那只睡意蒙眬的加湿器小狮子狗，一个个全都吃惊地瞪大了眼睛……

一缕美丽的晨光从粉红色的窗帘一侧流淌进来。还没有完全清醒过来的夫君，莫名其妙，糊里糊涂，完全不明白这究竟是怎么回事。

清晨，牵牛花开

大爱之神说，
他愿意把缘分赐给
有真情和怜惜之心的人。
——牵牛花仙子

引子

一年前，那个梳着可爱的妹妹头、小脸儿粉嘟嘟香喷喷、生着一双黑黑睫毛水灵大眼睛的小女孩，将一粒牵牛花籽轻轻埋在了芳草园大花市一棵君子兰花盆里。聪明的小女孩可真是找对了地方——你看，那花盆里泥土多么潮润，营养多么充足，难怪这君子兰会有那样翠绿翠绿的阔叶。

埋好了花籽，那小可爱一脸天真地望着自己埋进花籽的地方，然后双手合十，轻轻闭上眼睛，心里默默念道：听话的牵牛花姐姐，请你带上我的美好心愿，去到一个美好的人家，那里会有一个最最懂得、珍爱、呵护你的主人等着你。愿你把幸福、快乐和美好带给他。

来自小可爱天真心灵的声音，同样也是粉嘟嘟，香喷喷，甜甜的，暖暖的，她说的每一句话每一个字，牵牛花姐姐全都听到、全都记在心里了……

哈哈，你可知道，小女孩埋进土里的那一颗牵牛花籽她是谁吗？哈哈哈哈，我悄悄告诉你：她就是我。

1

有一天，我随着这盆悄悄藏着我的"灵魂"的阔叶君子兰，满心好奇地来到我现在的主人家中。

主人是一位雅兴十足、浪漫无比、聪明又智慧的诗人。哈哈，可是他一丁点都不知道我就藏在君子兰的花盆里。主人定期为含苞待放的君子兰浇水、松土、施肥。在他的精心呵护下，我开始发芽了。

看来，君子兰花盆里的土壤营养、水分和温润环境，真是太适合我生长生存了——我的新生的娇嫩又清脆的枝干，还有两片憨嘟嘟的桃心叶瓣，长得真是好看极了，鲜嫩鲜嫩的，俨然就是在娘胎里营养充丰、吃饱了喝足了、一生出来便白生生胖嘟嘟的婴儿宝贝。

起初，我的主人完全不认识我，因为他从来没有见过初生的牵牛是什么模样。他的夫人问他：夫君，这是什么？他眯缝着眼睛，微笑着，神情有点疑惑地答道：应该——应该是一棵荞麦吧？

哈哈哈哈哈——我忍不住捂着嘴偷偷地笑了。心想，我的大诗人啊，你真是傻得天真，笨得可爱！我怎么会是荞麦呢？哈哈哈哈哈……

没多久，我长大了。有了牵牛花蔓该有的一些形状模样。有一天，我的天真的主人终于从我那充满青春气息的藤蔓，认出了我是牵牛。认出我的那一刻，我又一次忍不住偷偷笑了——其实，说心里话，连我自己都不是特别明白，我为什么要笑……

我真的无法忘记，主人认出我的那一刻，从他的眼睛，从他的嘴角，从他的脸上，从他整个的身心散发和流淌出来的那份清澈无比的激动和喜悦——那是我从来没有见过的喜悦啊，俨然天真的孩子遇到一个巨大的惊喜时，才会有的那种喜悦！

面对此情此景，我突然想起了那小可爱女孩的话——她说的真是一点点都没错。看得出，我的这位大诗人，一定是一位非常懂得和珍惜我的主人。我的心里涌起一阵从未有过的幸福和温暖。我好感恩啊！我双手合十，轻轻地闭上了我幸福的眼睛——我想起了大爱之神的那句话：我愿意把缘分赐给有真情和怜惜之心的人……

2

　　记得，在我情窦初开、初恋般第一次花开的那个早晨。面对我不是芙蓉却胜似芙蓉般的娇容，惊喜过望的主人静静地凝望着我，如若凝望着失散和等待了一万年又再次突然相遇的恋人。他那慈眉善目的脸上流露出的那份倾心的迷恋神情，再次让我的身心大为感动！那一刻、那一切，给我留下的，是让我永世难忘的记忆……

　　我想告诉你，花开的前夜，当我还是一颗含苞待放的花蕾的时候，我做了一个有关自己身世的、非常奇妙的梦——我清晰地梦见，自己竟然是二十六年前我的主人曾在自家的花园里屏息凝神观望过的那蔓雪青色的牵牛……

　　虽说已经二十六年过去了，可是在温柔而轻盈美丽的梦神姐姐的引领下，我又神秘、幸福地回到了我的从前——我清晰地忆起二十六年前那个早晨的美丽情景。

　　那是初夏时节。一个雨过天晴的早晨，空气真是清新极了。我静悄悄开在主人家园子里不为人注意的笆篱一角。晨光里，所有的花儿、草儿上挂满了晶莹剔透的露珠。园子里有各色蔬菜，更有各种花卉，开得最为醉眼迷人的，不仅有延期的、花开二度的千层牡丹，还有紫色芍药、金盏花、妙银针、春百惠、蓝紫琪、大镜子、七仙女和一些我叫不上名来的花儿，淡淡的馨香沁人心脾。在他们中间，我是最不起眼最不惹人注意的一位。可是要去上学堂的他，经过园子的时候，像往常一样，只是随意地扫了一眼盛开满园的、芳香四溢姹紫嫣红的花们。

　　然而，在经过我身边的时候，不知为什么，他若有所思一般、特意为我驻足。随即，他轻轻伏下身来，对着我，凝神注目良久，眼睛里流淌出清澈得如同清洌的山泉一般的神情。你可知道，那番神情，是多么的令人心动和难忘呀……

　　那时的他，在我的记忆中是一位言语不多、一脸清新、天真善良又清纯俊美的少年。正是为他的那般驻足，那般凝神注目，我心神不宁地想了整整一个上午。就像是心有灵犀一般，中午放学回来，他没有进家门，却又再次径直来到花园，来到我的身边。遗憾的是，我已经开始衰败了，枯萎了，几个小时前的俊美的容颜已不再。面对着他，我低垂着头，漫上心头的那份遗憾和失望，真是无以言表，留下的，只是一声声沮丧的轻轻叹息……

望着我，他久久不肯离去——我知道，他一定是万万没有想到，牵牛花的生命会如此短暂。从他动情的眼神里，我看到了他的无言的遗憾——不，那不是遗憾，更不是失望，是深深的同情、关爱、怜惜和忧伤……

梦神姐姐告诉我：而今，这个秘密只有你一个人知道。你的主人，他什么都不知道，而且永远都不会知道。

梦醒时分，已是清晨。我又回到了我的当下……

我的可爱的诗人，像是童年时的大清早，在窗前柳枝头发现了一只可爱的黄鹂鸟那样，惊叫着，即刻唤来他的夫人。俩人看了好久，脸上双双露出孩子般的神情和喜色。

可是，他们哪里知道，我花开的生命就只有三两个时辰啊……

我的主人，像是冥冥之中懂得我所有一切似的——他即刻跑到书房拿来相机，特意精心地为我拍照。那副认真劲儿，俨然就是给皇上待嫁的金枝玉叶拍照一般。

随后，我的诗人许久许久地凝望着我，他清澈的眼睛，仿佛幻化成了爱神之灵魂的放大镜和显微镜，像是要看清我花瓣和花蕊上的每一丝经纹脉络和我心灵的每一个细胞。他清澈如清泉一般的神情，是那样的圣洁、那样地令我感动。望着望着，他用一根手指，极其轻微极其小心地轻轻触摸了一下我的无比鲜嫩细腻、丝滑柔美的花瓣，就像是情窦初开的多情又纯真的少年，平生第一次偷偷触摸到了他日夜相思的初恋情人的鲜嫩嘴唇……

我相信，他的眼睛就是他的心灵，他的心灵就是一个应有尽有的、美丽无比、清风明月般的大千世界……从他的眼神里，我能看到这个世界最令人心动的天真、善良和美丽。我相信，世界上，再也找不到一个像我的诗人这样可爱、细腻、温柔和纯粹的人了……

可是，我的生命只有三两个时辰啊！当我的花瓣开始萎缩、开始衰败的一刻，我的天真善良的主人，他那颗无助的心，无可救药地开始下沉、下沉……看着他那满含爱恋和怜惜的眼神，我的心开始颤抖，我的整个的身心，被深深的痛苦彻底裹挟了。我流泪了——一切的一切，只为了这个世界有如此懂得我的心灵……

3

可是，连我自己在内，谁都不能相信、也无法相信，正因为主人为我拍照，竟让我从此成了永生的花之精灵——牵牛花仙子。我真不知道，为了这份天地间的生命奇迹，我当拿什么感恩生命、感恩上苍、感恩让我的灵魂化为永恒的我的诗人呢……

那个月明星稀的、宁静而难忘的美丽夜晚，是完成我生命和灵魂再度净化、再度升华的曼妙之夜。

夜色何等的美好呀！早已经成了牵牛花仙子的我，突然间看到夜空里所有的靓丽星辰，将他们美丽的清辉，静静地、无声地撒向了我……我的身心、我的灵魂随之清新激灵、飘飘欲仙。万籁俱寂中，夜的宁静把她所有如梦一般的温柔赋予我；星星月亮把它们的一切如诗如歌般的清辉赋予我；轻轻飘动的云絮将她曼妙的轻盈赋予我；大地上的露珠将她剔透的晶莹赋予我；绿色环抱的湖泊将她碧波荡漾的灵动赋予我……我在大爱的恩赐和赋予中，变成了一个世间绝无仅有的、满怀真情的美丽的牵牛花仙子。我的灵魂，从此开始悠然飘荡在凡俗和鄙陋者的眼睛所永远看不到的清新曼妙的世界里。我知道，这一切都是因为我无比可爱的诗人，我的永恒的恋人……

尽管梦神姐姐有言在先，可我相信，我的主人那一颗非凡的心灵，一定可以感受到我的存在——在这个世上，也只有他，只有我的这位充满爱与智慧的诗人，才能感受到我的存在。

我的诗人将为我亲手拍摄的照片存放在自己的电脑里，而后又设成桌面——他这样做的用意，就是只要打开电脑，第一眼望见的，就是我的美丽倩影……啊，我是多么的幸福啊！想想看，人世间还会如此这般地幸福吗？

从此以后，我的诗人一旦开始工作的时候，他会神情悠然地轻轻打开电脑。随之，为了我们，他总是特意精心选择播放一些美妙动听的音乐——古典音乐。当天籁般美妙的音乐在我们所处的时空里弥漫开来的一刻，我的如诗一样飘逸的身心，顿时就像沐浴到了爱神的清泉甘露……

这一刻，作为牵牛花仙子的我，可以随心所欲地飘荡在主人的整座屋子里。我可以满怀爱意地在他身边驻留，想待多久就待多久；我可以倾心地凝视着他的眉宇神情，想看多久就看多久；我可以悄悄钻到他的心灵里，抚摸他那仿佛世间绝无仅有的、柔软如云絮般的温柔灵魂，找到他美丽无比的诗的灵感源泉；当他疲劳的时候，我会散发出花仙子特有的天然芬芳、淡淡馨香，为他催眠，帮他进入诗意烂漫的梦乡……

当然在他聚精会神从事精神劳作的时候，我是肯定不会打扰他的。这个时候，我会做点别的什么，比如，听着美妙的音乐，轻轻贴着明亮的窗户玻璃，看看外面的蓝天白云；比如，独自坐下来，回想自己美丽的生命旅程，回想自己怎样与他相逢并陶醉其中。最让我激动和喜爱的是，每逢下雨的时候，我在他这里感受着潮润和凝脂般的空气，就像是感受着我的诗人那万般潮润的爱的灵魂，一切都是那样的诗意美妙……

每一个日日夜夜，我看着我的诗人，心中是那样的幸福。我深爱他生活的这座屋子——这座珍藏着人类的伟大智慧和真善美的、时时刻刻和大爱之神同在书屋。我喜欢、我珍惜他所做的一切——读书、写作乃至做他的家务活——你可知道，无论做什么，他都会做得很专心很认真；无论做什么，他都会做得像一个诗人，像一个真正的诗人——其实，正如大爱之神所说的那样：一个纯粹的生命，从来就该如此，从来就是如此。正是从我的诗人这里，我真正懂得了什么样的人才是真正的诗人，什么样的灵魂才是纯粹的灵魂……

每当他劳作间歇的时候，他总会对着我的照片，凝神良久。此时此刻，他的神情中便会流淌出天真的孩子一般的纯真、清新和诗意浓浓的情与爱，因为他深信，我是永生的……

哦，我想对蓝色的梦神姐姐说：一路引领我的梦神姐姐呀，你可知道，我是多么的幸福啊……

我再次想起大爱之神的那句话：我愿意把缘分赐给有真情和怜惜之心的人。

　　我想对这个世界说：我一定是这世上最最幸福的、花的精灵花的精英，因为我生活在一个有大爱之神呵护着的、美和善的世界里，我生活在一个爱和诗意的灵魂里；我深信，这样的幸福，将伴随着我、伴随着我们，直到永远的永远……

白桦情

痴子如若有梦时，心诚则灵。

——卢琳夫

1

卢琳夫是一位青年画家，大学美术老师。

初秋的月夜，他独自一人漫步，沿着五色鹅卵石铺就的清静小道，走过小区离自己住所不远的别墅——"碧水云天·专家公寓"。俄罗斯作曲家拉赫玛尼诺夫的《哦，这儿真好》，还有包罗丁献给妻子的那首弦乐四重奏中的慢板乐章《夜曲》，悠扬的琴声、美妙的旋律，从二楼一扇敞开着的、飘动着白纱的落地窗户飘散出来。

卢琳夫被这轻盈飘逸又诗意悠然的钢琴声深深吸引。他停下脚步，靠在小道边一棵散发着淡淡香味的梧桐树上，两手随便插在裤兜里，闭上眼睛，屏息倾听。他边听边想：什么人的琴声呢？暂且不说演奏者有如此娴熟的钢琴技艺，单就艺术趣味而言，能够选择并演奏这两首乐曲的人，不仅有着非凡的艺术品位和造诣，而且一定是一位十分懂得和热爱俄罗斯音乐艺术的人。

琴声停止，四周陷入一片宁静。卢琳夫刚要准备离开，可适才弹琴的"她"却走到落地窗前，轻轻撩开了窗纱。借着路灯的柔光，她一眼便看到了站在梧桐树下望着她的陌生人——卢琳夫。

借着明亮的路灯，卢琳夫发现，撩开窗帘的女子，竟然是一位洋面孔。姑娘高挑的身材，有着犹如好莱坞明星一般漂亮且棱角分明的五官轮廓。敏感的卢琳夫即刻意识到，眼前这位女子，十之八九是一位俄罗斯姑娘。见对方发现了自己，卢琳夫不好意思地朝对方点头致意，随后马上离开。走出一段距离，卢琳夫下意识轻轻回首，却发现那女子不仅依然亭亭立于白纱飘动的窗前，而且也在目不转睛地静静望着他。

真是太巧了，第二天，他们竟然在小区花园林荫道拐角处的小木桥边再次邂逅。

卢琳夫认出眼前的女子就是昨天夜里弹奏钢琴的俄罗斯姑娘。很显然，几乎就在同时，对方也认出了卢琳夫。他们彼此互相望了对方一眼，两个人都从对方看似不易察觉却又绝对感觉得到的眼神和眉宇之间，清晰地捕捉到了对方递给自己的表示问候的友好神情。但他们并没有打招呼，也不可能打招呼，只是就此擦肩而过。

世上恐怕没有比一位画家、一位真正有眼力的画家更会"看人"的了——就在适才他们两个人对视着"互相望了对方一眼"的那一刻，不过两秒钟的时间，卢琳夫迅速闪了女子一眼，便将对方的神情、模样作了详细的扫描——眼前的女子，天生丽质，神情高贵，乃地地道道的俄罗斯美人一个……

2

隔了一天，在房间品着咖啡想要静心阅读的卢琳夫，却始终显得心不在焉的样子——隐隐约约，他发现自己像是有什么心事似的，越是想要静心却越是静不下心来。手里捧着自己新近买来的那本讲述法国雕塑家罗丹与克洛代尔的传记故事《被激情点燃》，却发现罗丹和他情人的故事，不再像平时那样令他心动，书中的内容根本无法进入他的脑子——这原本是他特别喜爱的书，但无论怎样，今天却有点读不下去了——快一个小时过去了，却读了不过三两页。卢琳夫觉得有种莫名的浮躁和淡淡的焦虑，像个幽灵一样，在不由自主地、捣乱似地纠缠着自己。于是，他干脆扔下手头的书本，决计去到外面逛逛。

出得屋来，脑子却像是一片空白——他一时竟不知道该去哪里。

可是，不知不觉间，等卢琳夫反应过来的时候，他发现自己已经"信步"来到了一个去处——前天有《哦，这儿真好》和《夜曲》飘出的那位俄罗斯姑娘的窗前。他不由自主地放慢了脚步，然后，又不由自主地站在了自己曾经驻足的那棵梧桐树下。

此时此刻，他突然意识到，此前之所以读书心不在焉无法进入状态，不为别的，原来自己的心就是被一缕朦朦胧胧的情丝牵引着来到这里，想要在这棵枝叶繁茂的梧桐树下，重温从眼前这扇落地窗里飘散出来的轻盈悠然的琴声。对着落地窗，卢琳夫轻轻闭上了眼睛。

飘逸的、淡蓝色的幻觉中，那美妙的琴声携着清新脱俗的旋律，仿佛再一次从那洁白的窗帘后面飘散开来，带着微笑带着馨香，轻轻萦绕在自己的耳畔。翠玉般美妙的琴声中，他仿佛又一次看到了立于窗前的美丽倩影……

您好！随着一声突如其来的问候，卢琳夫从梦幻中睁开眼睛，不无惊惶地转过身来。他发现自己的侧后近旁，亭亭玉立站着一位正在朝自己暖暖微笑的美女洋妞——不是别人，正是"她"。

卢琳夫好不尴尬，他的心顿时突突突快速跳动起来，急急忙忙唐突地回了对方一声：您好！

一向颇有"胆量"、号称"潇洒大方"的卢琳夫，一时间尴尬得不知所措。那感觉俨然就像是亲眼看到了自己脸上的表情有多么局促、多么不自然。不过，这一切很快就过去了。

其实，就在卢琳夫刚刚到达这里的一刻，就像是事先有所心灵感应而早已等候在那里的"洋美女"，已经透过房间的窗户发现了卢琳夫。她老远便一眼认出，来者就是前天站在梧桐树下听她演奏、第二天又在花园与其邂逅的"那个人"。看着朝这边走来的卢琳夫，她不假思索、身不由己地走出自己的房间，像是心不在焉地绕个弯儿，随即"碰巧"来到了这里，"邂逅"到陌生人卢琳夫——当然，这一切都是卢琳夫后来才知道的，属于后话。

不知为何，这次相遇，卢琳夫的"一时尴尬"过后，他们相互之间不仅不感到陌生，而且即刻就有了一种好感或者说默契，就像是早已经相识的朋友那样。

没想到的是，女子竟然讲得一口蛮流利的汉语，这可真是让卢琳夫吃惊不小。

简短的交流，彼此有了最初的了解。女子的名字竟然叫"冬妮娅"——这更让卢琳夫激动不已，吃惊不已！他心想，这世上怎么会有这等巧事呢？这简直就是天意啊！

冬妮娅是一位年轻的钢琴艺术家，来这里才一个多月时间，是应外事办的邀请和安排，来卢琳夫所在的大学做钢琴外教的。

卢琳夫和冬妮娅，他们就此相识，成了朋友。

3

这是个细雨霏霏的下午。冬妮娅应约来到位于同一个小区的卢琳夫的住处——约请的理由是来看卢琳夫的画室画作。

自从相互认识的那一刻，卢琳夫心中特别期待的一件事情，就是希望有一天能有机会同自己的这位"令他激动的、无比珍贵的"朋友作心的交流——个中原因究竟，随后便会知晓；而对冬妮娅来说，很想同卢琳夫交流，很想同这位让她"见第一面便留下了特别记忆"的美术家朋友作深入交流的心情，一点都不亚于卢琳夫。至于为什么，一时间恐怕连她自己都说不清楚。

世间的事情往往就这么奇怪。你说这大千世界，放眼望去除了人还是人，可是那种真正意义上的"一见钟情"之人——无论是恋人还是朋友，从来都是少之又少的。卢琳夫和冬妮娅，真称得上是"一见钟情"的朋友。殊不知，人与人之间，一旦有了这样的感觉和缘分，他们相互间的交流和来往，自然就成了他们的一种精神或者心灵的需求和渴望。关于这种需求和渴望，没有太多的道理，没有太多的为什么，也无须为此费心深究——说白了，凭的就是一种纯粹的、近似"第七感觉"的、只为当事人所拥有和所能明白的感情磁场和心灵感应。

说是来看画室，可是进得屋来，不管是卢琳夫还是冬妮娅，两人似乎都忘了此前的约定——一时都忘记了看画室画作的事儿。

在卢琳夫充满艺术家个性的客厅里，他特意为自己的"贵宾"朋友准备了他认为最好的武夷山岩茶。

　　袅袅茶烟和窗外淅淅沥沥的雨声中，经过一阵或天气或环境或艺术或生活或音乐或美术的、散板式或跳跃式的东拉西扯之后，卢琳夫自我申请，特意为冬妮娅讲了自己的一个"故事"。卢琳夫如是说——

　　在他的少年或者说童年，他有幸读到了一本令他终生难忘也影响着他整个人生的一本书。

　　卢琳夫记得那是一本二十四开、四四方方的连环画。像是被千千万万个人翻阅过一样，书的封底早已经不见了，因磨损而显得斑斑点点的封面完全一副破烂不堪的样子。书的名字叫《钢铁是怎样炼成的》。

　　和很多读过这本书的人一样，小琳夫第一眼看到或者第一次听到这个书名的那一刻，没有引起他丝毫的兴趣——钢铁是咋炼成的？该咋炼就咋炼该咋成就咋成呗！这与他有什么干系？总之，他对怎么"炼钢铁"的事儿毫无兴趣。

　　然而，正如送他书的好朋友微笑着所预料的那样——翻开书读了没几页，小琳夫即刻被书中的人物和情节深深地吸引住了，以至于那天晚上，读得入迷的他连饭都不想吃了。他一口气读完了整本连环画，然后就开始了他有生以来从未有过的、漫无边际和永无止境的想象与幻想……

　　多少年过去了，这本书成了卢琳夫事业与人生的一根强有力的精神支柱，成了他精神和灵魂深处的最爱。保尔从生到死的人生和情感历程，深深影响着卢琳夫，一切的一切都让他没齿难忘。他知道，书中主人公保尔的原型就是该书的作者奥斯特洛夫斯基本人。他把这个与自己在时间和空间上相距半个多世纪的、遥远无比的人物，当成了自己今生今世最亲密最深爱最忠实的朋友。和许许多多读过这本书的人一样，让卢琳夫永生难忘的情节，就是书中的男主人公保尔和美丽少女冬妮娅的初恋，它给卢琳夫留下了不可磨灭的记忆——冬妮娅，这个带着梦幻般的芬芳走进卢琳夫金色童年、走进他水晶般的心灵而让他刻骨铭心的名字，让卢琳夫深信，保尔和冬妮娅的初恋，一定是人世间最美丽、最令人倾心的初恋……

　　从那以后，生来爱做梦的卢琳夫，灵魂深处藏着《钢铁》藏着保尔藏着冬妮娅藏着神奇美丽的俄罗斯，一路踩着让他人、让这个世界都难以相信和难以猜透的梦，踩着梦中的俄罗斯原野那诗一样的青青芳草和晶莹露珠，轻轻开启了灵魂深处属于他自己的俄罗斯之旅……

天真的卢琳夫，从童年时"结识"保尔和冬妮娅的那一刻开始，从因为保尔和冬妮娅而深深迷恋上俄罗斯森林原野的那一刻开始，他便有了一个始终都在纠结着他的"痴心梦想"，那就是：今生今世一定要亲自去一趟俄罗斯，甚至去一回远在乌克兰的保尔和冬妮娅的家乡。为之，卢琳夫在其走过的岁月里，对一切与俄罗斯有关的东西都感兴趣——他如饥似渴地阅读俄罗斯众多作家的文学作品，欣赏俄罗斯巡回画派的油画，欣赏俄罗斯作曲家的音乐，尤其是那些俄罗斯的歌手演唱的原汁原味的俄罗斯民歌，最是令他如痴如醉。总之，借助各种可以借助的媒介资料，让自己的身心、让自己的情感走进他所想象和幻想的俄罗斯，成了卢琳夫精神与灵魂的需求。

卢琳夫还不止一次地这样痴想过：今生今世所遇到的第一位能跟自己交流的俄罗斯人——无论男、女、老、幼，这个人就是上帝为他派来的珍贵的朋友。犯痴犯到离奇程度的卢琳夫，还有一个不为人知也恐怕不为人所理解的所谓"重大心愿"或者"感情秘密"，那就是：希望有一天，能得到一位美丽的俄罗斯女孩送他一片来自俄罗斯原野的白桦叶……

天生丽质、天生艺术家气质的冬妮娅，被卢琳夫的讲述深深感动。她似乎从来没有见过或者听过，有哪个人竟然会因为一本书中人物的情感经历和故事，而导致他用心、用情竟到如此痴迷和义无反顾的地步。但是作为有着同样艺术敏感和诗意情怀的冬妮娅，绝对懂得和理解卢琳夫。冬妮娅就此深信卢琳夫不仅是一位难得的、真正的艺术家和诗人，而且是一个世间少有的心地善良、灵魂纯粹和透明的高尚的人。面对这样一个令人感动的灵魂，她想要不对他肃然起敬都是不可能的。几乎是在同一秒钟，他们两个人情不自禁地紧紧握住了对方的手——两个人竟然一时都没有意识到：如此动心动情的握手，究竟是谁主动……

等情绪稍稍平静以后，应卢琳夫的请求，冬妮娅也给卢琳夫简单讲了讲自己的故事。她说自己从小听过不少中国的民间故事，其中包括蒲松龄写的故事——就是那些有很多可爱的狐狸精的故事。她说自己在读大学时有机会看到根据蒲松龄的小说改编、翻译成俄文的一部电视剧的 DVD。她说蒲松龄的故事是那么神秘美妙，那么令人神往。于是她很快喜欢上了蒲松龄和他的作品，并从学校图书馆特意找来一本俄文版的《聊斋志异》。冬妮娅对其爱不释手，很快入迷其中。

她说，有一段时间她经常幻想，希望有那么一天，自己能够来到蒲松龄的国度……也正因为此，生来语言天赋极好的她，在国内还特意辅修了汉语。

因为受到适才卢琳夫故事的感染而深深沉浸其间、一时不能自拔的冬妮娅，笑着说自己的故事比起卢琳夫来实在是太逊色了，而且在领略了卢琳夫这番感人至深的故事之后，一时很难走出那种令她甚为感动的精神和情感气场。所以她提议，有关自己的故事，还是留着以后再讲吧。

由于兴趣相投，这一席交谈，卢琳夫和冬妮娅成了相见恨晚的好朋友。应冬妮娅的恳请，卢琳夫爽快地答应，一定会帮助冬妮娅进一步强化她的汉语。一脸幸福的卢琳夫乐呵呵对冬妮娅说：这对他来说，简直是一件无比荣幸、求之不得的事情。

卢琳夫是个蛮细腻蛮有情趣也很有意思的人——让冬妮娅万万没有想到的是，为了这次他生命中有着非凡意义的相聚，卢琳夫特意收藏——不，是"珍藏"了一样东西，一样跟他和冬妮娅这"第一次"相聚有关的东西，留作永恒的纪念。至于是什么珍奇之物，暂时是个秘密……

4

与上次见面相隔一周以后的一次交谈中，冬妮娅告诉他，离开俄罗斯来这里，一个重要的原因是因为一个"不忠实的朋友"。然而离开了，自己却又觉得对"过去的一切"是那样的纠结和割舍不下……冬妮娅的话只开了个头却又戛然而止。

见冬妮娅影影绰绰不想细说，卢琳夫也就不便再细问。但这事却从此像一个越来越大的问号，一直搁在卢琳夫的心头。

冬妮娅来到这里的那个生日，是卢琳夫在冬妮娅的住处特意给自己的朋友过的。

生日这一天，有好友卢琳夫陪伴，冬妮娅真是太开心了——在好朋友面前，她喝醉了酒。酒后冬妮娅显得异常激动，突然，她趴在卢琳夫的怀里哭了起来。从她的极端伤心的哭泣中，卢琳夫能感觉到，冬妮娅的内心深处一定有十分痛苦的隐情。他想方设法安慰她，可是越哄越安慰，冬妮娅就哭得越发厉害。无奈，他就只好抚着她，一直等到她哭够了为止。

哭过之后，冬妮娅终于向卢琳夫吐露了自己的隐情——在国内，她有一个三岁多的非婚生女儿。孩子的父亲是一个有妇之夫——她曾就读的那座音乐学院的钢琴导师——维克多。

冬妮娅如是说——

她的导师维佳（科妮娅对维克多的爱称）是一位很有音乐才华，且长得十分帅气、深得众多女孩青睐的美男子。

冬妮娅和维佳的初次相识，是在她即将踏进大学校门的一次钢琴独奏音乐会上。这次音乐会，她未来的"导师"演奏了包括拉赫玛尼诺夫的 g 小调前奏曲在内的许多俄罗斯及其他国家作曲家的名曲。不到两个小时的音乐会，最终的结果是，冬妮娅的少女芳心被台上的演奏家及其乐曲彻底掳走——她从此成了维佳和其艺术的五体投地的崇拜者。进入大学以后，她毫无疑问地按照自己的心愿，选择了自己心中梦寐以求的男神维佳做自己的导师。

由于冬妮娅过人的艺术天赋，再加上她那天生挡不住的非凡气质和出众的容貌，维佳也是很快便流露出了对自己的这位嫣然鹤立鸡群的美女弟子不同于他人的情感和关爱。殊不知，这一切，正是冬妮娅所期盼和渴望的。导师流露出来的特殊关爱与"青睐"，让冬妮娅感受到一份有生以来从未有过的幸福和骄傲。那一阵，她只觉得自己就是这个世上最最幸福的女孩。

冬妮娅知道导师已是成了家的人——就是在那次音乐会上，她看见过尽管神情冷艳但气质非凡、风姿迷人的她。导师的妻子是歌舞剧院的一位舞蹈演员，堪称绝色美人。但是作为一个心中充满幻想的女孩，在那个为爱可以奋不顾身的、"智商等于零"的时候，冬妮娅觉得只要能够获得维佳的一份爱，她就心满意足了，至于别的一切她都可以不在乎——冬妮娅的心中大有除了维佳以及与他的恋情，一切都不重要都无所谓的感觉。就这样，冬妮娅很快便陷入了对维佳意乱情迷的爱的幻想之中。而作为过来人的维佳，尽管他的内心深处是那样的喜欢冬妮娅，但在一段时间里，由于种种原因，他还是表现出了最大限度的冷静和感情克制。

更要命、更让冬妮娅一爱不可收拾的是，很快她便得知，导师维佳夫妻感情存在严重危机——他妻子所在的歌舞剧院院长，从几年前开始，一直在拼命追求这位绝色美人，且两个人现在已经有了情人关系。那时维佳和妻子才新婚不久。绯闻传入维佳的耳朵，其结果便就可想而知了——维佳和他的妻子的夫妻关系开始一天天下滑，最后终于落到形同虚设的地步。在他们感情名存实亡的这一年，夫妻俩一直分居。像是要给对方某种信号似的，维佳告诉冬妮娅，他们夫妻两人分开恐怕是迟早的事情。说这些话的时候，从维佳的极其阴郁的神情中，冬妮娅能够清晰地感受到隐藏在维佳内心深处的痛苦。是的，即便是在拥有了美丽的冬妮娅的热切恋情的一刻，冬妮娅依然可以看得出，因为妻子的移情别恋，维佳的心中曾经有过且依然有着多么难以消解的焦灼和痛苦……

仲夏时节的一个傍晚，冬妮娅上完导师为她特意安排的"小课"，正准备离开维佳返回自己的住处的一刻，外面突然变得昏暗一片，头顶上整个云天黑沉沉的，就像是即刻要塌落下来似的令人恐惧。突然，一声惊天动地的巨雷，俨然一颗超级重磅炸弹砸在地上，冬妮娅吓得跳了起来，惊叫一声，紧紧趴在了导师的怀里……

这个夜晚，冬妮娅没有回去……几个月过后，冬妮娅发现自己怀孕了。维佳满心纠结。起初他要她堕胎，但冬妮娅死活不肯，她坚持要把这个孩子生下来。见泪流满面的冬妮娅如此坚持，一时没了主意的维佳也就一脸沮丧地默认了。

冬妮娅称病跟学校请假，说是回家养病。但她并没有回家，也不可能回家。维佳安排她住在离学校两百公里外他的姐姐家。冬妮娅给自己父母的说法是去外省搞艺术实践。五个月后，他们的女儿娜塔莎出生了。

让冬妮娅和维佳意外的是，就在孩子出生以后不久，维佳的妻子在得知自己丈夫已经另有所爱、且很可能也已得知生了孩子的情况下，依然主动找上门来，不顾一切、低三下四地向丈夫认错，提出要跟维佳重新言归于好。至于她这么做究竟是出于什么目的，是因为真的爱自己的丈夫而回心转意，还是为了搅黄冬妮娅和维佳的感情生活，冬妮娅就完全不得而知了。

在如此棘手的现实面前，维佳一时陷入了彻底两难的泥沼境地。他一边拒绝自己的妻子，一边满脸愁容地答应冬妮娅，他会把一切处理好，他要她耐心等待。隐姓埋名的孩子，暂时寄养在维佳的姐姐家。但是时间一天天过去了，痛苦和郁闷的冬妮娅，从维佳这里看不到一丝半点可以"把一切处理好"的迹象。更要命的是，敏感的冬妮娅越来越感觉到，维佳的心里还是深爱着背叛了自己的妻子的。这，才是让冬妮娅真正感到绝望的。至于妻子想要跟他言归于好的真正目的，维佳似乎并没有想到也不愿意去深想……

对于冬妮娅来说，留给她的，是一天胜似一天的痛苦、失望和渺茫。再后来的生活，就成了现在这个样子。

……

一年前，恰逢中俄友好年活动。冬妮娅所在城市的活动，中俄双方达成协议——互派一批外教，冬妮娅成了前往中方的外教其中一员。

让冬妮娅感到奇妙的是，某个夜晚，她做了个无比奇异有趣的梦。她梦见自己变成了一位天使，身着如蝉翼般的洁白的柔纱，踩着一片大大的白桦之叶，在空中轻轻飘飞起来。身上的柔纱随风轻轻飘动，四周一片宁静。白桦叶载着她，越过一道道绿色的山峦，一条条蜿蜒的河流。遥望苍穹，俯瞰大地，视野之内，目之所及，迷人的景色令人心旷神怡。就这样，不知过了多久，冬妮娅突然发现自己来到了一个陌生而美丽的地方……

世上真是有些难以解释得清的事情——后来当冬妮娅来到了她现在从事"外教"的这个城市以后，她才恍然大悟——上帝啊！这里不正是她在梦中所见到的那个"陌生而美丽"的地方吗？吃惊不已的她，只觉得这属于冥冥之中的一切，真是太过奇妙了！如此奇妙的一切，冬妮娅只能将其看作是上帝的安排……

听完了冬妮娅的故事，深受感动的卢琳夫，再也抑制不住自己的感情，紧紧握住冬妮娅的双手。而深信和仰慕自己这位好友的冬妮娅，流着眼泪和卢琳夫紧紧拥抱起来。深情的久久拥抱中，卢琳夫清晰地感受到冬妮娅剧烈的心跳。他像是用自己所有的真情，用自己的整个身心，深深亲吻了冬妮娅——这一刻，倾心的爱慕、无以言表的同情、从未有过的幸福和揪心的痛苦，等等一切，五味杂陈混合在一起，一起翻腾着涌入卢琳夫的心中……

就在这一刻，不知为什么，卢琳夫的脑际挡不住地走来了另一位冬妮娅——奥斯特洛夫斯基笔下属于保尔的那位冬妮娅。随即，两个天使一般的冬妮娅在卢琳夫的大脑屏幕上，缓缓地、梦幻般地合二为一……啊，冬妮娅，生命中永恒的冬妮娅啊！一股从未有过的饱含幸福与激情的热流，再次奔腾着涌遍卢琳夫的全身……

有了这一次的真情和灵魂的交流，他们从此成了无话不谈的、心心相印的知音……

5

整整三年的时间过去了。其间，冬妮娅只回去过一次，时间是在第一个交流年结束的那个暑假。

按最初签订的交流合同，冬妮娅的外教工作结束了——三天之后，她就要离开这个工作了整整三年、给她留下无数美好记忆甚至是改变了她的思想观念和人生态度的城市和大学。

当离别的日子真正到来的这一天，无论是卢琳夫还是冬妮娅，他们是那样的依依不舍。他们突然觉得，不知道为什么，这三年的时间过得竟然如此之快……

临别的前一天，两人举行了一个属于他们的、别致的告别仪式，地点仍在他们第一次相聚的卢琳夫的住所。很凑巧，这天也是下着淅淅沥沥的小雨。就像是懂得这一对将要离别的朋友的心思似的，窗外轻轻叹息着的云天雨色，也是满心的惆怅和伤感，一脸的情绪低迷、愁容满面……

卢琳夫送冬妮娅一个用丝带扎着的、精致的小礼品盒，盒子里边是用翠绿色的绸子包着的一小包看上去"有点特别"的茶叶。看着冬妮娅疑惑又吃惊的神情，琳夫告诉她：那是被他珍藏起来的、他们两个人第一次喝过的茶叶——当然不是全部，一式两份，另一半珍藏在他这儿。卢琳夫，如此细腻的有心之人，真是太令冬妮娅感动了。

冬妮娅送给卢琳夫一样特别的礼物：一盒包罗丁《夜曲》的 CD 唱片，唱片的说明书页中，夹着一枚形制极为漂亮的、形似桃心的树叶——那是两年前冬妮娅那次回国期间，特意采自自家别墅花园的白桦的叶子。对于卢琳夫来说，这世上恐怕再也没有比这更为珍贵的礼物了。被深深感动的卢琳夫不知道该说什么、该怎样感谢冬妮娅！他不由自主地闭上眼睛，将冬妮娅给他的礼物紧紧地贴在自己的心口。此时此刻，冬妮娅能够清晰地听到发自卢琳夫内心的一个声音：冬妮娅，知我心、懂我情者，莫过于亲爱的冬妮娅……

临别的一刻，这一对感情至深至诚至亲至敬的朋友，深深地拥抱在一起。冬妮娅哭了。从她那梦中女神一样美丽的眉宇之间，从那哗然流淌的泪水之中，痴情而心在流泪的卢琳夫，再次感受到冬妮娅天使般的纯真与纯情。他怀着一颗感恩的心，感谢命运之神对他的深情眷顾与怜悯。

是的，今生今世与冬妮娅相逢相知，这个纯真、美丽而善良的女子于冥冥之中像梦神一样走进他的世界，走进他的生命与梦想，卢琳夫将此看作是自己人生的某种圆满，看作是自己数十年所期盼的诗与梦想的圆满。也正是从这个意义上，卢琳夫不得不相信了"痴子如若有梦时，心诚则灵"这句被自己奉为人生经典的至真心语……在这仿佛将彼此的身心化在对方灵魂深处的拥抱和亲吻中，卢琳夫再次感受着冬妮娅天使一般的纯洁和温柔的心跳，再次用自己整个的身心重温了他们这三年来至真至诚至亲至爱至美的友情——那是人间最美丽的友情啊！他更相信，那是被他卢琳夫几十年的真情与梦想感动了的上帝——那个最最懂得人间的痴心与真情、懂得大爱与怜悯的无所不能的上帝，给予他卢琳夫的最大的恩惠和永恒的心灵慰藉……

哭过了之后，冬妮娅一边抹着眼泪，一边哭笑着轻轻告诉卢琳夫：说不定，哪天她会改变了主意，重又回到她生活过的这个可爱的地方，重又突然出现在他的面前……

对花弹琴

引子

暑假前夕，他收到一封信，一封客观地来讲他并不该感到太过意外的信，但却真是让他没有多少心理准备的信。

只读了信的开头几句，他的思绪便没有商量地拖着他再也平静不下来的心，回到了他不知道该用"恍如隔世"还是"似在眼前"来形容的十年之前……

那是个初秋细雨霏霏的傍晚。雨中散步的他，接到一个陌生女孩的电话。电话里，是那女孩听上去异常清脆、甜美的声音——那一刻，不知道为什么，他竟然生出一种偏执的感觉——有着这样声音的女孩，一定是一个天生特别可爱、漂亮的女孩。女孩在电话里告诉他，她需要一位合适的老师给自己上课。而受一位了解他的熟人的极力推荐，她认定，那个最适合给自己上课的老师，就是他。

就这样，在这个女孩需要人关心和帮助的时刻，他与这个"需要关心和帮助"的女孩相识了……

1

记得那是个阳光明媚、秋高气爽的午后。

初次见到她的那一刻，他的心头顿时漫过一层如若清冽的甘泉一样的甜美和幸福。眼前的这个女子，丝毫不出他的意外——就像此前电话里听到她声音时，脑子里油然生出的那种美好感觉一样，甚至比那种感觉还要美丽，还要清新动人。更为奇怪的是，此时此刻，他的心里有一种十分特别的感觉，那就是：不知为什么，他总觉得眼前这个女孩，自己好像曾在哪里见过一样，她的一切都是那样的美好，那样的令人心动。那一阵，他觉得，初秋的阳光，从来没有像这一天那样明媚与美好。

做了她的辅导老师之后，尽管他在心底里非常关爱自己的这位学生，但是很长一段时间，他们彼此似乎都在保持着一种甚是客气的状态。而在这种状态的背后，则是一种隐隐约约的微妙的感情——正如她所期盼，他只给了她学习上所需要的关心和帮助。甚至从表面看来，他们之间除学习之外的交流，还不如他们相识之初那样"亲近"。可事实正如你所想的那样——这，只是表面现象。

当然，他们之间之所以始终保持距离，或者说难以亲近，还有一个重要的原因，那就是，不无敏感的他总是觉得：自己的这位学生有时给人一种不够"稳定"的感觉，有时会表现得很情绪化——在他眼里，如果说她身上有什么让他觉得不完美的地方，那毫无疑问便是这种让他不止一次地感觉到的"不稳定"。

他不知道人的感情分多少种，但在他的心底里，他一天胜过一天似的，希望他和她之间的感情或友情，能够上升到一种他理想中所期盼的那样的感情——即便只是纯粹的友情，那也是这个世界一般人所没有也不可能有的那种独一无二的感情。不为别的，一切皆因为他眼里的她实在是太特别、太让他的那颗心为之依恋了。他认为和这样一位他认定是"卓尔不凡、美而不俗"的女子成为亲密的朋友，那是人生的一种幸福。

他知道自己性格或情感方面的弱点。他心里明白，他对她的那份一天胜似一天的心之依恋，很大程度上是为对方那份出奇的美丽所吸引的，但他却没有说服和阻止自己的办法，再说，这又有什么错呢？——很长一段时间，他就是这样认为的。

因为她的美丽，因为他在乎和珍惜这种美丽，所以他始终在小心翼翼地经营着他深藏在心底的这份隐私一般的感情。他始终觉得，那是需要精心呵护的一种感情，那样的感情，永远有着梦想一般的美丽……

正因为如此，所以尽管他被她的美貌和神情中透出的那份不同一般的清新气息所深深吸引，但是，有很长一段时间，他一直在"压抑般"地安顿着自己的这份感情。直至半年之后的一天，他"突然"收到了她一条令他心跳的短信之后，他这才真正有胆量向对方表明自己的倾慕之情。

女孩在短信中写道："一想起你，就会有一种从未有过的强烈的感觉涌上我的心头……我多想让你紧紧地抱抱我……"

2

他清晰地记得他们的那次约会。

满心喜悦的他，看着他们约好的时间就要到了，于是，那颗充满期盼的心，开始不听劝阻地狂跳起来。然而让他失望的是，她不仅没有守时，足足迟到半个小时，而且到来之后，一脸的平静乃至安然，丝毫没有让他看到他想象中会看到的那份清新美丽的神情——对于她的情绪不稳定，此前他不是没有领略过。但无论如何，也不应该像眼下这般情景。不管怎么说，这是完全出乎他意料的。

她很平静地告诉他，说是自己身体不适。他点点头表示理解。他觉得自己不该先扫了自己的兴，而且像是真心实意地，在心里告诉自己：她可能真如她自己说的那样，身体不舒服了。

过了一阵，等她的心情渐渐恢复了平静，甚至让他感受到往日那样一份清新明媚后，他将此前写好的一封信——那封倾注了他的全部热情和激情的书信，给了她。

信中写道：

小美：

当我读到你那条充满真挚与深情的短信时，我的心被无比美好的温情所感动。说心里话，它可以称得上是我这些年来获得的、我自认为最珍贵和最让我感到温馨的信息。之所以如此，一切皆因我极端在乎发这信息给我的人——这世上无比聪慧和美丽的女子。

　　我回复你，我想用我全部的深情拥抱这美丽的女子一万年——你可知道，那是我一个何等恒久的心结！细想起来，那其实是一种令人无比心动的感觉，是感情的世界里一种无法用语言形容的美丽幻想，是一种决然到了极致的、沉甸甸的感情的积聚……

　　在你走过的生活中，有人可能欣赏你的聪明，有人可能爱恋你的美丽。但我深信，在这个世界上，没有人会像我这样能够用最美丽最真诚的感情，感悟、理解、认识、欣赏你的美丽，珍视你内心世界那清新美丽的方方面面。走过的日子里，我对你的内心世界感悟和获得的，是一种多棱和立体的印象——尽管我并不能知道你的所有，但那又有什么重要的呢？

　　在我的眼里，你的身上有着太多的天生丽质和可爱。那种天然丽质的清新和美丽，有如你清澈的眼睛，那是这世上很多人所没有的，或者永远也达不到的。你的异乎寻常的清新、聪慧、敏锐乃至你的好强等等，都是我的记忆中很少看到过的。我时常这样想：一个如你一般聪慧的人，一旦下了决心去做什么事情的时候，那是绝对无人可及的。你应该知道，你在我的心目中有着何等特殊、美好和许多人根本无法比拟的印象……

　　可是，我不得不将我对你的一切心愿或念想，越来越深地遮蔽起来，隐藏起来，甚至彻底封存起来。因为基于我对你的了解，我感觉得到，你是一个何等敏感而又倔强得要命和讲求感觉完美的女子。有着这种天性的你，我唯恐有什么做得不当而冒昧和伤害了你。于是，我也就只有采取和保持一种自己觉得最合适、最得体的距离和感觉。之所以如此，为的是将心中的这份美好永远保持下去，而不要有任何的损害。

　　仔细想想，我们此生是何等的有缘啊！一个如此聪明、智慧而又可爱的优秀女子，来到一个有着完美和崇高的精神追求之人的面前，并以她自己的出类拔萃和对我的真挚坦诚，给我的心中留下了一份清新、美好和幸福的长久记忆……小美，我真的从内心感激你时常表现出的那种于淡然和平静之中，所自然流露的对我的情谊，因为那种感觉是很多人所没有的。正因如此，所以我觉得它无比珍贵——那是我心中如甘冽清泉一般美妙的记忆。

　　在我的心中，一直藏着一个理想化了的你。那些理想的要素包括你的生活态度、学识涵养、处世观念、人生理想和精神境界等等。面对生活和现实，你似乎想得比我更加实际，甚至比我更加成熟，这的确很好。但鉴于你在未来生活面前可能会受到的干扰和影响等因素，我对你的期望是：尽可能更多地关注和追求精神方面的营养。所谓美好的精神世界，说的苛刻一点，那是一个你早已经懂得也已经仿佛看见，但却并没有踏入其中或者不容易步入其中的世界。你要知道，那是一个人和神灵谐和共处的超然时空。只有身处那样的世界里，我们的灵魂才能被上帝的清泉荡涤和净化，我们才能成为一个真正意义上的"人"。我多么希望你能够早一天走向我为你幻想的那个世界，获得你心灵的新的高度和思想的真正的成熟……

其实，有的时候，我真不知道你是否真的懂我？你曾经不止一次地问过我未来的生活方式。如果你是真的懂得我的人，你应该知道未来的我，会以什么样的方式去生活。有哲人说过，不要一味地设计自己的未来。可尽管如此，智慧的人还是能够预见自己的未来。我告诉你，我会以一种在我看来极具意义的"新的"生活模式来安排我的人生。我可能会在一个常人认为孤寂却又无比美丽的世界里生活。对于我来说，那个世界永远是丰富的，它不会缺乏激情与诗意……

人们所贪图和朝思暮想的许多东西，我对它们无欲无求。从某种意义上来讲，我是一个追求超然和不断走向超然的人。我认为在一个属于我的、可以让我的灵魂冥想的时空里，我已经步入了一个人人生追求的相对高度。我能俯瞰脚下的这个红尘世界的许多方面。我也能以坦然之心放得下许多常人所放不下的东西——那些真正的虚无。

小美，异常聪慧的你一定会懂得，没有超乎寻常的感情和对你的同样超乎寻常的欣赏，是断然写不出这样的文字的……

在她阅读书信的那一刻，他不敢正视她读信的神态和表情。之所以如此，是因为他的心中满怀一份期待。在他的意识里，那几分钟像是度过一个十分漫长的过程。他想象着当她读完信的那一刻，她的脸上会现出一种什么样的表情，她会对他说点什么？

然而让他的确没有想到的是，她读信的表情越来越淡然，随后泼给他的，是一瓢无异于掺了冰的冷水，从头凉到脚，从手凉到心。

读完了信，她似笑非笑地拿着信像扇子那样抖了抖，做了个蛮有意味的动作。然后以平素少有的、堪以"淡定"二字来形容的神情和口气说了一句："太深奥，看不懂。"——自始至终，脸上没有一丝半点的表情。

是她说的那样吗？那真的是一封令人费解的、看不懂的信吗？

那一刻，他决然不能相信，说出那几个字的人，就是他这许久以来所认识、所理解、所期盼的，给他发来那样一条"短信"的小美……

他第一次对自己的感觉和判断产生深深的疑问。

3

一段时间，失落和痛苦得有点难以安顿自己的他，忍不住发给她一条又一条、语气和字眼儿深不得又浅不得的短信。可她每次的回复通常都是只有那么简短的、毫无表情意味的几个字。

他不知道，她到底是怎么了。他甚至不得不这样想：莫非她的心、她的感情被别的什么人"偷"走了？如果是那样，那倒是很正常。可是依了他对她的了解，也不能排除别的因素。总之，她真是奇怪乃至神秘得有点让他越来越不能理解。

……

几年后，她要离开了——去到数千里之外一个很远很远的地方工作。他倒是觉得这是一个不错的选择。因为在他看来，那是一个适于她发展的理想去处。

告别的前一天，他们相约在她喜欢的一家咖啡馆。咖啡，依然是他始终喜欢的那一款，但那天的杯中之物，似乎再也没有了往日的味道——尽管他是那样的喜爱"麦斯威尔"。

那天的气氛是他所不能忘记的。他们竟然没话找话——不对，是他在没话找话，说一些他压根就没想到要说的话。他看得出，她往日那种想要和他交流或者很喜欢和她交流的兴致，在她的心里似乎已经荡然无存了。

带着一份黯然与疑惑，他在心里轻轻地问自己：眼前这个人，还是几年前我曾认识的那个小美吗？

……

他亲自驾车送她回去。然而走下车的她，像是失忆了一样，竟然连头都没有回，扬长而去……

她无视于他的一片心情，甚至无视于他的存在。她像是患了"失心症"。

望着她渐渐远去的背影，一个令人后背发凉的念头侵入他的脑际：人可以无情，但不可以无情到这种地步。

直到这一刻，他发现，这世上的人，有时会奇怪、神秘得让你无法理解，更无法解释。

她走后，怅然若失的他，曾给她写去一封"问候"信，而她的回信却只有简短的八个字：面朝大海，春暖花开！

4

无可奈何的他，突然想起了一个成语"对牛弹琴"。进而他又创造出无论看着、听着、想着都挺美的"对花弹琴"这个词汇。可在他心中，无论是好听的"对花弹琴"还是不好听的"对牛弹琴"，其实都是同一个意思——反正它们没有一个是能懂得人的心思的。甚至有的时候，牛可能比人还要强一点的。

是啊，看上去如花似玉的她，其实跟那个听不懂琴声的牛有什么区别呢？

但尽管如此，那以后的日子里，他还是写下了一首一首的乐曲。而后，他便将她的照片，摆在自己的面前，用心端详良久，而后便开始对着照片上的"花"，为她弹奏自己用心创作的乐曲，且每次都要弹上一两个小时——有时，连他自己都不知，自己为什么要这样。

就这样过了好些年，直到那份难以安顿的心情，随着时光的流逝而渐渐平复下来。

也正是在"对花弹琴"的过程中，他终于相信了"时间会让一切淡化，时间会让一切过去"的道理。

……

5

从近乎"遥远"的回忆中回过神来的他，揉揉自己的太阳穴，接着读完了手中的信——

……

离开你之后，一个非常偶然的机会，我开始经商了。实话告诉你，得到一位房地产朋友的帮助，我的生意做得很顺利。几年下来，我赚到了在我看来足够多的钱。

但是，有一天，一觉醒来，我突然被心底的一个声音唤醒。我发现，生活上获得富足优裕的我，心里缺少了一样我潜意识中无比需要的东西——尽管我至今还不是一个情绪能够完全"稳定"的人，但是你一定要相信我，我已经不是曾经让你失望的那个我。

说真的，我发现自己一天胜似一天地想念你。不瞒你说，这两年来，对你的思念经常让我坐卧不宁。以至于发展到近半年来，我经常在梦里梦见你，或者从梦中惊醒。梦中醒来的我，早已是泪流满面……我想我必须见到你，否则，我将无法生活下去——你无须担心，更无须害怕，我没有别的什么想法。我只想要尽快见到你——我只想让你成为我今生今世再也不要离去、也不能离去的心灵导师好朋友——永恒的朋友……

请你相信，想起当初那个不懂事的我，我自己都无法理解我自己，更不能原谅我自己——这是我的心里话。

在一个又一个"遥望"你的日子里，我方才意识到，亲爱的上帝将一个多么优秀的人送到我的面前，指点让我走进他的精神世界，可我却是那样的有眼无珠，竟然无知地忽视了他，辜负了他。想起这一切，我是那样地责备我、恨我自己！

尽管如此，陷入深深的思恋和痛苦中不能原谅自己的我，有时觉得自己还是无比幸福和幸运的——不为别的，只为这世上有你这样一位卓尔不凡的人，曾经那样地关爱、在乎和珍视过我……

请你不要恨我，更不要以为我这是一时的心血来潮。恰恰相反，我想，这正是我长大了的表现。今天的我，是一个真正长大了的、成熟了的小美。

呵呵，我会在一个适当的时候来看你，希望你不要拒绝我。你会看到一个新的小美，让我拨开你心头的阴云……

握着手中的信，他突然意识到，不久之后，就要见到她、见到那个曾经让自己的心无法平静下来的"小美"了。这，是真的吗？

就在他这样想着的时候，手机铃声响了——正是她。

小美告诉他：后天一早她就要到了。

然而，不知道为何，接完电话的他，脑子里突然执拗地冒出一个词来——"情感补丁"……

一片苜蓿地

从那以后，张奇
再也没有见过巧儿。
他心的深处，从此装上了一块
今生今世永远都化解不了的石头……

1

五月下旬，"西部艺术节暨民族艺术创作研讨会"在这座古老文化名城的
"名都大酒店"举行。

和通常所有的活动一样，研讨会开幕式后，即安排所有与会来宾们的合
影留念。跟所有的这类会议一样，"合影"往往是一个很多人认为体现自己身
份地位的关键时刻——你只要稍加留意便会发现，有一些人总是要想着法子，
尽可能地坐到一个自以为能体现自己身份地位的位子。其实，只要是业内人，
谁都心里明白，越是在乎以这样的"座次"形式来体现自己身份的那些所谓
的"专家学者"，他们有着的是怎样的半斤八两。

画家张奇也是这次研讨会的嘉宾，他是作为有突出成就的"民族风新潮
艺术家"，而被特邀参会的。尽管组织者一脸客气地一再请他前排就座，但他
对照相排在什么地方站什么位置，向来毫不在乎。看他，两手潇洒地捋了捋
自己的艺术家长发，再潇洒地拱手作个揖，谢过了那位组织者的盛情招呼，
便随意地站在了后排靠边。

殊不知，就在这一刻，在这一两百人的与会者和来宾中间，一位别具气

质、神情优雅的女士，不小心一下子跳入了张奇这位目光敏锐画家的视野，没有丝毫商量地撞击了他那敏感的神经……

女士似乎也和这位洒脱的画家一样，不在乎自己站在什么样的位置——和张奇一样，她也站在一个毫不起眼的位置。尽管如此，但在所有嘉宾中却显得格外引人注目，俨然一副挡不住的鹤立鸡群的神气——更有意思的是，她恰好站在了和张奇完全对称的同排另一侧，也是靠边。这多少让张奇的心中生出一份不无"奇巧"不无"奇妙"的感觉。

和所有对美女感兴趣的"坏男人"尤其是"坏男人艺术家"一样，朋友们平常开玩笑说张奇是"天生的好色之徒"，对此，他向来都是开心地一笑了之。然而，今天遇上这位女士，他的脸上不再有丝毫轻浮的"好色"神情，而是即刻显出了跟以往任何时候都不一样的神情——那是一种看上去近似庄重的表情。

你看他，从发现这位女士的一刻开始，眼神中流露出若有所思般的神情，像是被对方不凡的气质风韵或者隐藏在这气质风韵背后更引人注意的东西，即刻吸引了他的神情心思，以至于忘记了这是在和大家一道合影……

女士看上去三十五六的样子，身着绿底紫花的长裙，再配以雪白的网扣披肩，一条又粗又长的发辫从后拢过来搭在前胸——虽说在很多人眼里，这只是平常的、绝无特殊的打扮，可在画家的眼里，正是这朴素异常的绿底紫色长裙和披肩还有那条令他着迷的发辫，配在天生拥有"如此相貌模样"的这位女士身上，便显出了一种恐怕所有的人都无法懂得的美丽与和谐——是的，就是这位鹤立鸡群的女士，就是她如此端庄秀丽的容颜和她的这身"独一无二"的服饰——无声而又强烈地撞入画家眼帘的紫色长裙，瞬时牵动了他的记忆，让他看到了一片令他心动不已的、美丽的"苜蓿地"。

是的，就是这绿底紫花的长裙，让张奇看到了一片遥远的、美丽至极的苜蓿地——那是张奇少年记忆中的一片美得令他永生难忘的、梦幻般的"苜蓿地"……

2

研讨会开幕式当天晚上，酒店举行了招待应邀嘉宾的丰盛的自助晚宴。

整整一天，心情一直处在不平静状态的画家，跟一位相识的朋友打过招呼，举着手中的红葡萄酒刚一转身，不经意撞到了别人身上，而且还不小心将红酒洒在了人家的身上……

慌慌张张一句"对不起"刚刚出口，张奇便连人带话带吃惊的表情，一股脑全梗在了那里。

你一定猜到，被他洒了红酒的是什么人了——没错，正是上午合影嘉宾中那位撞击了他的神经的鹤立鸡群的女士。此时此刻，望着女士漂亮的神情模样，那一片苜蓿地——童年记忆中的苜蓿地，再一次清新无比地映入张奇的眼帘……

他赶忙为自己的莽撞向对方道歉。但对方却微笑着，十分客气地说了声"没关系"。甜美无比的声音，语气中充满着一位涵养不凡的女性特有的优雅和磁性。

说话间，女士的神情和那一声"没关系"，给张奇留下比这杯中的"紫轩"红葡萄酒更加醇美的、近乎无以言表的印象——是的，这个"她"，长得真是太像记忆中的那个"她"了。更不用说，她那异常富有磁性和无比柔美温婉的音色，顿时让张奇对她本就已经极其美好的印象，陡然升华。

张奇深信，眼前的这个女人，俨然就像是一个冥冥之中注定要与自己相遇和注定要激活他的"苜蓿地记忆"的人……

是的，这世上无人知晓，二十余年来张奇的心灵深处有着的，是何等难以忘怀的"苜蓿地"情结。今天，当他的记忆被眼前这位不知姓甚名谁的陌生女士激活的一刻，那"一片苜蓿地"以它前所未有的清新气息，前所未有地铺展在了张奇的面前……

清晰的记忆，将张奇拖回到二十年前的那片曾经令他难以忘怀的苜蓿地……

那是一片硕大的、长势极其茂盛且开满了密密匝匝的紫色小花的苜蓿地。此刻，他仿佛能够清晰地闻到那满眼的紫色小花散发出来的、特有的青青草香味。

是的，和巧儿的最深的记忆，就是在那片永远留着他的情和爱的苜蓿地里……

记得上高三那年，放暑假从城里回来的张奇，并没有径直回家，而是先来到了苜蓿地里。其实，进村回家的路并不需要经过这片茂密的苜蓿地，但张奇却故意绕个弯儿来到这里——因为他知道这是谁家的地，而且他大老远就望见了正在地里割苜蓿的女孩是谁。

"奇奇哥，你放假了？"望见朝自己走来的张奇，巧儿顿时像一朵开得嫣然的桃花一样，笑盈盈先开了口。张奇点点头，脸上露出一种少年特有的羞涩，看上去，竟然没有这割苜蓿的巧儿出息大方了。

巧儿不仅长得好看，而且脑子也是天生聪明。她在学校一直学习很好，但却因为爸爸生了大病卧床不起，家里缺少劳力，所以高中只上了不到两个月就辍学回家，开始帮妈妈在地里干活了。

张奇和巧儿算是青梅竹马，打小就在一起长大。可由于这几年张奇在城里上学，两人之间不免显得"生疏"。但他们知道，这种生疏只是表面的。张奇和巧儿各自心里再明白不过，对方的心里头会有多么喜欢自己。这不，刚到一起没过三分钟，适才张奇脸上的"羞涩"早已经飘散在了苜蓿地里，不见了踪影。

坐在巧儿刚才割下的一束苜蓿上，张奇闻到一股自己从小便格外着迷的青青草香味儿，他分不清这草香味是来自笑盈盈开满紫色花的苜蓿，还是来自身边这面如桃花、浑身沾满了青青草香味的巧儿姑娘……

他们两人在一起，时光就像是故意加快了脚步似的——转眼的工夫，已到太阳快要落山的时分。张奇让巧儿背着他的书包，自己帮巧儿背着割好的苜蓿，两人并排有说有笑地朝村里走去……

两天后的上午，巧儿又来割苜蓿的时候，张奇借口到户外写生画画，再次"顺便"来到巧儿的苜蓿地。

坐在巧儿身边，望着她那粉嫩嫩让人心疼至极的脸蛋，弯弯的眉毛，秀美的鼻子和好看的红嘴唇，尤其是拖在身后的那条又粗又长的辫子，张奇觉得巧儿从来没有像这一天这么漂亮过——是啊，再过两个月就满十八岁的巧儿，这本该就是她一辈子最美的时候……紧挨着巧儿，他能够清晰地闻见巧儿脸上向他悄悄散发过来的香气，混合着刚刚割下的新苜蓿的青青草香，张奇觉得这是世上最沁人心脾、最令他为之心醉的芳香味。像是看出了张奇的心思似的，巧儿看了一眼长得眉清目秀、英俊得让她心动的"奇奇哥"，便不好意思地将头低了下来。看到巧儿这般神情，张奇像猫一样，忍不住双手捧着亲了一下她那红扑扑的脸蛋。巧儿羞红的脸，顿时成了一颗熟透的桃子……

有了这一下，张奇觉得自己的"狗胆子"前所未有地膨胀起来。他问都不问一句，就势将巧儿搂过来，紧紧抱在自己的怀里。张奇之所以如此胆大，或许是他能够听得见巧儿的心在告诉他：这是我愿意的……

就在他紧紧抱着她亲吻她的一刻，巧儿因过分激动而起伏着的胸口——那充满青春活力的、明显突起来的一对好看的乳房，死死地扯住了张奇的眼睛，让张奇那颗为之着迷的心再次急速地狂跳起来。不知道是有意还是无意，巧儿将自己的胸紧紧地贴在了张奇的心口。张奇激动不已地抱着她，仿佛气都要喘不过来了。他能够感觉得到，他和巧儿两个人，浑身变得越来越滚烫起来。而他自己的那只再也没法听话的手，像是犯罪一样，伴着急速的心跳，轻轻触到了少女巧儿那从来没有被人触碰过的、暄得像出笼的雪花馒头像棉花苞一样的乳房。他清晰地感受到了温柔地黏贴在自己怀里的巧儿，整个身子的酥软和幸福的颤栗……

奇奇哥，你将来上大学了，记得别忘了我——过了好一阵，终于平静下来的巧儿轻轻地对着张奇道。

听了这话的张奇，再次将巧儿紧紧抱在怀里。不知道为什么，他的眼泪突然止不住地流淌下来。那一刻，在张奇的心里，世上再没有比巧儿更善良、更漂亮、更可爱的女孩了。他在心里暗暗发誓：我一定要娶她，我要爱巧儿一辈子……

但是，人在年少的时候深以为很美的一些想法，甚至是山盟海誓许下的愿，往往是不靠谱的——有的时候是因为自己的缘故，有的时候是因为身不由己的客观现实。这，或许就是生活，就是所谓的人生。

就在张奇读大一的那年春天。深爱着他的巧儿，被城里来蹲点的一位流氓干部糟蹋了。被满城风雨搞得痛不欲生而想要寻死、几近崩溃的巧儿，背着家人，离开病体未愈的父亲，远走他乡，杳无音信。后来得知，她只身去了宁夏北部靠近内蒙古的一个地方，但那已经是十年以后的事了……

从那以后，张奇再也没有见过巧儿。他的心的深处，从此装上了一块今生今世永远都化解不了的石头。他一次次地想，他心爱的巧儿，在那身心遭受巨大痛苦的、阴冷的不见阳光的日子里，她一个人是怎么走过来的？

巧儿，成了张奇今生今世永远抹不去的痛苦……

3

晚餐后，在花园散步片刻，回来时张奇与那女士在酒店走廊上再次遇见。更为凑巧的是，他发现她的房间竟然就在自己客房的隔壁。

几次三番的如此巧遇，两人都觉得有点莫名的奇妙。酒店走廊见面的一刻，两人不约而同地笑了——他们心里明白，那是"巧遇"在他们彼此间产生的会心的笑意。

这时的她，已经换了一身衣服，如果说此前的绿底紫色花裙多少遮住了她的身体线条，可此时此刻令张奇耳目一新的着装，让她堪称惊艳迷人的身体曲线彻底显露无遗——即便以张奇这样挑剔的画家眼光来看，她也称得上是地地道道的惊艳美女。

一种莫名而又强烈的愿望和好奇，促使张奇极想跟她聊聊。张奇掂量了一下自己的勇气，主动邀请她来自己的房间坐坐。结果让张奇没有想到的是，对方竟笑盈盈不无热情地对张奇说，希望能在她的房间——因为她那里有"好茶"。

张奇的反应你是可以想象的——如此的邀请，乃求之不得。

张奇在自己的房间，像是要慎重地去会见一位重要人物似的，手忙脚乱地擦了把脸，然后又对着镜子梳理了一番自己的头发，觉得自己看上去得体了，才来到隔壁房间。

几句相互间的寒暄和自我介绍得知，端庄美女是民族大学的一位讲授民间装饰艺术的博士、副教授，名叫薛姗。

起初他们之间的谈话还多少有点不自在，但是眼前袅袅升起的温馨的茶烟，很快地淡化了他们之间的拘谨和陌生感。

望着眼前这位神情端庄的女博士，张奇清楚地意识到：之所以如此想要接近她，之所以如此觉得她是那样的美丽和漂亮，一切皆因为自己灵魂深处的那个"她"——那个苜蓿地里的"她"在起着作用。他的心在告诉自己：之所以"好感"和"喜欢"眼前的这个女人，就是因为她的模样长得太像巧儿了，而且也是梳着一条长长的辫子。更不用说，第一眼看到的她，偏偏穿了那样一条"苜蓿地"一般的裙子……张奇明确意识到，此时此刻，自己这是将对巧儿的那份深藏的感情，悄悄地迁移到眼前这个叫薛姗的女人身上了……

他们两个人，越聊越投机，直至聊到夜深人静。其间，他回到自己的房间，特意取来他新出的一部精美画册，充满激情又不无得意地为薛姗展示并讲解自己收在画册中的一些得意之作。不仅如此，从谈话中薛姗还了解到，张奇是那样的多才多艺——他不仅会吹笛子，能拉小提琴，还能写诗著文。几个小时下来，薛姗早已经被眼前这位天才的艺术家深深折服，为之倾倒了。

薛姗三十多年的记忆中，似乎不曾有过这样才华横溢的人，所以大有一种相见恨晚的感觉。她相信，人对人的折服和崇拜，莫过于此。

薛姗相信，这个命中注定的夜晚以及由此带来的一切，将成为她心灵深处最令人折服的美妙记忆——她十分坦诚地告诉张奇：自己从来没有见过他这样的才子，以后恐怕也不会遇见了……

时间太晚了，该是说再见的时候了。两人四目相对、紧紧握手。结果紧握着显然不愿轻易松手的薛姗，突然很大方地说：我真的不愿意让你这么快就走——我还没有听够你说话呢。说着，便笑了起来。

张奇显然被薛姗刚才这句话感动了。他既幸福又有点不知所措地望着漂亮的薛姗，笑了。

见薛姗的手抓得那样紧且没有丝毫松开的意思，张奇明确感受到了她的炽热心思，于是，这个骨子里生来便狂放不羁的艺术家，转身拥抱了她

——一切仿佛没有丝毫的别扭，完全不像是相识才几个小时的人。而她，却轻轻闭上眼睛，无声地将自己丰润漂亮的嘴唇给了他……那一刻，张奇清晰地感受到了这个美丽女子急速的心跳……

4

非常有意思的是，那之后，他们再也没有见过面。但是没见面不等于心里不想念对方。

一个多月后的一天，望着窗外细雨霏霏的天空，张奇突然觉得心头有种莫名的焦虑。他随意翻看一本绘画杂志，从中掉出一张照片来。一看，正是会议上那张令他为之"惊魂"的合影照。而让他感到特别奇怪的是，他全然不记得，那张照片是怎么到了这本杂志里的，真是太奇妙了！

望着照片上的薛姗，张奇凝视良久，那一夜的谈话以及后来的一切，重又浮现在他的眼前——清晰得就像是昨日之事……

那一刻，他突然觉得自己是那样地想念薛姗，且因为这份想念，他感觉得到，自己的心头聚结起了一片浓烈得化不开的"苜蓿地——薛姗；薛姗——苜蓿地"情结。他决意要创作一幅作品，而且是即刻就画。至于画的题目，仿佛在这之前早已经想好了……

窗外依然细雨霏霏。

在忧愁而美妙的旋律伴奏下，张奇用自己全部的爱与激情，开始聚精会神地为他心中的"苜蓿地"造像。

他画的是一幅工笔人物画，背景是一片梦幻般的苜蓿地。作品的创作技术尽管要求十分的精致细微，但对于才华横溢的张奇来说，一个星期足以完成。

张奇将照片摆在一旁——他是要看着照片上的薛姗作画，但他却很少真的去看。很显然，他所要画的所有内容，早已成竹在胸了。

唯一困扰他的是，整个绘画过程中，巧儿和薛姗两个人在他的脑中不停地交替出现，有时候，他真不知道自己画的是她们哪一个……

第三天夜里，作画的间歇，突然觉得十分困倦，便伏案休息片刻……他梦见薛姗轻盈走出画面，告诉他，说画中的她，有个地方没有画对。

他问她：哪里没有画对。

薛姗笑着指了指画上的自己：嘴唇右下，哪来那颗美人痣呢？

张奇还没来得及回答薛姗，却发现巧儿又悄无声息地走出了画面，神情一片平和淡定，像是没有看见张奇，径直对着薛姗道：姐姐，你没有，可是你看看我这里有的呀。一边说着一边轻轻指了指自己粉唇下那颗好看的小美人痣……

梦中醒来，张奇为适才梦里的一切感到惊奇不已。他深信，世间万物，冥冥之中，莫非真有一些无法解释的存在……

是的，画像上的这个"她"，嘴唇右下，的确有一颗美人痣，那不是张奇画错了，那是他用心、用情，有意画上去的——那是他永远的不了之情……

只用了五天不到的时间，一件精美的细工笔人物画完成了。这是张奇迄今为止完成的最完美的工笔画，命名"一片苜蓿地"。

5

时光一天天地流逝。张奇一次次的相约、邀请，但都被薛姗拒绝了。这让张奇觉得多少有些奇怪。直至一年以后，得知张奇画了一幅《一片苜蓿地》，薛姗这才出于好奇，终于来到他的画室。

那是一个阳光明媚的下午。

像是心有灵犀一般。走进画室，出现在张奇眼前的薛姗，竟然是他心中默默期望的那"一片苜蓿地"——是的，不知是有意无意，薛姗此刻身着的，依然是他们第一次相见的那条绿底紫色花的裙子，还有那雪白的网扣披肩，还有搭在肩上的那条又粗又长的大辫子。

张奇惊异于世间真的就有如此这般的"心有灵犀"——他在自己的灵魂深处，替自己深爱的巧儿一次又一次地感恩，感恩懂得他的心思的造物之主……

薛姗面对《一片苜蓿地》，赞叹不已。她说画中的"她"，真的很美很传神。她特别强调，朦胧的苜蓿地背景为画中的人物，起到了妙不可言的衬托作用，使得这幅作品的审美意蕴因此而大为提升。细心的张奇发现，薛姗绝对看到了"她"粉唇右下的那颗美人痣，但是不知道为什么，她却什么话都没有说。张奇心想，薛姗可能以为，一件艺术品是可以允许艺术加工、艺术夸张的。然而，她哪里知道画家的真实"用意"呢？

这个美丽的、幸福的下午，他们两人在品茶、论画、谈人生的天南地北、海阔天空中度过。

薛姗发现，画家的这间阔大的画室，风格独具，环境绝好。她深以为，这就是她想象中的这位艺术家应该有的画室。而在这样的天地，他就应该画出那么多精美的作品。

既然是好环境，让我在这里给你拍几张照片怎么样？张奇道。薛姗欣然允诺。

张奇左一张右一张，一口气为薛姗拍了不下二三十张照片。虽说有着良好艺术眼光的薛姗很懂得"造型"，但有好几回，她的姿势却是张奇按自己心中的"审美意愿"，由他指导着摆出来的。

张奇一丝不苟、认真仔细地在电脑上为薛姗修照片。每一幅照片都不放过哪怕一个细小的地方，直至他觉得完全满意为止。站在一旁的薛姗再次为他的这份认真和完美追求而感动。她在张奇身后情不自禁地双手搂住了他的脖子，在他的头发上轻轻吻了一下……

在附近的一家咖啡馆用过晚餐之后，两个人又在附近随便散了散步。

到了该说告别的时候了。结果张奇微笑着对薛姗道：时间的确不早了，可是，我真的很想让你再回到我的画室，可以吗？

话说完了，却继续笑意诡秘地定定望着薛姗。

薛姗笑了笑，什么话都没说，跟着他，一同重又回到画室……

寂寞旅程

幻觉中恢复意识的他，

发现美少女那离他视线越来越远

的身影，消失在了前往雅典的候机厅……

——题记

1

SD 国际机场，等候汉莎航空公司班机的 56 号候机厅。

一位芳龄十八或最多不过二十岁的金发女郎，迈着青春漫溢的芳步，出现在候机旅客的视线之内。一瞬间，几乎所有在这里候机的旅客——男的、女的、老的、少的，齐刷刷，目光瞬间一起投向她。

你不得不感叹，一种超绝的美，竟会——不，不是"竟会"，是"就会"产生如此挡不住的、摄人心魄的魅力和吸引力。

大家看到的是这样一位女子——充满韵律的金色披肩秀发，吹弹可破的肌肤，无可挑剔的五官，还有那红润迷人的芳唇。更令人心动的是，少女有着天然修长的身材，那是有如挑剔的雕塑大师罗丹理想中的模特儿一样完美的形体。

少女随便找到一个候位，大大方方流盼一眼周围的候机乘客，然后优雅地坐在了自己的位子上——除了那个五十开外、目光像老鹰一般敏锐的画家，其他所有的人，瞅了美少女一两眼或两三眼之后，也就陆续收回了自己的目光，比较知趣地守住了自己的尊严。此后，大家或玩手机，或看电视，或读书，或闭目养神，等候登机时间。其间，一些管不住自己眼睛和贼心思的"情三"，不时地忍不住再瞟上美少女一两眼……

说是所有的乘客都将目光齐刷刷投向少女，这可能有点不够确切——至少有三个人，美少女的出现就没怎么引起他们的注意，至少是没有即刻引起他们的注意。这三个人：除了一对昏天暗地的恋人，还有一个三十五六岁、身着一身浅色休闲服、异常帅气俊美的影视明星。大家将惊羡而热切的目光投向少女的一刻，他们三个人做着各自感兴趣的事情——那对恋人正在深情无限地凝视着对方，而影视明星则始终侧身面朝候机厅的大玻璃窗，像是聚精会神、目不转睛地阅读一本什么杂志。三个人，似乎都没有发现美少女的出现。

哈哈，尤其那一对恋人，看上去着实有点意思。

小伙子不过二十四五的样子，留着一副很酷的贝克汉姆发型，模样俊美。那女子——最好称她女士，也就是小伙子的恋人，年龄看上去在四十到四十五岁之间。从他的衣着打扮和佩饰，一看就是一位特别阔绰的女士。两人当着大庭广众，行为浪漫得几近旁若无人、肆无忌惮——小伙子每隔三五秒钟就要摸摸恋人的手或摸摸她略显丰满的腿部美臀。而这位仿佛依旧春情荡漾、甜腻缠绵丝毫不减当年的女士，一脸妩媚地时不时就要拍拍或亲亲自己小恋人的脸。俩人含情脉脉的眼神，足以让候机厅内羞涩的空气和垃圾桶为之不好意思地闭上眼睛背过身去。一切迹象表明，他们是一对地地道道的恋人，而且很可能是"初恋"——尚在相恋之初。

有一阵小伙子要去洗手间，那女士俨然就像是要同他做三年五载长久别离的分手惜别一般，拉着小伙子的手，眼睛不无深情地望着他，就像人们熟悉的特写电影慢镜头一般——两只手在一起触摸着、滑动着，直至小伙子的指尖缓缓地、轻轻地、最后脱开女友的手指尖……哎哟，他的娘呀！你看看那个令人目不忍睹的肉麻和骚情劲儿……

就在小伙子离开的那几分钟，女士赶忙从包里快速拿出化妆盒，开始快捷娴熟地在脸上捯饬起来——一分钟多一点两分钟不到的时间，前后左右上中下，捯饬个遍。目光老鹰般敏锐的画家没有放过"捯饬女士"这精彩一刻。他那显微透视般的眼睛看到的是：堪称美丽的五官轮廓和覆盖在厚厚的油彩

（化妆品）背后、被大把的腻子强行遮掩和填平了的坎坎沟沟、斑斑点点。即便如此，那虽然已经做过美容手术可仍然依稀可见的隐隐眼袋，还有脖颈部位的几道没法化妆或被她忽视和遗漏了的、严重影响视觉美感的皱褶，一概没法躲过画家敏锐和毒烈的眼睛。殊不知，这画家不光善于观察人的外表，他还善于洞察人的内心。就在他扫视眼前这位女士的那一瞬，他的同样活跃的潜意识告诉他：毫无疑问，这是一位曾经辉煌过的富婆，而且很可能是一位失宠后，再次被放任自流的高官或富豪的女人。即便从她沉浸于专心化妆的眼神里，画家依旧能看出她心里曾经有过的幸福和幸福过后、沉积在她心灵深处的失落与无奈……

想到这里，感性却又不无善良的画家，心头突然生出一种莫名的黯然和悲凉来……

登机时间因故推迟了。虽然候机厅内的空调很舒适，但是后继的人们没有一个是愿意飞机晚点的，大家的心情就像当天候机楼外正值盛夏时节的三十八度高温一般，有些烦躁和焦虑。

延误了近半个小时后，终于开始登机了。

2

这是一架新型的宽体波音747。该航班将要经德国慕尼黑，转道芬兰首都赫尔辛基。

就像是被刻意安排了一般——登机后，那位美少女周边的位子，按照上帝的安排，坐上了一些非常有意思的乘客。至于究竟多么有意思、有什么意思？哈哈，不用急，你很快就会看到的。

隔着右侧的过道，少女的斜前方是此前你已经认识了的那位画家的"专座"。

面对美少女，画家的老鹰般的目光仿佛又增添了一份深邃，一份充满神圣意味的深邃——敏锐加深邃，这内涵显然就丰富得多了。

画家利用自己的座位所占据的"理想而有利的地形"和绝佳的四十五度侧光，开始旁若无人、肆无忌惮地观察和审视起离自己不远不近，或者说堪称绝佳距离的美少女来。

　　作为长期从事西画创作的知名画家，几十年来，他不知道对着多少令他身心愉悦的曼妙佳人，为她们写生作画，留下他们楚楚动人的姿容倩影。然而，面对这位美少女的一刻，他绝然意识到：自己记忆中的那些美女名模，一个个全都知趣地、悄悄退隐到一个没有光线的角落里，瞬间黯然失色了。

　　面对着美少女，许多传说中的美人都从画家的大脑屏幕上，梦幻般款款而过。然而，无数美人中，除了罗丹手下的几件作品，除了希腊神话传说中的海伦，除了爱琴海上诞生的、令人类为之倾倒的那位，大概没有什么人可以跟眼前的这位相比……

　　此时此刻，画家的眼睛和大脑因为前所未有的美的强烈辐射和震撼，而变得如梦似幻。他相信，小美可以使人的身心舒畅飘逸，超绝之美会使人的灵魂陷入一种为之崇拜和倾倒的崇高与平静。这一刻，有着超绝之美的少女，她的一切在画家的眼中肃然升华了。并使他由此而生发出一种美的重要理念。画家以为：真正的美，是上帝特意赐给这个世界的一种神圣的存在——就像眼前的这个美得让人无法用现成的语言形容的少女。她的存在，就是上帝为了点缀和美化这个世界而为，是为了让所有能够看到她且有幸借其养眼养心的人而为。就像眼下这样，所有能看到这个少女并发现她的举世无双之美，那是人生的一种幸福和快乐；而像他这样，能以如此这般的审美眼光感悟和认知，并由此而获得一种非升华才能获得的美的深刻哲理者，那是需要艺术之神的呵护和点拨的……

　　几个小时下来，眼疾手快的画家以他的神奇妙笔，先后为她画了足足三四十幅各种神态表情的速写。这些速写，有神情优雅的，有故作姿态的；有清新迷人的，有闲散慵懒的；有微笑的，有严肃庄重的；有睁着眼睛的，有闭目养神的，等等，不一而足。而最最动人的，要数那幅纤纤玉手托着右腮、眼神若有所思的……

　　轻轻合上速写本，闭目养神的那一刻，心境一片澄明的他，仿佛看见了朝他微笑的上帝……

3

跟美少女同排隔着过道的，是一对很有风度的老外——一对年纪约摸七十左右的"新派"老年夫妇。

起初，靠近美少女一边的，本来是一头银发的丈夫。但是当发现自己的丈夫有某种"不轨神情"之后，老妇含蓄而优雅地以坐在里边身体不适为由，调换了座位。

比起以前，被调换了座位的丈夫的确是规矩多了。这之后，老夫妇俩显得很是恩爱的样子——丈夫不时地亲吻自己的老伴，而且每当此时，老伴总会朝着丈夫羞涩一笑，虽说上了年纪，但神情依然温馨甜美。之后他们便双双开始阅读，间或会再亲亲对方。亲吻过后，便显出一种异常平静的神情，看上去特别有意思——一切都像是一种习惯性的动作。

即便如此，做丈夫的依旧会时不时地从老伴的眼前或是脑后，像是心不由己地，总要扫上一眼在他左侧两米不到的美少女——即便每次只有那么极其短暂的一闪。年已七十的人，虽说上了年纪，但是望着美少女的、不无"清澈"的神情，没有半点衰老的意思……

紧挨着少女左侧是一位年纪不下八十、满头银发却依然神清气爽的耄耋老人。你很难判断，他究竟是什么身份，科学家、教授、作家或政府官员、银行家，都有可能。但有一点是毫无疑问、可以做出准确判断的，那就是：他是一位既有身份也有品位的绅士。你还可以做出一种判断：此时此刻坐在这里的，是一位绝对孤独的老人。

十几个小时的旅程，上帝给耄耋之人安排了这样一个"难得"的座位，那该是大爱之神对他的恩赐。然而再看看从始至终嘴唇紧闭的老人，看看他那副严肃的神情，你就很难说得清，他会认为上帝做这样的安排，是真的爱他还是有意折磨他。

老人的面部始终只有一种表情，仿佛脑子一片空白。可是，却就在这似乎一片空白的神情与平静中，他又像是偶然忘记了似的，不时地侧过头来，轻轻瞟一眼身边清新四溢的少女……

是的，你能够感受到，坐在少女身边的这位银发老人，在那仿佛一片空白的神情背后，挡不住铺展开来的，一定是他充满生命活力的、遥远而又迷人的青春画卷。望着那画卷，在老人心头漫溢开来的，是岁月带给人生的无可奈何的伤悲……

4

紧挨着八旬老人的左侧，是一位孤身出行的二十不到、有着一头西班牙王子一般漂亮金发的青春少年。少年生就棱角分明的五官，应该说是一位绝对令大把小美女为之动心的美少年。然而，此时此刻，他的那副异乎寻常的表情，却影响了他原本应该让众人感受到的那份清新和灿烂。

哈哈，少年始终挂满一脸的气恼乃至愤怒。那神情，仿佛有生以来，从来没有见到过如此让他不理解和令他生气的事情，才导致他生出如此气恼的表情。

他不理解、他讨厌眼前这个令人厌恶至极的画家。他认为这是世上脸皮最厚、最不要脸的色鬼、流氓和无赖，为之而心头生出冲天的少年火气。

有好几次，他恨不得跳过去，撕了那臭画家手中的速写本——那个借以掩人耳目的、掩饰自己见不得人的剽窃美色勾当的"工具"。

不过，要是真的撕了，他不会把它们仍在地上，因为那上面画的是他心目中的天使，是美神维纳斯。他会闭上眼睛，趁着心跳不已、激情冲动的美妙一刻，把她们一股脑吞到自己的肚子里，让它们顷刻间化为自己的身心血肉。

有好几次，他恨不得跳过去，趁画家不注意，在他那好色鬼脸上的最要害部位，狠狠捣上三拳或者至少捣上两拳，彻底治了他的好色病——你可知道，他看准的部位，就是画家那老鹰一般的、被他认为色光四射的眼睛！

当然，比起那好色之徒画家来，令少年更不理解的，是身边这位定定挡在他和美少女之间、不知道有多么令人生厌的八旬老人——你看他，脑袋白花花，都这把年纪了，还有这么多没完没了的破心思，真是的！

哈哈，别看那少年年纪轻轻，可看起人来还是蛮有些透彻内里的眼光

——心想，你看这老东西，那边坐着一位国色天香的美少女，这边坐着我这样一位青春靓丽的帅哥少年，可他从始至终好像就没意识到我的存在——别看他脸上始终只有一种表情，脑子似乎一片空白。可他为什么时不时地就会将雪白的脑袋转过去，瞟上一眼那边的美女，而不是转过来瞅我一眼？老不死的，真是泥土都埋到下巴根儿了，还老贼心不死做着春暖花开、春风荡漾的三春美梦，真是不知道"被人讨厌"是个什么意思！

是的，这少年真是有太多的不理解。由这些不理解伴随着的，是他心头对近在咫尺的美少女那份充满青春活力的倾慕爱恋与火热的激情。

然而，无论少年怎么气恼怎么想，恐怕只有头上的上帝理解，少年不理解的一切，到底是怎么回事……

5

少女的右侧，是一对母女。母亲年纪五十不到。二十出头的女儿堪称美丽。你看她皮肤是那样的白净，美丽的丹凤眼与甚是端庄好看的鼻子和粉唇搭配，透出一种天然的灵秀。整个漂亮的五官模样长的很像母亲，由此可以看出，这位做母亲的，年轻的时候也一定是一位姿色不俗的美人——即使现今这样人到中年，也依然能感受得到她那份犹存的风韵。

起初，母女二人一直在轻声地唧唧咕咕聊天。他们对身边坐的这位美少女表现出一种淡漠乃至不屑的表情。明眼人一看就明白——之所以如此，并不是因为她们不知道旁边这位有多美而无视人家的存在，关键的原因是，周围有太多男人的眼睛始终都在关注着她，而太过忽视乃至无视她们这对同样算得上漂亮的母女的存在。这样想着，一种无法拂去的羡慕嫉妒恨，便越来越浓重地塞满了她们那没好气的心头。而为了缓解这种心情，最好的办法就是旁若无人地聊天，以此表示她们无视周围那些不值一提的目光。

但是，没过几分钟，他们的聊天变得断断续续，且很快便不再聊天——她们开始关注起让她们心动、让她们心跳，让她们的那颗心再也没法不关注的一个人来——他们斜前方的那位男子。

没错，在她们的左斜前座位上，坐着那位瞬间便吸引住了她们母女眼球的一个人——那个自我感觉好得非同一般的、近乎目空一切的影视明星。

这位装模作样始终在阅读的明星，有一阵，一侧身不小心用眼睛的余光看见了这对母女，且从母女的眼神里即刻意识到她们对他的别样关注。他甚至觉得，这一对来自国内、说话的模样神情像上海人一样的母女，恐怕早已经认出他是谁了。

然而，出于明星那份天然的傲慢和极端良好的自我感觉，他不再回头看她们一眼。然而从那一刻开始，自信又自恋的他，仿佛觉得自己的后脑勺生出了一双眼睛或至少一只眼睛——正是通过这一两只长在脑后的无形的眼睛，目不转睛、清清楚楚地看到了这对母女的两双眼睛，看到了她们那眼神中满含崇拜与爱慕的缕缕情丝。而后他顺着这缕缕情丝，像窃贼一样悄悄爬将进去，直至看到、闻到、听到、触摸到她们内心深处所有的曲里拐弯和跳动期间的春情荡漾……

有意思的是：做母亲的发现女儿竟然用"那样的眼神"关注着她心仪的男人时，顿时觉得有一团被老陈醋熏过的棉花一样的物件，堵在她的胸口，油然生出一种莫名而又难为情的妒忌来；而做女儿的发现母亲竟然用"那样的神情"望着她心仪的男人时，心头生出一种比母亲更为强烈的、明白无误的厌恶！心想，你都什么年纪了，竟然还有这份收敛不住的花浪心思！这心思该是你有的？而且还是当着我这做女儿的面，真是的！

哈哈，真是的！人哪，真是不到"那个时候"就根本不知道"那个时候"的山高水长。这做女儿的哪里知道，当妈的情海深处倾慕这大明星的那份犹如窖藏老酒一般的心思，比起做女儿的这点嫩心思，不知道成熟、深厚、老辣了多少倍……

信不信？不信？不信就问问前面的这个明星男人，他一定会给你一个准确又满意的答复！哈哈哈……

6

再看看那一对此前表现得肆无忌惮、旁若无人的恋人。隔着过道位于明星和美少女斜后位的他们，没过多久，不知因为何故，两人的火热激情突然像是铁匠铺里"唰啦——"一声淬了火的两根铁杆——瞬间开始降了温。那女的以显然是无可奈何的神情,望着,或者确切一点说是瞪着自己的小男朋友,眉宇间透出一份尽量压抑着的愠怒之色。

那男的显然不是特别在乎女友的态度,仿佛根本没有看到对方的不悦和愠怒。他不时地摸摸自己的贝克汉姆头,或眼睛飘来飘去,东张西望地朝四周流盼,最后将目光落到美少女身上。但是很显然,美少女似乎压根不看好他,俨然就像是不曾注意到他的存在。

而被自己的男友冷落一旁的女友,带着一脸的失落和气恼,长久地望着眼前的美少女。眼神中透出一种只有她自己或者有过她一样经历的女人才有、才能懂得的那份神情,那是一种既羡慕却又比一般的羡慕要深刻得多也复杂得多的神情。她似乎想起了自己的过去,也看到了眼前这绝色美女的未来……

一阵之后,这女友面部的表情发生了变化。很显然,那是一种气恼过后的、释然的神情。

真是有点意思——几分钟之后,这一对冷战的恋人,似乎忘却对方一般,开始各有所顾了。

抢先一步,先是小男友从美少女那里拔不出来——尽管他从美少女的脸上看不到一丝半点人家关注他的意思。但是无论多么无趣,他还是死活不愿意放弃这堪称人间绝无仅有的"可餐秀色"。他不再顾忌自己的女友,眼睛开始直勾勾地盯着眼前的美女,那神情那感觉,像是身边根本没有自己几个小时前还表现得罗密欧和朱丽叶一般情深似海、海枯石烂的女友的存在。

随后,气恼过后仿佛进入无忧之境的女士,一脸平静,也像是无视身边小男友存在似的,开始大大方方地关注和品读起帅哥明星来了。

面对富婆和"假贝克汉姆"这一双不无奇怪的恋人——

帅明星心想:唉,好一个令人同情的可怜的女人!

美少女心想:好一个不靠谱又不要脸的坏男人!

听着迷人的帅男美女如此这般的心声,三尺头上的那位笑了……

7

好一阵，明星全然不知，紧挨着坐在自己舱位"正后方"的，就是那位深深吸引了所有人眼球的美少女。

看似始终在"安静阅读"之中的明星，其实他的心思根本就没有几分钟是真正安静下来用于阅读的——演员就是演员，能做，能秀，能表演，能装模作样。这既是好演员的天性，也是好演员的技巧本领。你看看这大明星就是这样——跟他平时一样，今天从候机的那一刻开始，他那颗天生浮躁又多情得要命的心，其实基本上就没有安静一刻。他的心里不仅想着后边的那对母女怎么看他想他迷恋他，他也在幻想着所有关注他的女人怎么看他想他迷恋他。而后，便在心里自娱自乐地陶醉其中。至于那种看似旁若无人的高雅神情什么的，全都是做作出来专门给现场的观众们看的……

阅读中的明星，突然被一种仿佛擦着自己的耳根、轻轻飘到鼻尖下的香味——一种清淡而又异常迷人的芳香气味所吸引。起初，他没有太在意，或者说他的理智一再提醒着他，让他有意地不去在意。然而，就在他如此提醒着自己的一刻，那香味再一次擦着他的耳根，像是带着一丝迷惑诱人的微笑，悄悄飘了过来——芳香味依然如刚才那样，轻轻的，淡淡的，但是绝对的非同寻常。敏感的天然本能和专业"素质"告诉他：这样的香味，它只属于清纯的女性。而偏执的多情本性又强调似的告诉他：散发出如此天然芳香的女子，应该是一位模样看得过去的美女。至此，受到这香气诱惑的他，再也无法避开这异常的芳香对他的一再"侵扰"。他的心开始渐渐进入一种曼妙的想入非非之中……

正处于幻想之中的他，突然感觉到坐在自己后面的那个人，不知是有意还是无意地，将自己的脚丫伸到他的座位下面，甚至无所顾忌地碰触到他的脚侧——他清晰地感觉到，那是一双年轻女性的、软绵绵的甚至有点丝滑的脚——而且跟他一样，她也同样没有穿鞋子。因为穿着鞋子不舒服，这明星上机以后即刻换了一双宾馆用的一次性轻便拖鞋——那女子触到他的那一刻，他的脚正巧放在拖鞋的外面。

秀足触到他之后，不过一秒钟就缩回去了。这使得他以为对方是不小心或不经意触到了他，但是无论怎样，他的心却无法安静下来了。他在想，那是一双怎样秀美的脚？生就那样秀足的，会是怎样的一位女子呢？……正这样想着，梦幻般的秀足又一次触到他的脚侧，且这一回不再像上一次那样即刻缩回，而是停留了足足两三秒钟。

他的敏感告诉他，对方绝不是无意间才触到的……

就在这一刻，他的心开始不听使唤地狂跳起来，而浑身的血液随着这种狂跳也开始肆无忌惮地奔涌起来。与这种剧烈的心跳和热血奔涌相反的是，他的身体却开始处于一种纹丝不动的僵直状态——他不敢动，也不想动不愿动，他只想让时间就在这样的"触及"和"感觉"中，静静流淌……

就在这样悄无声息的宁静和激情中，他的耳边响起一声声"警钟"——那种长期养成的、专门用来维护自己的声誉和尊严的"警钟"。他在心里告诫自己：装作不知道，要镇静，必须镇静，镇静得就像是什么都没有发生过一样。

话说回来，作为影视明星，他在国内堪称粉丝无数。电视观众对他的追捧，早已令他烦躁不已。想要寻求一份宁静，倒是这些年他一种真实的愿望。他早已觉得自己是经过百炼成钢、刀枪不入的傲慢王子。在他心目中，粉丝们一个个简直无异于不值得他留意的破木桶——连他自己都说不清，他的大脑中不知道从什么时候开始，为什么会出现"破木桶"这个词。有时，连他自己都觉得自己这是造孽，但这种感觉没有丝毫办法……

可是，此时此刻，心头一种十分莫名的感觉，让他有种异常好奇的心动。他特别想回头望上一眼：有着这样秀足，有着这样清新芳香的，究竟会是一个什么样的女子？正这样想着，那淡淡的芳香又轻轻向他飘来。大脑警觉被暂时强行中断的他，忍不住，将自己傲慢多年的头，转向自己的后方……

正如你所想到的那样，这一要命的回眸，差点没让大明星当即心肌梗塞——是啊，他看到的，是一张有生以来从没见过的、美得惊魂、美得令他晕厥的清新少女的脸——中国有两个词语，叫作"出水芙蓉"，叫作"羞云闭月"。如果这美少女看得上，这两个词是可以送给她的。

美少女静静地盯着他，那流露着一丝俏皮和挑衅的眼神，显然是有意送给他的。就这样盯着，足足过了数秒钟，直至看得这位见过大世面的明星，不好意思转过脸去。此刻，上辈子就在"外貌公司"高就的他，心中只有一个念头——她，一定是世间绝无仅有的美丽绝伦的天使。

美少女芳香的气味，秀足触及的感觉，开始毫无商量地在明星浑身上下的每一根毛细血管里，在他迷醉一般的大脑中，在他放弃自己虚荣和傲慢而恢复了人性之原始本真的灵魂深处，陡然升华！

这一阵，突然没了勇气，再也不好意思转过脸去的他，只觉得，自己脑后若是真的能够生出一双真正看得见的眼睛就好了——他不愿再像先前看待侧后那对母女那样，仅仅处在自己不无傲慢的想象和幻想之中。他想真切看到，他渴望真真切切看到绝代佳人那真实的容颜。

美少女显得越来越大胆。看看，这一次她显然是有意地，将自己的两只脚直接伸过来，将明星的脚紧紧夹在她的足间。一股充满芳香的温馨暖流，即刻传遍明星的全身。他随即轻轻闭上眼睛，只觉得自己身上仿佛脱了骨的血肉，开始像悄无声息的泥石流一般，不由自主地向下滑落。而那颗备受激情呼唤的心，不再是先前那样的激烈狂跳，而像是即刻间要被凝固起来……

两个小时后，身心极度陶醉和飘然过后略显疲惫的明星，去了趟洗手间。出来时竟然发现美少女玉正候在洗手间外离自己不远的近旁。发现他的那一刻，对方无比温柔地望着他，嘴唇轻轻动了动，随即送给他一个轻轻又温馨甜美的微笑——虽是一个不曾启唇的微笑，但那份令人迷醉的温馨和芳香，直抵他的灵魂的最深处。那种感觉，是他平生从未感受过和永生都不能忘怀的……

明星等人在慕尼黑候机——美少女却要在这里转机离开了。

离开明星的那一刻，少女最后回头望了明星一眼，脸上依然是先前那样令他永远不能忘记的、浸透了甜美的微笑。而后，翩然的、飘逸的、美得令人痛苦令人心碎的身影，像梦一样轻轻离去。随着移动的芳步，把梦幻般的飘逸和芬芳留在她的身后……

就在这一刻，仿佛有生以来第一次似的，在明星的脑际突然闪现出一个如此严肃、严肃得令他喘不过气来的思想：人生的痛苦，莫过于你的心、你的爱的情思，被一个突如其来、让你意想不到的人彻底激醒，可就在激醒的一刻过后，你此生却永远都见不到她了。

一种巨大的、近乎失魂落魄的失落感，向着他的心头突袭而来。明星绝望地望着她的背影，心想：造化啊，你为什么要让我见到这样一个女子呢？为什么要跟我开这样一个玩笑捉弄我呢！

那一刻，他恨不得跑上前去，把她永远永远地拽回来……幻觉中恢复意识的他，发现美少女那离他越来越远的身影，消失在了前往雅典的候机厅……

结语

亲爱的读者朋友，我现在告诉你，画家是年长我五岁的好朋友，外号"色圣阿波罗"。后来我问他："你说，当初飞机上包括你在内那是一帮什么样的乘客？你怎么看待他们当时的那种形色各异的心态和反应？"

画家望着我，笑了笑："正常的心态，正常的反应。"

随后又补上一句："说明他们是一群五颜六色、看似荒唐实则不然的正常人。"

小三海棠

1

我是一棵能在春夏时节花团锦簇满枝头的小海棠。我的名字叫三儿。

初春，一个阳光明媚的下午。三位我不怎么眼熟的园丁，想要把我从原来生长的园子里硬生生挖出来移往别处。无助的我，心里既惊恐又伤悲，因为我在这座每年春夏时节都会百花盛开、姹紫嫣红的园子里已经生长了整整六年了——按照你们人类的说法，三儿正值十七八岁青春烂漫的芳龄花季。我的前后左右都是打小熟悉的伙伴和朋友，所以一点都不想离开这里。

前天下午，那三个园丁已经在这园子里晃悠老半天了，晃来晃去，最后站在我跟前嘀咕了一阵，说是要将我挖出来移往别处。

我不知道他们到底要把我移往何方。

我已经在这里生存了整整六年了，已经有了许多条长长短短的根须，最长的三条根儿已经长达数米。可是，眼下这几位园丁，像是完全意识不到这一点。你看看，他们多么鲁莽啊——他们用手中的大斧子，甚至用手中那好钝好钝的笨铁锹，毫无顾忌毫不怜悯地砍断我的一条条鲜活的根须。每砍断一条根须，我的血液就会即刻从白生生的伤口汩汩汩涌流而出。我疼得撕心裂肺眼冒金星。我哀哭，我流泪，我浑身颤抖，我被他们折磨得一次次昏死过去。可是，他们几个竟是那样的麻木，对我的反应仿佛全然无知——你可知道，我们植物其实和你们人类完全一样。我们不仅有生命，而且也是有知觉、有感觉、有记忆、有感情的。

伴随着疼痛的半昏迷中，从他们三个的对话里我隐约得知，他们要把我移栽到西南边儿一个新开辟的园子里。

此前，由于他们剪去了我头上所有的小枝小丫，让我的躯体上只剩下一些较粗的枝干，让原本玉立亭亭的我变得削去头发的尼姑一样，光秃秃，挺难看的。我眼看着自己往日的容颜姿色荡然无存，心里别提有多么痛苦和绝望。

半个时辰之后，疼痛渐渐过后的我，被三个人提起来放到一个胶轮推车上。像是如梦初醒一般，适才因疼痛而暂时遗忘的惊恐与悲伤再次袭上心头——我在心里默默呼唤和祈祷：命运之神呀，你要让我去往何处？

2

这座园子真是太大了。

装载我的胶轮车被三位园丁推着，不紧不慢晃晃悠悠，观光似的行走在这座园子里宽敞又干净的马路上。疼痛过后的我，看着马路两边颔首微笑、婀娜多姿、跟我亲切地打着招呼表示问候的各色植物同类，我的心情突然好了许多，身体也不再像先前那样感觉疼痛了。

就在我的"迁移"途中，幸运之星让我遇见了我今生今世的贵人——那一刻，他正和他的夫人一道散步。

只见他们手拉手，悠然自得，款款而行，有说有笑，好不幸福！他那和眉善目的祥和神情，是那样的阳光和优雅，让身边的她那满心的幸福，如春风一般荡漾在她的脸上。我很少见到如他们这般幸福潇洒的人。我好羡慕他们！以至于羡慕得有点妒忌起他身边的那位了。

从他们身边经过的时候，我清清楚楚地看到，他深深望了我一眼。甚至当我们已经离他们很远了，发现他还在望着我……

没多久，那三个园丁把我带到了我未来将要落脚的地方。

说心里话，一到这里，我即刻意识到，此前的惊恐和担心完全是多余的。

这是一座依地形而规划建造的偌大花园，有好几亩地之广，且视野极为开阔。整座花园，在我到来之前已经做了大量的绿化，离我或远或近，种上了好多名贵的花草植物，既有我认识的，更有许多是我不熟悉的，比如那几棵看上去一年四季不穿衣服赤裸着身子的无皮树，就是我此前从来没见过也没听说过的，初次相遇，我都有点不好意思正眼去瞧他们那副尊荣。

这儿环境地势绝佳——花园栅栏的外面，隔着新修的马路是一条宽阔的、百花园一般的绿化带。而穿过绿化带，可以看到绿树掩映中日夜不停、缓缓流动的大河。虽然是初春，但我可以想象，再过不到一个月，这里将是何等迷人的美景。

想到这里，一阵对未来充满幻想的幸福与惬意，悄悄漫上我的心头……

我被他们三个从胶轮车上取下来，放在一个提前为我准备好的、不怎么宽敞的小坑儿旁边。我知道，那个小坑是为了安顿我特意准备的。我随便望了一眼，就知道那毛毛糙糙的小坑儿，是他们三个此前随便胡乱挖出来的。不过没有关系，无论怎样，我相信我都会适应这里的环境，健康地生存下来——不为别的，只因为我有一份天生快乐知足常乐的好性情。

真是没想到啊——没过几分钟，像是冥冥之中有什么牵扯一般——我的贵人，他们竟然也正好散步到了这里。

那一刻，我的心，激动得突突突狂奔了起来。

各位师傅，能让我栽了这棵树吗？绅士风度的他，一脸真诚地恳请三位园丁。

你栽？好好好，你栽你栽。三位不大相信似的望了他一眼，即刻满脸笑容地痛快答应。

我一眼看透他三个的心思——他们那是巴不得有人帮忙替他们的劳苦呢。

我看见，得到许可的他，俨然像是找到自己青梅竹马玩伴的天真孩子一样，脸上即刻现出幸福和诗意浪漫的神情。可他哪里意识到，此时此刻，我的心中比他还要幸福不知多少倍呢！因为我压根没有想到，我跟这个适才擦肩而过牵住我心的人，竟然有如此未了的缘分。

我不得不感叹，人生啊，会有多少如此这般属于冥冥之中的事情呢？

靠近我的那一刻，我闻见了从他不凡的心灵深处飘来的一股诗意而清新的气息。我断定，这是个世间难得一见的人——他的童心他的淳朴他的善良他的不同于常人的修为涵养，这一切，从他那明媚清澈的眉宇之间静静流淌出来——我认得出，这是天地间一个身心能与造化息息通灵的人……

见此前挖好的土坑太小太过毛糙，他拿起铁锹重新打理。我眼看着已经很好啦，可他还在精心收拾打理，直至让他从内心感到满意为止。望着他，我是如此地感激。我看得出，他是一位毫无疑问的完美主义者。

"这是棵什么树啊？"他一边为我培土一边问身边的园丁。

"海棠。"其中年轻点的那位园丁答道。

你看他的每一个栽培动作都是那样的专心致志一丝不苟。那神情，根本不像是在培植一棵花木，而是在完成一件仿佛与他的灵魂深系在一起的、不朽的艺术品。

培好了土，又精心平整出一个大小适中的、可爱的蓄水坑来，真是细心精心备至！

我突然觉得自己喉咙冒烟干渴无比，这才意识到，我已经好久没有喝过一滴水了。

就在我干渴得嗓子灼痛的一刻，突然听见我的绅士问园丁：师傅，怎么给海棠浇水？听到此话，我那份心情真是无以言表。

有的有的。还是此前答话的那位，笑呵呵随手抓起了身边的一条白色塑料水管，转身递给他，随即走到三米开外，拧开了早已安装在园子里的水龙头。

我真是渴极了——痛饮着我的贵人亲手浇灌的清泉，我仿佛喝到了今生今世从来没有过的雨露甘霖，顿时一身清爽。我终于止不住流下了激动和感恩的泪水……

3

那是一个我平生从未有过的不眠之夜。望着满天的星斗，从未有过的幸福像源源不断的爱流一般漫过我的心房。幸福让我失去了睡意，幸福让我仿佛第一次意识到，生命竟是如此的诗意烂漫、妙不可言——一切皆因我生命中突然而至的贵人。

从那天开始，我没有一天不想念我的贵人。

像是心有灵犀一般——从那以后，我的贵人隔三岔五就来看我，有时甚至每天都来看我一回。

每次来到我的面前，他总要恋恋不舍地站上好一阵，望着我注目良久。每当此时，一种难以言表的幸福和依恋感，会即刻涌上我的心头，弥漫我的整个心身；而每每望着他离去的背影，总会有一丝淡淡的惆怅漫上心头。看不见他的时候，我就生活在他的神情、他的微笑、他的气息的美妙记忆里。记忆啊，他是那样的能够安慰一个执着的心灵……

记得我生出新叶的那一天，他竟表现得那样的激动，俨然一个天真得跟我一样的孩子。他对着身边的她说：你看，你看啊，我的海棠长出叶子了！

在他的真情呵护中，在上苍造化的恩惠中，在我自己来自心扉的欢乐歌声中，我快速又健康地成长着。我已经变得满头枝叶，长成了一个乍看像是伸开双臂、呈环抱状亭亭玉立的人形，而细看我的枝干，却又像一个舒适的座椅形状。而令我感到奇妙的是，有一天，心有灵犀的他完全看穿了我的心思，告诉给了身边的她……

没错，在我的感情、我的幻想中，当这个疼爱我的知音来到我跟前的时候，我一定要给她一个深情和温暖的怀抱；而当他身心疲惫、当他心累的时候，我要让自己成为他的灵魂在这个世间最温馨舒适的靠椅……

每每望着我的那一刻，他的眼神能让我看到他的内心、望尽他的灵魂、感受他的温暖和心跳。我懂得他的内心所想的一切，我相信，我比这个世界上所有的人，更懂得他的心声！你可知道，这是我今生何等的幸福呀……

……

仲夏时节，一个无比晴朗而宁馨的夜晚，朗朗夜空，月色绝好，花园各处，馨香四溢。他们出来散步，看我来了。

走到我的面前，他站了很久很久，我听得见他那美妙的呼吸，我能感受到她那清新而独特的气息——即便我紧闭双眼。从他的神情看得出，他很想走到我的近旁，甚至触摸我鲜绿的枝叶，但是他没有这样做，一切只因为怕踩坏了我身边长得鲜活茂密的三叶草——那三叶草也是因为依靠我而沾了他的雨露恩惠，才得以长得如此的鲜活茂密——怜香惜玉的他最终没有走近。

但我看得出，他那颗温雅而多情的心，全在我这儿了……

月色里，透过他那专注又宁静的神情，我能看到他的心，看到他对我的那份深深的怜惜和爱恋，以至于让身边的她都有点嫉妒了……

我敢说，我一定是这个园子里最幸福的花木——不，是这个世界上最幸福的花木！你说，难道不是吗？

据说，如今"有出息的"男人们十之八九都喜欢找"小三"。也许就是受了这时尚流行病的影响吧，昨夜，我竟然梦见自己变成了一个亭亭玉立的海棠仙子。花园里所有的花仙子一起围拢着我，嘻嘻哈哈道：海棠仙子海棠仙子，姐妹们都说：你是为他才生得如此俏丽，你是他的小三儿……

是的，我幸福地对着夜空里的月亮仙子说：月亮姐姐啊，你最知道我的心，今生，我就是他的小三，永远……

我知道，明年春天，已经完全恢复了元气的我，就要开花了。我对月亮仙子许过愿：那时我一定会开得花团锦簇满枝头——这美丽清纯的生命，这青春怒放的心，不为别的，只为我生命中的知己贵人……

爱情鲍鱼

为你筑造绿色精神家园
是我的美丽的使命
——明辉

引子

有时候，人要相信冥冥之中的某种引导。

那天上午，她刚刚走出逸夫馆，正巧遇上自己的上司余处长。打了个招呼，本来都已经走过去几米远了，可余突然转过身来叫道："水灵，今天中午能不能辛苦一下，帮我在办公室值个班？"

说心里话，她的确有点不愿意，因为她中午本来另有安排。但是，作为你的领导，话都这样说给你了，多大个事儿，你还能说不？

中午值班是这个单位的常规制度。其实这样的值班十有八九不会有任何事。值班人员只是坐在那里，随便读读书，或上上网而已。可那天，不知为什么，水灵既不想看书，也不想上网。遇了平时，脑子困了还可以躺在沙发上闭目养神，可那天，她竟然一点困倦的意思都没有。有一阵，心里觉得有一丝莫名的空寂和焦虑，便走出楼去。她漫无目的信步走着，来到办公楼前的花园。

来到这里，无意间，抬头看到大楼门厅上方，电子广告屏正在滚动播放着的校园新闻，就在她抬头观望的一刻，新闻末尾的一个人名一眨眼的工夫，在她的视线中忽闪而过——虽说没有看太清楚，但她觉得好像是"他"的名字？

她停下脚步，等待这条滚动的新闻再次出现。

水灵很快就看到了。没错：明天将要在这里举行一场大型公益捐助活动，特邀主持人正是他——明辉。

怎么？他被邀请来这个城市了，而且就要来到我所在的这所大学？水灵心想，他，肯定不知道她就在这个城市，而且就在他将要到来的这座大学，真是太巧了……

回到办公室的水灵，开始不由自主地想——要是自己这天中午没有被意外安排这个"值班"呢？或者待在办公室值班却不来办公楼前呢？或者来了这里而不注意看那滚动的大屏幕呢？或者看屏幕的一刻，正好错过了"最后的那个名字"呢？所以，对于她水灵来说，觉得这一切似乎就像是冥冥之中的安排。

此时此刻，清晰的记忆把心情再也不能平静的水灵，悄悄拽回到十年前的时空里……

1

那年，天资聪颖的水灵，以十分出色的成绩顺利考入 J 省府的滨海大学传媒学院就读，而明辉正好就是那个学院的老师。

水灵是清新靓丽、天生丽质的小才女，因为专业出色，且天生就像是做主持的料，所以经常在学院或学校，主持一些文艺节目甚至大型的校园集体活动。

明辉的主讲课程是播音与主持，但同时还面向全校开设了一门中外美术名作鉴赏。客观地讲，他的美术鉴赏课，学生欢迎的程度一点不亚于他的"看家本领"——播音与主持。关于这一点，从他这门选修课的课堂上从来都是学生爆满、好评如潮的事实，即可以说明一切。

作为传媒学院的学生，水灵在听了明辉的第一节课后，便被他异乎寻常的魅力所震撼。在水灵的记忆中，从小学到高中，十多年来她从来没有见过有如此感染力，能如此吸引学生注意的老师。水灵注意到，她周围的学生，大家都用同一种眼光注视明辉老师，大家把同样赞叹的话语送给明辉老师。就这样，水灵很快便成了明辉的崇拜者。

水灵不仅十分喜欢和欣赏明辉的播音与主持，同时也选修了他的《美术名作鉴赏》，而且所有的课从来都是一节不落。不仅如此，且每一次都是早早来到教室，坐在那个在她看来就像是给自己安排好了的专门座位上。如此认真好学的学生，如此清新靓丽的女孩，想要不引起同学和老师的注意是不可能的。就是在这个精彩的课堂上，水灵一天胜似一天地成了深深倾慕明辉的学生和铁杆粉丝。而她自然流露出来的一切，也无疑给明辉留下深深的印象。

在明辉的课程临近结束和即将举行期末考试的日子里，水灵的心头开始隐隐地泛起一种让她坐卧不宁的焦虑来。而每当此时，她发现只要自己见到明辉老师，或是跟他说上几句话，这种焦虑的心情就会好许多。她明白，她是怕明辉的课程结束，因为课程的结束，就意味着她不能再继续坐在他的课堂上，望着他，听他讲授她仿佛永远都听不够的那些精彩的内容。在水灵的眼里，这个叫明辉的人，在他身上散射出来的，是一种令她陶醉和痴迷的人格魅力。她知道，她心里明白，这萌动在自己心头的，是一种什么样的感情……

发生在选修课结业考试课堂上的那件事，无疑是水灵长这么大所干下的从未有过的、最为"胆大包天"的事情。事后，连她本人都着实有点不能相信，自己怎么会那么异想天开，且有那么大的胆量。

记得那个考试，是要每个学生在老师给定的几个题目中任选一个，写一篇心得式的小论文。因为心中有太多的话说，所以她的小论文很快就一气呵成了。答完卷，水灵发现自己的时间还有一大块富余，于是，一种像是藏了很久的欲念，不假任何思索地从她的脑子里窜了出来——我要给自己"心中的这个人"写封信。

就在这个念头兴奋又幸福地奔出来的那一瞬间，一时"胆大妄为"的她，不假思索地拿来搁在旁边备用的那张空白答题纸。伴着自己歌唱一般的激情和青春的心跳，她将那张突然变得可爱无比的答题纸，诗情画意地铺展在自己的眼前……

这封弥漫着青春芳香，之后深深拨动了明辉心弦且被他永久珍藏的"情书"，就以这样没有任何称呼的方式开了头：

"在我人生的这个阳光明媚、春暖花开的季节，在这个任何人都没有权利限制我的心情限制我的爱的季节，伟大的命运之神让我遇到了你——今生我没法不用心崇拜和倾慕的人……"

读到这封信的最初一刻，被这出乎预料扑面而来的、春暖花开般的幸福和甜美撞击和包围了的明辉，一时竟显得有些六神无主、不知所措——受那一点点板着脸不无可笑的理智的劝告，明辉敲打着、警告着，让自己对此事保持了"沉默"——至少暂时是这样。表面看上去，他像是什么都没有发生过一样。但只有他自己知道自己的心底涌动着的，是一种怎样的花一样幸福和蜜一样甜美的山花烂漫感觉。就是从有了美丽的"水灵来信事件"那一刻开始，明辉的心，进入了一种被幸福托举起来的、飘飘然的状态。

是的，明辉有点难以相信——如此悄悄又热切爱恋着自己的，竟然是这个在舞台上、在大庭广众面前落落大方、清新靓丽的女子；竟然是这个因才情出众又楚楚动人令无数个男孩为她投去渴慕的目光和神情的漂亮水灵。他无法抑制自己荡漾在心头的那份激动和喜悦的感情，开始在心中一遍又一遍轻轻地问自己：人生，还有比这更幸福更诗意更美好的感觉和收获吗？

这世上，无论男人还是女人，在那被一双热切的、爱的眼睛日夜注视着的日子里，理智就会无能为力地落到它最脆弱的半休眠状态。水灵和明辉永远不能忘记那个美丽的、一想起来心情便无法平静的日子——那个夏日的夜晚，明辉得到水灵的特意邀请，在看完了由她主持的那场精彩的晚会后，有情的天公作美，有意让明辉看到了水灵那双仿佛比以往任何时候更加清澈如水的眼睛……他们终于深深拥抱了。那份弥漫在明辉心头的迷人的清纯芳香，恐怕是明辉这辈子永远都不能忘怀的……

那一刻，被紧紧拥在明辉温暖怀抱里的水灵，多么希望明辉能够亲吻她。可是，他没有。那一刻，似乎有一种无形的力量攫住了明辉的最后一根神经——一种无比神圣的潜意识，只允许自己亲吻了水灵那犹如天使般美丽的、清澈明媚的眼睛……

但就是这样的拥抱，这样的如同爱神一般的"亲吻"，像是伴着花香四溢又令人陶醉的电流，哗然漫过水灵的心头，即刻涌遍她的全身，给青春妙龄的她留下了有生以来不曾有过的、无边无际又刻骨铭心的幸福和美好……

生活，有时候就像是故意捉弄、故意恶作剧一般，让你突然之间陷入一种无可奈何的境地。沉浸在爱的甜美和幸福中的水灵，正是如此——没有任何心理准备的她，在那个她不愿意回忆起的"周末"，突然遭到了一瓢当头泼来的冷水——那个自称是和明辉有着特殊关系的女孩，俨然"理直气壮"地找水灵"打招呼"。

就是这个让水灵一辈子都不愿见到的女孩，当着她的面，说了一大堆无理至极的、水灵一辈子都再也不愿意听到的话。水灵怎么都不明白，这个女孩竟然会那样地仇视和羞辱她……

起初，水灵将这一恶作剧看作是明辉导演下的故意为之。她也因此对明辉深深感到失望。一段时间以后，虽然水灵心里渐渐明白，事情并不是她所想象的那样，但是一种被伤害过的感觉，却一时怎么都无法恢复。而她心底里对明辉的那份深深的感情，那种美好的感觉，那份令她深深依恋的敬慕和渴望，也同样无法一下子恢复到原先的那种感觉和状态。

有关这一切，当时的明辉，他的心中觉得就是造化扔给他的一团作弄人的乱麻——连他自己都不知道该怎么整理。而最好的整理办法，就是无奈地、无声地默默等待……

记得，在那个初雪的寒冷的日子里，大学毕业后的水灵，悄悄离开明辉的那座城市，消失在了明辉爱和牵挂的视野里……

那之后，她知道明辉工作调动，到了现在的这家电视台做主持。但对她的一切，明辉几乎一无所知。

由于种种原因，为工作而一时处于飘零之中的她，头两年东南西北，先后走了好几个地方，再加上隐藏在感情深处对明辉的那份莫名的心情，整整八年时间过去了，她始终压抑着自己，故意不再跟他联系，更没有告诉他自己的行踪。

然而无论怎样，不告诉，不联系，并不意味着无论她还是明辉，心里就不想、不念、不牵挂——看看，这次的不期而遇和久别之后的"喜悦重逢"，便是对这"冻结八年的感情"的最好诠释。

2

当天晚上，在这所大学新落成不久的音乐厅举行的，为西部贫困儿童基金会捐资的大型公益捐助活动。活动开展得十分顺利和圆满，达到了省上组织这一活动的教育、宣传、妇联和青联等有关部门的预期目的。

第二天上午，应学校的邀请，特意安排了一场著名节目主持人明辉的个人演讲。演讲的题目是"文化精品意识与当代大学生的文化观、人生观前瞻"——虽是一个附带的演讲，但却因其整个演讲内容的精彩纷呈而获得了出乎意料的效果。

演讲期间，明辉穿插谈到体现自己文学艺术观念的新作《时光日记》和《遥远的地平线》。

演讲结束，由一位组织者事先安排好的漂亮女生给明辉献上一束花。然而当他转过身来的时候，竟然看到还有一个人捧着一束鲜花，站在他的另一侧，望着他，芙蓉一般微笑着——水灵！水灵啊，怎么会是水灵呢?！明辉差一点没有叫出声来。是的，此时此刻，在这样一个地方，水灵的出现，让明辉吃惊得简直有点不能相信自己的眼睛！大有一种以为对方是刚从天上掉下来一样的感觉。但鉴于当时面对大庭广众，他硬是没有让自己太过表现出心头的这份吃惊。

所有听众散场后，明辉走出大厅的时候——完全就像他所预想的那样——水灵亭亭玉立地守候在大厅的外面。

或许是因为太过激动，他们并没有说太多的话，其实两个人都不知道，此时此刻该说些什么。他们各自心里明白，对方一定有太多的话要对自己讲的——这一点从那几句简短的问候已经能够感觉到了。而且从这一刻相互望着对方的眼神，各自都已经把自己的心思告诉了对方。是的，长久的深深思念，会让人变成一座看似沉静的冰山，而冰山的深处，是日夜不息涌动着的火山熔岩……

3

举行过演讲的那个晚上，按此前两人的共同相约，水灵来到南郊明辉入住的"花溪大酒店"。

如前所述，或许是两人相互间没有联系的时间有点太久了。一开始，两个人都显得多少有点拘谨不自在。相互问候了一句，水灵站在那里有点不知所措的样子。明辉嘴上在问水灵喜欢茶还是咖啡，但却已经将绿茶放在了杯中。俩人似乎同时感觉到了对方此时的那种"心慌意乱"。

但是，恐怕只有幼儿园小班的孩子，才会相信他们两人的心头真的会感到"不知所措"。在水灵抬头向着明辉，无言地投去那清澈如水的"深情一望"的瞬间，明辉即刻发现，那就是曾经坐在自己的面前的那个水灵，深情望着他的、让他感到熟悉无比也幸福无比的眼神——那是专门送给他的神情和眼神。于是，心头的一切因时空形成的不自在或隔膜假象，顿时烟消云散了。

不过一刻钟，他们两人不再感到任何的不自在。无论这里的环境，还是他们谈话的氛围，一切都让他们觉得是那样的舒心和惬意，一切仿佛回到了过去，回到了记忆中那令人难忘的美好与温馨之中。

"给我说说，这些年过得怎么样？"明辉先开了口。

"你想听哪方面的？"望着近在眼前的明辉，水灵不无调皮地应了一句。

"啥都想听，你永远都知道我最想听你什么的。"

面对明辉，水灵觉得自己有很多很多话——该讲的不该讲的，全都想要对他诉说。有着不下十年主持节目经历的她，说话有条有理、善于表达，一向是她的特长。但今天不行，她觉得自己这些年的种种经历，像是没有了头绪，一下子不知该从何说起。

水灵笑着说道："哈哈，那我就随便说说吧，反正我觉得心里头全是想要跟你说的，而且我也知道，它们全都是你想要听的，对不对？"说完，又笑了笑。

望着动人而又不无调皮的水灵，明辉心中有种格外亲切的感觉。而望着明辉充满爱与智慧的神情，水灵突然间获得了讲话的自信——那原本属于她的自信。

她首先讲到离开明辉这八年来，自己"重要的"情感经历——该讲的不该讲的，都有。

大学毕业后，她先到了南方，先后去了两个单位——一家外资企业，一家教育机构下属单位，但都不满意，两年后，便来到现在这座城市，且应聘顺利进了现在这所大学。

来到这里之后不久，她便遇到了一位挺有一些名气的"富二代"——豪门公子何少泽，他的父亲就是众人皆知的那位房地产巨富何宇安。她与何公子相遇是在一次商业性的演出活动中。那次演出，由她担任节目主持。何公子跟他父亲何宇安一道，与商界的众多大款巨富，出席了那个晚会。何公子对她"一见钟情"就是在那个晚会上。随后的一切，就不必细说了。

客观地来讲，作为众人眼中养尊处优的富二代，何少泽在他们这样身世的一拨人中，算得上是挺有涵养的。在追求她的那一年不到的时间里，少泽费了不少的心思，甚至有的时候是一些令人感动的心思和方式。这段时间不算太长的感情经历，最终以少泽约水灵去见他的父母，尤其是听了他那居高临下咄咄逼人的母亲那番在水灵看来有辱她的尊严的一席谈话中，戛然而止。

尽管后来少泽一再要她给自己一点时间，但她还是毅然决然地拒绝了。

这之后，她还"鬼使神差"地被一位省上某重要部门的领导"粘"上了。如果不是自己亲自遇上、亲身体验，她根本无法相信也难以相信，一个那样"有身份的人物"，会为一个普通女子，一个明显感觉得到根本不喜欢自己的普通女孩子，下那么大的功夫。曾经，他给她安排了一个在很多人眼里羡慕不已的"出国参观访问"的机会，但是被她断然拒绝了。为了彻底摆脱这样一个人物，有一阵她连自己的手机都换了，但还是无济于事，直至她无可奈何、清清楚楚地拒绝他为止。

被她彻底惹恼、惹翻了的这位"大领导"，至今仍然对她嫉恨在心……说到这件事时，水灵笑着轻轻摇了摇头，眉宇之间掠过一丝无言的轻蔑和无奈。

其次，还有自己所在单位的一位顶头上司……这位多少有点搞笑的人，这位手中有点权力的人物，一度得知水灵谈恋爱之后，为了想要"更加清净地拥有她"，让水灵做自己的"知心朋友"，竟然设法阻挠水灵谈对象。无奈之下，水灵只好由他的那位男友出面，"请领导吃饭"，才无趣作罢。

……

水灵不无真诚地说，待在大学目前这样一个位置，工作的性质决定了她时不时就得跟着领导，参加这样那样的活动。有时感到很无奈，但却没有可以让自己脱身的好办法。从某种意义上来讲，工作的性质让她养成了一种浮躁的习惯。她不止一次地意识到，自己这是在从事着一种到头来没有什么价值的工作。聪明的她心里再明白不过，自己生来就是适合搞自己喜爱的专业的那一类人。一想到这里，水灵的心头就有一种隐痛般的焦虑，而这种焦虑让她深深体会到，自己的心灵是处在怎样的一种焦灼和干渴的状态。

冰雪聪明的水灵，只有在遇到明辉的这一刻，她才完全明白过来，在自己的心灵深处，埋藏着一颗多么想念和倾慕他的种子，那是一颗渴望走近他，直至走进他那美丽富足的精神世界的爱与真情的、永远都不会干枯的种子。水灵深知，这种无比真挚的情和爱，是可以有效化解、医治和最终消除她心头的那种焦灼和干渴的。

在遇到明辉的这一刻，水灵有种极其强烈的感觉那就是：近几年来的自己，几乎成了一条被无情地晾在沙滩上的、即将干渴而死的鱼。望着自己无限钦慕的明辉，水灵明白过来自己需要什么……

听完了水灵的一席话，明辉心中有种感慨万千的感觉。他甚至觉得，自己挺对不起水灵……

最后，明辉对水灵的未来提出了富有新意的设计理念——他要她考研究生，而且就考自己本科就读的那所大学的主持与播音专业，因为他现在还身兼那里传媒学院的研究生导师。

听了这一切，处于激动与兴奋中的水灵，只觉得自己的心灵像是获得了新生。而客观地来讲，像他这样天生丽质，原本就不应该像很多随大流人那样，浑浑噩噩，处于对自己没有要求的沉寂状态的。

4

"听完了我这一大堆你爱听的和不爱听的，该说说你了吧?"水灵望着明辉道。

"想听我什么? 听了我的讲座，其实你已经基本知道了。"明辉微笑着道。

"怎么会呢! 在我心中，我觉得你有我一辈子都听不完的东西。"水灵说这话的时候，始终用含情脉脉又略带一份娇媚和羞涩的目光，静静望着明辉。

"那你想要我讲什么，我听你的。"很显然，明辉越来越被水灵的语气和神情所感动。

"啥都想听，但你知道我最想听什么。"水灵笑着说道。

明辉的神情显得庄重起来。随后，便以一种十分认真的口气，讲了以下这一席话:

"这些年，除了电视台的专栏节目和母校的兼职教学工作以及一些社会活动外，我将大量的时间投在了我喜爱的绘画和文学创作之中。说句真心话，无论做节目主持还是教学，似乎都不是我的最长项，甚至也不是我的最爱。尽管我留给业内和外人的印象都觉得我很适合我的职业，其实我的真正的长项我的真正的爱好，就是艺术创作。我想，作为曾经很懂得我的人，你可以大大方方、毫不怀疑地把'勤奋'两个字送给我——真的，我始终在不停地认真地创作着。而最为重要的是，就是在这样的创作中，仿佛有造化之神在不断地引导我，让我懂得了生命和人生的真正意义。在我看来，艺术创作者必须得有一种虔诚的信徒那种朝圣的感觉和状态。就是这样的感觉这样的状态，让我的灵魂在自己全身心热爱和从事的创作中一天天地得以净化。我相信，自己是在上帝的呵护下，变成了我今天的样子……"

受明辉感染而情绪不无激动的水灵说道:"说心里话，在我的心目中，你是一个近乎完美无缺的人——过去是，现在和将来更是……"

明辉道:"这样的评价，这样的荣誉，我哪能担当得起啊!"

水灵:"那你的意思是不相信我说的是真心话呗? 你不担当，就没有人可以担当了，真的。"

明辉："不，我知道你是真心的……"

水灵突然像是想起了什么似的："你还能否记得，我留在你心中的最初的记忆是什么?"

明辉："记得，是那次音乐会——那个清纯得如同出水芙蓉一般的水灵像天使一样走上台来的那一幕。还有，还有她身着的那条绿色的梦幻般的裙子——不是记得，是永远都不会忘记……"

听到这里，水灵情不自禁地把手放在了明辉的手里。

明辉即刻用另一只手轻轻敷在水灵的手上，没有任何的不自在。那一刻，水灵和明辉的心中同时同步地想到一个问题：所谓心灵的默契，应该就如此这般……抚摸着水灵的纤纤玉手，明辉不无深情地认真仔细地端详起这双手来。此时此刻，他只觉得这是达·芬奇的艺术杰作上那个令世人倾慕的蒙娜丽莎的那双手……

水灵："你为什么这样看着我的手?"

明辉："因为这双手太美了。这一定是世间难得的、真正属于美女的手。水灵啊，我在想，蒙娜丽莎的手，还有当年唐明皇心爱的那个女人的手，也莫过于此吧。"

一阵美丽的羞涩从她的脸上飘过，随即泛出一片令明辉为之心动的红晕来。

水灵道："你可知道，曾几何时，我是怎样的想着你呢。从那个时候开始直至今日，想着你我感到很幸福，而想到你的心里也想着我，我就更幸福!你可知道，今生今世我最大的奢望，就是希望你的心中能永远永远地想着我……"

明辉："水灵，这不是你的奢望，你说的这其实是我的奢望。"

水灵："这次见面，我深深感觉到，我的灵魂前所未有地被你洗礼了，我是多么的幸福呀……"

听了这话的明辉，突然间有一种强烈的愿望，那就是，为水灵，为这个让自己心牵梦萦的人，创造绿色环保的心灵家园。这，将是他的神圣职责和使命。

一阵充满温馨的静默过后，水灵给他们的谈话换了个话题。

水灵："说说，你最喜欢吃什么？"

明辉像是不假任何思索地脱口而出："鲍鱼。"

水灵："哈哈哈哈……"

明辉："怎么了？为什么这样笑？"

水灵："因为，因为我也最喜欢鲍鱼……"

5

从见到明辉的那一天起，水灵开始了疯狂的网上阅读——阅读明辉的书。明辉的《时光日记》，尤其是《遥远的地平线》，几乎成了水灵人生的"圣经"。她觉得这部展示着明辉人生和心路历程的著作，那里的一切似乎全都是给她写的……

在阅读中，水灵如同接受一场圣洁的洗礼和净化。在这样的洗礼中，水灵觉得这几年，不，是有生这近三十年来，淤积自己心头的浮躁和铅华，被明辉亲手为她洗去了……

水灵明白，这，就是身心的荡涤，就是灵魂的净化。而这一切皆是因为自己仰慕的这个人，这个叫明辉的人……

那一夜，独自沉浸在阅读的无边享受之中的水灵，眼前突然幻觉一般，出现了一片仿佛要自己的心灵变得冰清玉洁的天地——那是一片没有边际的洁白的雪原。

幻觉中，她像是赤着足，悄无声息地走进了那冰凉却又清新无比的洁白世界。

就是在这样布满了自己整个视野的一片洁白与清静中，她感到自己的心在升华，她感到自己突然间变得异常的清醒起来。在这种清醒中，她的脑际浮现出各种各样的幻觉和幻想……

她看到了一个自己此前从未仔细观察、审视和思想过的世界。她看到这个世界上的很多很多的人，形色各异，带着不同的表情和神态，或急急匆匆或晃晃悠悠或张着眼睛或睡眼蒙眬地向四方八面走着。但很显然，他们中八成以上的人，却并不知道甚至不在乎他们要去往哪里。特别让她感到奇怪的是，他们中有的人没有眼睛，那本该长眼睛的地方只是两个空空如也的黑窟窿，而有的人却长着三只或四只眼睛；有的人没有耳朵，有的人却长着像兔子一样长的耳朵；有的人看不到鼻子，有的人却长着一根大象一样的长鼻子；有的人长着蛤蟆一样丑陋的大嘴巴，有的人却用手紧紧捂着自己长嘴巴的那个部位，不知道那手的下面，还有没有嘴巴；有的人身躯四肢异常肥胖，但却长着一个萎缩得只有拳头大的又小又丑的脑袋，脸上的每个窟窿都看不大清楚，简直可笑至极……这些奇奇怪怪的人，全都不曾跟她说一句话，甚至不愿看她一眼，但她似乎能够看到他们那紧闭的嘴巴和各异的表情背后的所有心思……

有一阵，她看到了自己周围那些平素离自己最近的人，有同事，也有朋友。可是这一刻，他们一个个好像全都不认识她，包括一些平时感觉满近乎的人，这一阵全都像是无视她的存在或者干脆没有看到她。她突然觉得自己的心里是那样的寒冷和孤寂，不禁自己问自己：为什么会这样，为什么他们一个个全都不理我？正在这样想着，突然像是从远处飘来一个声音：那是因为你来到了一个寒冷的高处！高处不胜寒，懂吗？

还来不及多想，她突然看到了自己——看到了自己所熟悉的那个自己。他看到了自己的一切，包括自己的生活和内心。她发现那个美丽的自己，也像刚才所看到的一些人有点近似。她在急匆匆地行走着，神情中带着一丝不知所措的焦虑和迷惘。看到这幅情景的她，突然吃惊地问自己：我，是这样的吗？但她的内心很快就听到一个来自遥远的声音，在回答或者反问自己：那你说说，你是啥样的？

是的，我是啥样的呢？——水灵开始这样反问自己。

就在这一刻，她忽然心生奇想地很想看看自己的未来是怎样的，可是她突然从梦中醒来了——她这才发现，自己刚才是读书读得太累，睡着了……

醒来的水灵，对适才梦中的一切感到惊奇不已。她相信这样的梦一定是有着某种意味的。梦醒之后的她，接着思考梦中问自己的那个问题：我的未来会是怎样的呢？

不知为什么，向来不关心、不大了解更谈不上懂得宗教信仰的她，这一刻，突然于冥冥之中觉得自己变成了那圣洁的、令人倾慕的末大拉的玛丽亚；

而她心中深深痴迷和崇拜的明辉，则变成了她深信和仰慕的上帝……

6

几天之后，明辉要离开这里回去了。走之前的那个晚上，水灵前往送别。

他们聊了很多，仿佛有说不完的话。有好一阵，水灵的神情显得有些忧郁——可以理解，对于心存深深依恋的水灵来说，她多么希望明辉能够多待一阵，最好是永远都不要离开她。

明辉看出她的心思，故意逗着她道："别那样，不久之后，我们就会相见的呀。"

"啥意思？"水灵望着明辉道。

"你很快就要读研啊！"明辉很肯定的口气和神情。

"唉，哪有那么容易，那是想读就能读的？"

"不用担心，根据我的分析，你没有丝毫问题。你是谁呀？你是水灵！你不想想，现在有那么多的人都能考上，像你这么冰雪聪明的人，就更不用说了，没问题的。"

"我知道你是在鼓励我。不过我想真心跟你说，我一定不会放弃。我相信我一定会考上的，不为别的，就为你……"

"没错，没错！有位当代哲人说过这样一句话：'只要能以热恋般的激情和状态投入工作和事业，这世上就没有干不了的事情。'"

听了这话，水灵再次深情地望着明辉，一种充满幸福的喜悦从水灵的眉宇间流过……

水灵："别忘了，你说过，你最喜欢鲍鱼的。"顿了顿，望了明辉一眼，接着又说道："那，我就是你的心灵'鲍鱼'，愿意吗？"

明辉被这话深深感动了。他深信，水灵的冰雪聪明是一般女孩所望尘莫及的。他无比激情地注视着水灵道："亲爱的，谢谢你！你说你是我的鲍鱼，那我是你的什么呢？"

水灵似乎不假任何思索地说道："你是我心灵的导师，你是我的爱的挖掘机，你是我今生今世的灵魂守护神——我的上帝……"

明辉："水灵，我现在才发现，从前至今，我们所有的一切，都是冥冥之中的安排……"

水灵："明辉，你知道我此刻在想什么吗?"

明辉："我现在最想知道的，就是希望你能好好告诉我，你在想什么。"

水灵："亲爱的，我要你，好好亲我……"

明辉，像是被一种巨大的、像电一样的幸福撞击着、裹挟着，将自己倾心爱慕了十余年的清新水灵，深深揽在怀里，一切犹如在梦里，因为对他来说，今生再次遇到她，那是此前他做梦也没有想到的。

明辉的倾心之吻——那是水灵今生今世的极度的爱的梦想……

她无力地、不由自主地闭上了自己的眼睛。深深陶醉在明辉亲吻中的水灵，觉得自己的整个身心顿时被彻彻底底融化了，就像熔化了的锡水一样，贴着明辉的身心，而后变成了轻盈飘逸的云絮。随即，由自己的心引领着自己俨然变成了美丽云絮的身体，飘飘然，轻盈地进入了幸福无边的天堂……

南国小夜曲

1

全国主持与播音新秀专业研讨会，在碧海蓝天的亚龙湾帝豪大酒店举行。

主持与播音专家，著名主持人明辉作为特邀专家受邀参加。其实正式活动只有一天半。明辉本打算再多滞留一天之后即返回的。

大堂前台服务员打来电话：A606 的客人，有朋友要亲来给您送花，请问是否接待？

明辉略加犹豫，立即道：谢谢您！请他上来。

有朋友送花？这让明辉感到非常的奇怪。他想，在这里，自己哪来的送花的"朋友"呢？

门铃响了。

怀着几分好奇，明辉即刻走向门口。

打开房门，出现在眼前的"送花者"，让明辉惊得差点没有当下晕倒在地！你猜猜，站在门口的是谁？——是水灵！

没错，正是水灵。此刻，明辉爱慕已久的这个女子，她就实实在在站在明辉的眼前。嫩粉色的冰丝衬衣，洁白的七分紧身裤，秀发披肩，亭亭玉立，手里捧着一束鲜艳的红玫瑰。

如同寂寞了漫漫长夜的大地迎接清晨的第一缕晨曦一样，像做梦一般惊奇不已、激动不已、兴奋不已、幸福不已的明辉，赶紧接过水灵手中的玫瑰花，将她迎进屋来。随着身后轻轻的关门声，两个人像是忘记了说话一般，将对方深深拥在了怀里……

这是足以令天下所有懂得和渴望爱的男女羡慕和嫉妒不已的情景。看看，此刻还依然握在明辉手中的鲜红鲜红的玫瑰，被眼前这番从未见过的爱的浪漫景致深深地感染和感动，羞涩和激动得几乎喘不过气来。

不出一刻钟，不知道是红玫瑰还是水灵的幽然体香——那淡淡的、清新的芳香，随即轻轻飘散开来，像爱的精灵一般，在整个房间里温柔地弥散开来。

放任地、信天游般地抱着水灵灵的水灵，明辉深感自己从来没有像此时此刻这样被深深感动过——他觉得，水灵的突然出现，简直就像是一个梦。

曾几何时，明辉何尝不想能有机会，约水灵跟自己一同来到亚龙湾这美丽的人间天堂。但他总是满心顾虑地觉得，那是不可能的……可话说回来，面对着此时此刻伏在自己怀里的水灵，明辉还是觉得内心有种莫名的惭愧——他不得不承认，自己远没有水灵的"勇气"。

2

你或许在想，水灵怎么知道明辉的去向并随即来到这里的。

这次出行的大致情况，水灵是知道的，而且在出行两周前，明辉就告诉她了。前天晚上到达亚龙湾入住帝豪大酒店之后，明辉电话里给从未来过这里的水灵，大致描述了这里的蓝天碧海、天然美景，还有办会方选择的这家豪华酒店的条件设施给予他的、不曾预料的美好印象。至于自己的住处，他只说是亚龙湾帝豪大酒店，但并没有说是酒店的哪栋楼哪个房间。

说心里话，能够来到这里，来到这美丽的人间天堂，是水灵一直以来的一个情结、一个梦想。天生艺术气质，从小爱幻想爱大海、爱阳光和海滩的她，一直想要来到这里，看看这里传说中最美丽的大海还有这里充满阳光的迷人海滩……

电话里知道了明辉在这边的日程安排之后，水灵即刻做好安排，几乎是不假思索、毫不犹豫地买了这天凌晨五点的机票，带上简单的行李，来了。坐在飞机上的水灵这样想：即便是到了这里找不到明辉，白跑一趟，她也心甘情愿。这，就是传说中的爱的力量。事实证明，老天还是懂得水灵，不负这位痴情的心诚之人……

夜色降临的亚龙湾，海滩一片温柔。

明辉和水灵，像是来到一个只属于自己的、旁若无人的诗意世界。在这温柔的夜色里，听着如同心潮涌动一般有节奏地亲吻着沙滩的阵阵海浪，在如同抒情的柔板一样波浪起伏的海滩上，他们手牵着手悠然漫步。他们像诗像花一样的心在告诉自己：这是人间何等美丽的去处啊！这是何等迷人的夜色、何等迷人的海滩啊！此时此刻，仿佛造化给予人间的一切美好和惬意，诗意和浪漫，都可以被这对情侣尽情地揽在自己的怀里……

不知不觉中，他们朝着海滩的西端已经走出离帝豪酒店很远一段距离。柔和的霓虹灯光下，是一排排静静待在那里的沙滩椅，但水灵不愿坐在那里，她嫌那里不够诗意不够浪漫。她告诉明辉，自己更喜欢直接坐在细软的沙滩上。于是他们选择一块干燥的、略有坡度的沙滩，坐下了。白天炽烈的阳光烤得烘热的沙滩，此时此刻温度还没有完全降下，坐在上面或者躺在上面，是非常舒服和惬意的。

这是一个多么美丽的夜晚啊！在水灵和明辉的记忆里，他们从未感受过如此美妙的夜色——无论是头顶上镶嵌在深邃苍穹里的眨动着眼睛的颗颗星辰，还是充满着青春活力、仿佛永远都不知疲倦地抚摸和亲吻着沙滩的海浪，还有此刻轻吻着他们的脸庞的温柔的海风，一切的一切，在这一刻似乎都变得有了动人的情感、有了通情的性灵，给人以无尽的遐想。水灵——这个生来温柔如水，馨香如兰的女子，在这天地间最美的去处、最美的夜色里，用她全部的温柔和娇媚，轻轻靠在明辉的怀里，仿佛忘却了有生以来的所有烦恼和困惑。她用一颗像是对着造物主深深感恩的心，在心中默默地述说道：人生，只要曾经有过这样美妙的铭心一刻，即便以后永远不会再有，那也无憾了……

看着斜躺在自己怀里幸福无比的水灵，看着她那陷入无比甜美的沉思和幻想般的迷离眼神，望着她那像天真的孩子一样迷人的美丽神情，明辉不愿意打断她。他静静地轻轻地搂着她，用手轻轻捧着她的脸，让时光在这样的令人沉醉的夜色里缓缓流淌……

亲爱的，给我讲个故事吧——水灵用那双清澈的眸子瞅着明辉，提出这样的一个要求来。

你想听什么故事？明辉不无温情地说道。

你讲的什么我都爱听。水灵脸上泛出桃花般的红晕。

明辉充满爱意地给水灵讲述了一个藏在他心里的"遥远"的、永远清新的记忆——那是记忆中的十八岁的水灵，第一次出现在明辉视野里的情景……

在明辉心里，有很长一段时间，他都着实不能相信，那个清新得令人心醉、令很多小伙子和大男人们一同为之动心的女孩，此生竟会跟自己有如此魂牵梦萦的不了情缘……还有，在他没有丝毫准备和丝毫奢求的那个早晨，他竟然出乎意料地收到了那封荡漾着青春的情与真、爱与美的芳香四溢的信，还有夹在信里的那张将一个清纯少女全部的清新与爱写在脸上的照片……

海浪的声音越来越大，大海呼吸的节奏也越来越急促。明辉知道，该是大海涨潮的时分了。大海的活力与激情暂时地打断了明辉的讲述。沉静在明辉讲述中的水灵，突然将脸庞紧紧贴在明辉的心口，神情温柔无比地轻声问道：明辉，你还记得那个"在七八点之间"的故事吗？

明辉道：亲爱的，永远都不会忘记，除非沙滩把大海忘记了……

3

根据昨天夜里的约定，次日的清晨，他们早早起床——不为别的，只为能够把他们的两双爱的赤足脚印，留在没有任何人涉足过的"处女沙滩"。

晨曦微露的海滩，一片空寂，宁静至极。夜里不可一世的、汹涌澎湃的大海，终于从午夜涨潮时的那种冲动、焦虑、急躁和近似狂热的激情中消退了，恢复到了眼下的这般平静，温顺得几乎不像是他们昨晚身临其境、令人震撼的那副大海的模样和状态。

清新的晨幕中，放眼望去，被夜里涨潮时一次次尽情爱抚和亲吻过的沙滩，一片平缓光洁，像是蜿蜒流韵的抒情乐曲或线条舒展的图画一般，呈现在水灵和明辉的视野里。用明辉的话说，这样的海滩就像是不曾见过任何世面的、单纯至极的纯情少女——明辉正是将这样的新湛湛的沙滩，称之为"处女海滩"的。

水灵不时地回首，像一位天真的小孩一样，留神他们两人在沙滩上留下的脚印，神情中一片迷恋，真是开心至极。

水灵相信，这一刻，所有活动在这个时空里的精灵们，一定会无比羡慕他们，羡慕怀揣着如此美丽心情的一对情侣，赶在晨曦亲吻海滩之前，首先漫步走过海滩、留下自己爱的脚印……

当第一缕晨曦悄悄升起的一刻，他们已经尽情走完了好长好长的海滩，心满意足地回到了酒店。

冲凉之后，水灵让明辉"荣幸地"抱着她，重又进入甜美的"梦乡"——按水灵的话说，那是悄悄守候在这里的爱的精灵要他们这样……

4

午后的阳光格外明媚。这个时候，便是那些痴迷于蓝天、大海、阳光、沙滩的游人们，尽情享受阳光海滩的美妙时刻。

水灵和明辉带上阳伞和两本手头阅读的书，离开房间奔向与酒店近在咫尺的海滩。

开始，他们在一处有硕大遮阳伞的地方，选择了一个甚是惬意的位子。但是没过多久，水灵硬是要明辉再换一个地方。明辉问她为什么，她只是使了个调皮的鬼脸，什么也不说，执拗着就是要换个地方。

依照水灵的意思，他们来到了一个远离游人的海滩。

这里很安静。除了大海，沙滩，左右百米的视野之内，看不到一个游人。

明辉再次问起水灵，刚才为什么非要离开那里？

水灵说没什么。但是明辉从水灵的神情中看得出，她心中一定是有"什么"的。他非要她告诉自己。

结果，水灵如是告诉明辉：你看没看见，刚才我们旁边离我们三米远的那个人——那个"老人"？

看到了呀。

那你看到他什么了？

明辉朝水灵笑了笑，故意逗她道：哎呀，没想到，我们善解人意的水灵竟然也有这么"小气"的时候……

听了这话的水灵，故意带着娇嗔的口吻冲着明辉道：我这辈子只是给你看的。

哈哈，眼睛长在别人脸上，人家想看你，你还能管住人家的眼睛？明辉说道。

明辉心里清楚水灵说的是什么。其实，此前他早就发现了那位老人的目光，只是没当它一回事——因为那本身就不是什么事。他发现老人——其实也不是太老，最多也就六十多岁七十不到的样子——不时情不自禁地转过身来，用上下流盼的眼光认真仔细地望着水灵，瞅了又瞅，眼中流露出欣赏的神情。明辉心想，一位天生丽质的美丽女子，被人喜欢看喜欢欣赏，是很自然的——哈哈，谁让她长得这样漂亮、这样动人呢？再说，让人看一看，又不会看掉她一根秀发。

这样想着，他回过头来对水灵道：人家想看你，说明你漂亮啊！你不想想，如果你长得不这样好看，你会在乎别人看你吗？

水灵娇嗔地"强词夺理"道：好了好了，还跟我辩证起来了。什么话，到你这里永远都是有理的。人家不说了。说着便把头深深埋在了明辉的怀里。

明辉轻抚着水灵的秀发道：我的主持人，给我读会儿书吧。你知道我最喜欢听你朗诵的声音了。

水灵立即抬起头来：好的，我们读会儿书吧，你要我给你读什么？

明辉随口道：安徒生的童话《海的女儿》。

水灵即刻来了劲儿：好的，我也最喜欢《海的女儿》了。

水灵给他读安徒生的童话《美人鱼》。美丽的音色，朗诵的表情、抑扬顿挫的音调节奏，犹如资质非同一般的影视配音演员。听着水灵的朗诵，明辉的心头泛起一阵阵充满爱意的感动……

从故事中回过神来的明辉轻轻问水灵：亲爱的，你可看到过日夜守候在丹麦海边的那尊美人鱼雕塑？你说，那个美人鱼，她美在何处？

水灵道：照片上看到过的，看过很多遍。她美在雕塑本身美妙的造型，美在美人鱼那副忧郁的神情吧？要我看，她主要还是美在这个故事本身——如果没有安徒生的这个童话故事，如果单是一尊雕塑，想必人们并不觉得那雕塑就会美到如此地步——至少不会像人们现在这样的一种痴迷。我说的对不对？

明辉笑了笑，说道：你说得对，但不全对。其实这件雕塑作品本身还有非常动人的故事的。知道了这背后的故事，你就会觉得，这尊雕塑多么的非同一般——她是真正凝固了的爱情，是安徒生美人鱼的爱与灵魂的升华。

这听上去好迷人啊！那你快讲给我听听。水灵催促道。

于是明辉给水灵讲了这样一段故事——

美人鱼故乡、安徒生的一位同胞——一位天才雕塑家，一次偶然的机会去剧院里看一场演出，对舞台上的一位身材和相貌漂亮得令众人倾倒的舞蹈演员，一见钟情。从此，这位天才的雕塑家便开始了他苦苦单恋的爱情旅程。但是，无论他怎样追求，那舞蹈演员都不答应他的求爱。失恋的雕塑家，最后想出一个安慰自己、寄托自己深深恋情的办法——为安徒生的美人鱼创作一件雕塑。而艺术家费尽心思请到的模特儿，就是那位令人倾心的舞蹈演员……

雕塑作品完成了，美丽的舞蹈演员被天才的非凡艺术和痴情深深感动，最终成了他的情人，直至有一天成为他的妻子……

常言道，情人眼里出西施——那位雕塑家创作这件作品的时候，正是他热恋她的时候。你可以想象，他在这样一件作品上，怎样地倾注了他全部的、超凡的爱与热情……

不朽的美人鱼啊，她是不朽的人类爱情的美丽象征……

5

水灵和明辉在怡人的亚龙湾、在帝豪度过梦幻般的三个昼夜。

这如梦似幻的三个日日夜夜，给水灵，给明辉带来的，是刻骨铭心的、永远的记忆……

他们订好了回程的机票，第二天就要离开这个留下他们美丽梦幻的地方了。

在帝豪度过的最后一个夜晚。冲凉之后，一向含蓄甚至羞涩的水灵，竟然前所未有、一丝不挂笑意朦胧地出现在明辉的视野里。

那一刻，明辉仿佛看到了温馨的、清澈如水的月亮仙子——一个前所未有的美神般的水灵。

柔弱的灯光下，水灵光鲜丝滑、冰清玉洁的肌肤玉体，充满美妙的韵律和流动感的躯体线条，宛若清纯的爱神维纳斯。如此摄人魂魄的圣洁美丽，直逼得明辉透不过气来——他有生第一次看到这么美丽、躯体线条如此漂亮的女子的玉体。伴着急速的心跳，他轻轻闭上了眼睛。

明辉坚信，女子只有裸体的时候，才是她最最美丽的时候。更不用说，又是像水灵这样一位少有的绝色佳人……

就在水灵像梦神一样，娇媚地走过来，玉立在明辉面前的时候，那美丽的鹅蛋脸上的小酒窝，那粉嫩嫩的芳唇皓齿，还有那凝脂般的肌肤散发出来的淡淡芳香，让明辉身不由己、无可救药地跌进了沉醉和迷幻之中……

被爱的激情燃烧着的明辉，突然情不自禁地对着自己心爱的女人，轻轻说出如此这般的话来：水灵，其实女人穿和不穿衣服，都是给男人看的，你说呢？

听了这话之后的水灵，因激动而浑身一阵颤栗。她轻轻闭上眼睛，一脸的红晕，一脸的嫣然，一脸的幸福，一脸的娇媚，像是要"镇压"、要"吃掉"明辉似的，向他扑了下来……

温馨无比的夜色里，传来阵阵涨潮的海浪声……

美人·鱼·火刑

美人

1

一个月前，这家全国知名的中外合资电子芯片企业的老总梁大伟先生，百里挑一应聘到了一位新的业务秘书——韩晴。

作为一位眼下圈内小有名气的大企业家、真正的事业有成者，梁总近五十年生命的记忆里，似乎还从未见过这样一位令他怦然心动的女子——文静少言、气质高雅，高挑而富于韵律的身材，俨然黛玉似的秀美脸庞，还有那一般女子所绝然没有的高贵神情……

可世上就有这么巧的事情——

韩晴应聘开始工作几天后的一个下午，在陪同梁总外出办理一项业务的途中，两人聊天的过程中，不经意间梁总竟然获知这个叫韩晴的女孩，竟然是自己当年在上海同济读大学求学时，同班师妹赵雪燕的女儿。这一突如其来的消息，真是让梁总吃惊得有点难以置信——不光是让梁总不得不承认这世界竟是如此之小，且发生的事情又是如此之巧的事实！而接下来还有更奇巧的事儿：韩晴的父亲竟然和梁总几乎堪称同年同月同日生——两人的生日只差了一天，韩晴当教授的父亲要是见了梁总，得喊一声大哥。梁总一时觉得，这其中似乎真有那么一点"冥冥之中"的意思……

得知这样的消息，梁总心里突然有种一时整理不过来的、难以表述的纷乱感觉。他的思绪瞬间飞回到二十多年前的大学校园……

没错，正如你所猜想的那样，大学求学那一阵，梁大伟深深爱慕过韩晴的母亲雪燕。不过那份爱从一开始就像是一场注定没有结果的单相思。当年的雪燕，用"漂亮聪慧，卓尔不群"几个字来形容，毫不过分。

雪燕一进校，不仅被同班的一位家庭条件优越的帅哥盯住不放，而且还有高年级的小伙、其他系的帅哥围追堵截。更让梁大伟感到自卑和失去自信的是，本系一位刚刚留校的、极富艺术特长、拉得一手漂亮的小提琴的年青教师，也毫不放松地盯上了雪燕。而那时的梁大伟，只是个来自西部边远地区，默默无闻，性格有点内向，看不出将来有多大前程的普通大学生。

尽管如此，在煎熬着苦苦暗恋了三年之后，大伟还是大着胆子向雪燕表白了自己的一片爱慕之情。原因是，同窗三年，平日相处的过程中，大伟发现此前追求雪燕的小伙帅哥还有那位年青教师，由于种种原因，一个个先后歇下阵来，于是雪燕成了来去自由的"公众美女"。与此同时，大伟越来越觉得自己各个方面的表现，应该说还是得到雪燕的几许认可和欣赏的。

然而，当大伟真的向雪燕表明心迹的一刻，得到的回答却是如此的坦白明了："大伟，你的确很优秀，但我觉得咱们要作为特殊的朋友相处，我真的没有一点点心理准备，因为说实话，我在你身上找不到我想要的那份感觉。真的对不起，我们只能做朋友，我就当你是我的大哥吧。"……

梁大伟至今都无法忘记当时被赵雪燕婉言拒绝后的那种沮丧和超过以往任何时候的自卑。

大学毕业后，最初他们还有过一两次联系，但是由于相互隔得太远，很快便失去了联系。数年之后，从原来的班主任那里获知，雪燕与华东某大医院院长的儿子、一位大学外语系的讲师结了婚。打那之后，再没有过赵雪燕任何的消息，相互间完全失去了联系……

此刻坐在车上的梁总，不知为何，他突然生出一种莫名的感觉来——他宁愿自己身边这位漂亮女子不是自己昔日单恋过的同窗师妹的女儿，更不希望她的父亲跟自己竟如此巧合的同年同月同日什么的乱七八糟。梁总只希望，眼前这个天生丽质的女子，是一位跟自己没有任何瓜葛的、完全陌生的女子。

也就在这一刻，梁总隐隐意识到，坐在身边的这位女子对于自己来说，竟然显得如此的重要无比！——尽管她来到自己的公司工作还不到一周时间。

2

成天从梁总办公室出出进进的韩晴，无论她进来时的神情，还是她离去时的背影，都是梁总极愿意看到的——向他走来的韩晴，让梁总看到她俊美高雅的容颜气质，而转身离去时的韩晴，让梁总看到她美人鱼一样梦幻般的背影。

梁总原本是个天生很有自制力的、冷静而理智的男人。再说，他心里再明白不过：如今像他这样身份地位的成功男士，心甘情愿甚至动了心思想着各种法子向他贴近的女子，那是数不胜数，多得去了，一不小心，就会弄出一些让自己棘手闹心不必要的麻烦。正因为如此，所以在与各种女人的交往之中，他向来都是：开开玩笑甚至逢场作戏打打荤可以，但在骨子里头，他始终都是冷静和谨而又慎的。

然而，韩晴这个女子，她实在太不一般太不寻常了，她是梁总遇到过的所有女子中的美妙另类——韩晴不单美丽，而且纯洁。在梁总的眼里，韩晴俨然是一位与自己从事的这个行业有点不大协调的、超凡脱俗的天使——她属于造化的女儿。

很快，梁总发现韩晴成了日夜驻留在自己心中，日夜挥之不去地牵扯了自己的心情、自己的感情、自己爱的神经的圣洁倩影，这脱俗般的倩影，让梁大伟无法抗拒……

今天是韩晴来公司后整整一个月的第三十一天。

梁大伟签收过韩晴递来的一份材料，韩晴像往常一样，轻轻说了一声"梁总再见"，便转身离开了老总办公室。

然而就在韩晴转身将要离去的那一刻，韩晴的周围像是突然散射出一股像蓝色的激光一般、无形而又绝对巨大的吸力。也就在这一刻，梁大伟清晰地看见，自己的那颗滚烫的心，一路跳动着，被韩晴的背影活脱脱扯走了……

韩晴，那美得摄魂摄魄的背影，在蔚蓝色的时空里，飞速而行。

梁大伟看见自己的那颗心快速追了上去。与此同时，自己的灵魂连忙伸手去抓，却没能抓得住那颗仿佛已经失去自我、不再认识自己的心。

梁大伟看得清清楚楚：心，那原本属于自己的却又失去自控的鲜红鲜红的心，一直追随着韩晴的美丽背影，先是险些撞到一棵长在路旁的歪脖子大树上，而后又差点没撞到一块冰冷的花岗石上，紧接着又差点撞到迎面驶来的一辆大货车上……但它还是被吸引着，义无反顾朝那魔幻般的背影飞去……

梁大伟原本理智的心，因为这个要命的女子，就这样无可挽回地背叛了梁大伟……

一刻钟后，走出幻觉，神志恢复正常的梁总，清楚地意识到：爱情，是最能让人头脑发昏失去理智的迷魂药！他还意识到，人爱一个人，有时任何的理智和精神约束都对其毫无作用！他还意识到，当一种迷人的爱情向你突然袭来的时候，你会发现，这期间既不需要任何的理由，更不可能有任何让你反应和思考的过程和余地。

梁总明白，自己这是陷入了可怕的、无药可救不可自拔的爱的灾难之中……

鱼
3

朦朦胧胧中，梁总发现一条粉色的、温顺的小鳟鱼儿在清澈的溪水里，悠然地缓缓游动着。

梁大伟蹲在鱼儿游动的溪边。身边的草地像彩色地毯，白云在天上飘，远处的湖边有一棵仿佛在思考着人生与万物哲学的千年古树，湖面波光粼粼，四周一片宁静。

大伟相信，在这仿佛超乎尘上的寂静时空里，除了上帝，只有他梁大伟的幻想和水里的悠然小鳟鱼……

大伟凝神地望着溪水中的小鳟鱼，仿佛忘记了天地间的一切。他望着鱼儿那悠然摆动和散发着青春气息的身体，望着她在水中悠然自得的神情，望着她那有节律轻轻翕动着的美丽鱼鳃，还有那同样望着他不时轻轻眨动一下的眼睛……梁总突然觉得，这鱼儿绝对有灵性，而且那神情俨然像是早就认识自己似的……

正这么想着，小鳟鱼儿突然在水中打个漂亮的挺立，随即钻出了粼粼水面。

梁总发现，出水后的小鳟鱼，瞬间变成了一位肌肤雪白、亭亭玉立的鱼鳞泳装少女。再仔细看，发现这少女竟然是自己的秘书韩晴……

4

周围飘着野花芳香的宁静的空气，突然间变成了温馨的、梦幻般的淡蓝色，恍如诗意曼妙的仲夏月色。

幻觉般的朦胧之中，清纯得如同月亮仙子一般的韩晴，微笑着站在了梁总的面前……

仿佛处在迷醉状态的梁大伟轻声道：韩晴，你可知道，这些日子里，我多想告诉你，我是怎样的爱慕你！我真的很爱很爱你！是那种无法规劝我自己、说服我灵魂的爱恋！

一向不苟言笑的韩晴，只是微微笑了笑，却不答话。

韩晴，你可知道我是如此地倾慕你，可是你绝对要相信我，我的这种倾慕和爱恋是人世间最纯粹、最神圣、最美好的！我不会伤害你，永远不会！

韩晴静静望着大伟。大伟等待她的回答，可让大伟失望的是，韩晴像是没听见一般，不但没有回答，而且连此前的那份微笑，也开始从她的眉宇之间渐渐隐去了。

韩晴，我真心地告诉你，我多想抱抱你！你可知道，我在梦里不止一次地拥抱过你！我梦想着拥有能够和你共枕同眠的千金一刻——不因为别的，我是想要那样亲近地面对你，看看你，好好看看你，屏息听听你的甜美的呼吸，但你一定相信我，我不会伤害你、亵渎你，永远不会……

韩晴依旧冰冷地望着大伟。大伟从这样令人难以置信的、毫无表情的冰冷表情里，实在看不出哪怕一丁点的意思。他不知道此时此刻的韩晴心里到底在想什么？大伟感到沮丧甚至绝望。他在想，这个世界，怎么竟会有如此冷静乃至冰冷奇特的女子呢？

终于，韩晴的嘴唇微微动了一下，但最终还是没说出半个字，她轻轻别过脸去，笑容随即消失殆尽，变成了地地道道的"冰清玉洁"的冰雪美人。随即，那大颗大颗的泪珠夺眶而出，顺着两腮滚落下来。那泪珠尚未落地，已经变成了一串晶莹剔透的冰凌……

见此情景，因沮丧而变得痛苦的大伟，无奈地轻轻说了声：韩晴，真的对不起，恳请你，就当我什么都没说吧。然后他真的就不再说一句话。

在彼此的沉默中，梁总突然意识到：自己竟是如此的没有尊严、有失本分！他意识到自己今天所有的言行所为，这对于上苍仿佛为守本分、为守规矩、为守一切人性的条条框框而专门派往人间的圣洁女子韩晴来说，自然是她无法面对的——人世间，像那位"仁慈上帝送来的最后一份礼物"红颜一样的超凡脱俗的生命，毕竟是少之又少极其罕见的个别……

可是，不知什么时候，梁大伟发现，在清清溪边缀满鲜花的彩色草地上，在飘动着柔絮般洁白云朵的蓝天下，他和韩晴竟然天当被、地当床，一同席地而眠——

他确信，此刻韩晴离自己很近很近，她就在自己的身边。

梁大伟深情望着韩晴如若桃花般的脸庞，他终于听到了韩晴美丽的呼吸，听到了她伴随着周身血液流动的青春心跳，他闻到了她浑身上下充溢和散发着鲜花般芳香的清纯气息，他从韩晴美丽的瞳仁中看到了那个无比幸福的自己……

韩晴笑盈盈，让大伟轻轻抚摸着自己俊美的脸庞和红润的嘴唇，还有那冰清玉洁、秀美无比的玉体肌肤——如此迷人的形体，是梁大伟从未见过的——身着粉色鱼鳞泳装的她，俨然是来自另一个世界的、旷世绝代的美人鱼……

梁总醒了，发现这美妙得令人沉醉的一切，原来是南柯梦幻一场。

火刑

5

这是个天气晴朗的周末下午。

一刻钟前，梁总与一家公司的老总刚刚谈完一桩材料供需的大数额生意。一切进行得十分顺利——洽谈结果让双方都感到满意。

此刻，梁总惬意地坐在自己阔大的办公桌前。从手边的红木烟盒里取出一支加长万宝路，随手拿起打火机，迟疑了一下，却又放下，换了一旁的火柴。梁总认认真真地取出一根做工精致的火柴，望着绿色的火柴头，足足凝视了有一分钟，然后眼睛盯着，像是要做一件顶严肃顶重要的事情，将火柴头在火柴盒一侧棕红色的硫黄纸上认认真真又小心翼翼划了一下，"扑哧——"火柴着了。

望着无声无息燃烧着的小火苗，梁总在想，这火柴从开始燃烧到最后熄灭，不过短暂一刻，而这短暂一刻却就是这根火柴的整整一生。比起这火柴来，人的一生实在是堪称漫长又漫长了。拥有漫长的人生无疑是美好的——前提是，如果这人生没有太多烦心、苦闷、痛苦和不幸的话。看看这火柴，刚刚燃烧便转瞬即逝，他不会有太多烦心的事，而对于很多人来说，漫长人生，有一大半都要在无奈和痛苦的折磨中度过……

这样想着，大伟发现火柴即将燃至根部，手指都有点灼痛了，于是急忙点燃了夹在指间的万宝路——许久以来，大伟很少有过这样"胡思乱想"的闲情逸致了。

梁总深深吸了一口烟。在眼前缓缓流动和渐渐淡化的缥缈烟云中，他静静闭上眼睛，想要自己好好休息一阵。此时此刻，他能感受到自己的脉动，听见自己心跳的声音——他知道，这是自己身心最惬意、心情最平静的时候。

6

没错，大伟的心情的确前所未有地进入了一种平静安宁的状态。然而，这样的平静竟是如此的短暂——没过两分钟，俨然就像着了魔一般——梁总的大脑屏幕上，突然出现了让他惊魂、令他痛苦的海市蜃楼般的恐怖幻景——

读到这里，你也许已经意识到了，将要发生的一切定与此前折磨他的"心梗"有关——唉，一个被梦幻般的虚无之爱折磨得心神不宁极度痛苦，几近精神分裂的梁——大——伟……

那屏幕上，大伟清晰地看到，处在睡梦中的自己，正躺在自家别墅二楼卧室的那张席梦思上。此时此刻，被莫名其妙放大了数倍的整个心房，红色的火焰正在其间燃烧。

他看见处在睡梦中的那个自己轻轻翻了个身，开始仰面朝天。

顷刻间，那燃烧着的心火，从胸口窜了出来！于是，床的四周燃起一圈火苗，火苗越燃越旺，瞬间围着卧床形成四边形的熊熊火墙，将那个梦中的他紧紧困在中间，然而熟睡中的他却毫不知晓。

很快，他发现整个房间里到处都是火，各种家具一起燃烧起来了。没多久，整座别墅全都燃烧起来，变成了火海一片！

看着如此惊心和惨烈的一幕，痛苦的大伟觉得自己的周身有种被彻底烤焦的感觉。他用双手紧紧抓着自己的胸口，悲伤地放声痛哭起来。

极度痛苦的泪眼中，大伟看见自己的那个躯体从火焰中慢慢悬浮起来，随即停留在半空中，任凭疯狂的火焰肆无忌惮地吞噬燃烧——大伟，眼看着整个的自己，将要在这可怕无比的熊熊烈火中化为了灰烬……而就在这一刻，惊魂未定的大伟，看到了自己更加难以置信的一幕——

只见自己那身陷烈火中的灵魂，从燃烧着的躯体中脱壳而出，升腾到高高的空中，于蓝天白云的映衬之下，那灵魂熠熠生辉，散射出耀眼的光芒。

转瞬之间，那散着金光的、美丽的灵魂，飘然飞到大伟怀中——泪流满面的大伟，如同拥抱久别的神明那样，深情抱着自己经受过烈火洗礼而获得新生的灵魂——他们瞬间合而为一，一同默默望着那越烧越旺的熊熊火焰。

望着自己那正在燃烧殆尽的躯体，梁大伟在心中轻轻问自己：烈火中的那个躯体是我自己吗？

梦，在窗里窗外

为美的人生态度，审美的人生境界
——只要上帝首肯，今生不将改变
——吴亦非

引子

某年仲夏，一个雨后天晴风和日丽的日子，我的无话不说的好友、东方影视传媒大学的学者兼知名影视编剧吴亦非君，特意约我一道，驱车前往位于月亮峡大河风景区西端的玉溪岛游玩品茗。期间，亦非给我讲述了一个有关他自己的、让我惊讶无比甚至令我难以置信的"绝密经历"。但看着他那副一本正经的样子，你却不得不相信：亦非所讲的一切，的确不像是假的。

下面便是亦非君讲给我的"故事"——

1

几年前，初秋时节的某一天，一年一度的新生入学日。

在南校区通往 6 号教学楼 B 座的梧桐林荫道上，迎面走来三位清新美丽的女子，神态形貌犹如意大利文艺复兴大师波提切利笔下的"春天三美神"。尤其是走在中间身着希腊少女裙、身材显得高挑修长的那位，神情异常的优雅、端庄和平静，如若夏日清晨出水的芙蓉仙子。

三位少女，笑盈盈，轻声说着什么，从亦非的身边飘逸而过。

三位女子走过去了，但她们的神情步态却不寻常地留在了亦非脑海的视野中——因为他怎么都觉得：这三位女子的神情有些熟悉或甚是熟悉，熟悉到让他觉得此前好像曾在哪里见到过。

没错——被激活的记忆让他突然想起来了，而且一切都是那样的具体和清晰：几年前，也是这般神情步态的三位女子——不，他完全可以肯定，正是这三位女子，和眼下一模一样的衣着，一模一样的神情步态，而且也正是在如同眼下一模一样的林荫画面里，从他的梦中飘逸而过。所不同的是，当时梦境中的她们，都是他通过眼前的一扇窗户，一扇装有厚厚玻璃的、阔大的窗户里看到的……

真是太神奇了。就在林荫道上遇见三位少女的当天晚上，回到自己的"太阳房"居室，心情难以平静的亦非，好久难以入眠。后来，好不容易睡着了，却即刻做了一个让他自己都觉得难以置信的梦——当天上午林荫道上的"奇遇"，再次清晰地出现在他的梦里。不过，这一次他梦见的不再是三位女子，而是身着希腊少女裙走在中间的那位——身材高挑、神情端庄、平静而美丽得如同女神一般的那位……

好奇怪啊！梦里的一切，依然是数年前"曾经梦里"的那扇窗户，那扇阔大而又隔着厚厚玻璃的窗户。

窗户的外面，是大片青翠欲滴的、挂满露珠的草坪。阳光洒在露珠上面，满眼的晶莹剔透。草坪的远处，是一大片边缘呈大 S 流线型梧桐掩映的、梦幻般的林荫，显得苍翠蓊郁而宁静。

那女子，身着洁白的长裙，从柔软如若绿色地毯的草坪上，轻盈走过。因为隔着玻璃，一切都是那样的宁静无声，如若飘然漫步于太空之中，没有半点声音。女子的神情依然是那样的高贵优雅，如若波提切利笔下的美神……有一阵，亦非迷迷糊糊、似睡非睡地好像从梦中醒来了，可是不久又昏昏睡去，再次笼罩在魂牵梦绕的云雾之中。结果，同样的情景，如同电视连续剧一般，依然在梦中延续……醒来后，梦中神奇和令人惊异的一切，让亦非感到一种绝对的难以置信和无法解释。

2

新生开学后的第一节"影视编导基础知识"课，正好是亦非的。

让他没有想到的是，走进课堂，一眼看见那三位女子竟然全都坐在他的课堂——没错，她们都是影视传媒学院的学生，而且三位全都是影视编导专业的。

正如你猜测的那样——此时此刻，亦非心头的一份好奇，便是很想要知道她们，不，是想要知道那位在梦中令他心动女子的名字。从手头的学生名册上得知，三人中深深撞击了亦非的神经和引他注意的"那位"，名叫宋美莹。

不知道为什么，就在课堂上看到三位女孩的一瞬间，一个执拗的念头，先入为主地在亦非的脑际明晰地跳了出来：凡是模样生得漂亮的女孩，从来就没有几个是爱学习的材料。看看她们，尤其是坐在右边、神情端庄漂亮的那位美莹，更是让亦非觉得，绝不可能是一个爱学习的学生。或许，让她去做美术学院的油画或雕塑模特更为合适——亦非当时这样想。

然而，后来的事实，给了亦非一个彻底颠覆性的回答。

那是第二学期，一次有关一个风格新颖的影视剧本之精彩片段的分析、设计的作业。正是这个叫美莹的学生，她的那份作业完成得极为出色，出色得完全出乎了亦非的意料：她不仅条理思路明晰，文采出色，设计观念新颖而富于艺术想象，而且写得一手非同寻常的好字——那是完全可以称得上漂亮和灵秀的硬笔书法。殊不知，在人类大量使用电脑的今天，已经很少有人如此钟情于书法艺术了。

可以说，就在那一瞬间，亦非对这位叫"美莹"的靓丽女子的印象彻底改变——是的，他没有想到，世上竟然就会有这样容貌和才情俱佳，表里如一的美丽女子。

可是无论如何，有相当一段时间，让亦非不得其解的是：他发现美莹平日里很少笑过，甚至平时都不怎么听得见她大声说话。她给亦非的印象是：她的笑容是那样的难得和珍贵——要让她大笑或大声讲话，恐怕不是一件容易的事情，大有"一笑值千金"的味道。她始终所表现出的那份仿佛天生不苟言笑的安静——异常的冰清玉洁的安静，是亦非从来没有见过的。

亦非甚至不由得这样想：看来，这个看上去超凡脱俗的美莹，会不会是虽有智商但却缺乏情商的那种女孩呢？假如真是这样，那对一个从事影视编导的学生来说，是不太适合的。可是转念一想，他又觉得自己的疑虑是多余的，这个美莹根本不可能缺乏情商，因为一个缺乏情商的人，根本不可能有他在其"作品"中所看到的那番出奇美妙的创作内涵和情境。于是，他不得不即刻推翻自己的判断，甚至对自己冒出这样的念头而感到厌恶；于是，他发现自己有生第一次竟然会这么"读不懂"一个人，或者说遇到了这样一位让他既觉得好奇又想品读，却又偏偏让他发现"读不懂"的女子……

不知为什么，有一阵，亦非心里开始莫名其妙地生出一种连他自己都说不清楚的"妒忌"。他在心里暗暗称她"冰雪公主""冷美人"——他甚至有点想说她是不讨人喜欢的"冷血美人"。但他又很快扔掉了这个让他厌恶至极的念头，因为他一向最见不得传说中那只"吃不上葡萄的狐狸"，甚至他觉得自己好像就是那"吃不到葡萄的家伙"。没错，在他的潜意识中，他发现不知从什么时候开始，自己心头已经悄悄生发出一种强烈感觉——一种根本舍不得也根本不允许这样说"她"的偏执的感觉。

3

后来他发现，其实从见到美莹的最初一刻开始，自己心里已经悄悄地、深深地喜欢上她了，而且这种感情似乎还在与日俱增。

再后来，于经意和不经意间，他陆续发现了美莹的许多牵动着他的心思，令他的心神流连忘返的"清纯丽质"——她的优美琴声，她的潜在的诗情，她的隐藏在宁静外表后面的迷人的优雅气质，还有她那份像是被清泉荡涤过的、纯洁和脱俗般的天然性情……事实让亦非意识到：这个美莹，是他平生见过的少有的美丽过人的才情女子。

就像是冥冥之中什么力量"有所指使"一样，美莹此后几次三番地不断出现在亦非的梦中——

这是一个月明星稀的夜晚，亦非又做一梦。他梦见自己身居遥远的天际一座美丽宁静的天然森林公园里。其间一颗硕大无朋的、让亦非叫不出名来的参天大树，树枝上垂下无数的、即将垂落和亲吻到宁静湖面的绿色藤蔓。藤蔓上结满了美丽的淡蓝和洁白的小花，花香四溢，百米之外都能闻得见。就是在这座园子里，亦非看得见，梦中的"冰雪丽人"就亭亭玉立在那棵临湖的大树旁，在硕大树冠的浓荫庇护下，悠然地抚弄着自己手里的乐器。那梦幻般如若天籁的旋律，夹杂着花香的芬芳，慢慢散开，飘向四野，而后缥缈着蔓延着，像是有生命和性灵的、美和爱的精灵一般，时浓时淡地缭绕在亦非的四周，直至最终彻底裹挟了他整个的身心……

又一次，亦非梦见"冰雪公主"站在一块硕大的石头上。那石头，既像是哥本哈根海边鱼美人坐下的那块石头，又好似亦非在南国某处所看到南海明珠女神足下的那块。周围的暮色是温馨的淡蓝色。"冰雪丽人"站在那里，双手合十，清澈美丽的眸子仰望苍穹，仿佛一位正在歌唱的、抑或是在倾听伊甸园诗歌芳香的芙蓉仙子。那一刻，在亦非的眼里，除了冰雪公主，他仿佛觉得整个宇宙都处于空无一人的芳香与温馨之中。正是在这般的梦幻与温馨之中，七彩花雨突然从深邃而宁静的夜空天幕中飘然而下，脚下的绿色大地，因美丽的花雨而变得生机无限，直至花雨和大地的激情将亦非从美轮美奂的梦境中唤醒……

但让亦非始终百思不得其解的是：每次梦中，他都是只能待在同一个神秘的地方——那座封闭的空房子里。他只能通过那扇巨大的窗户看到外面的景致——厚厚的玻璃隔断了外面的一切，虽说看得见，但他们却分明是在两个世界里，甚至连对方的声音都听不到。他只能通过自己的眼睛遥看玻璃外面的世界，甚至穿越和凝视对方的内心深处……

4

影片《梦回泸沽湖》的成功上映，让编剧吴亦非步入事业和人生的一个崭新的阶段。

影片上映的新闻发布会后，应粉丝们的强烈要求，亦非被特别安排在自己所在的大学举办了一场围绕《梦回泸沽湖》艺术创作的大型讲座。影片令人神往的故事以及作品的创作过程、艺术家的人生经历等等，令在场的听众粉丝们如痴如醉。

尽管有坐满整座学术大厅的各色热情听众，但从数百上千的听众席上，亦非还是即刻发现了她最想要看到的那个人。是的，她就在那里，静静地坐在那里。这天的冰雪丽人，起初让亦非所看到的，依然是往日那副他所熟悉不过的、宁静而冰清玉洁的表情。这表情虽美，但总是让你觉得她不像是在聆听亦非的演讲，而像是在审听一位艺术家创作和艺术生人答辩的陈述。

然而，随着时间一分一秒的推移，冰雪丽人的神情在悄悄发生着让亦非感到从未有过的变化，直至让亦非在她秀丽的眉宇之间，看到了仿佛春天降临的一汪沁人心脾的清泉……这温馨美丽的、属于春天的清泉，从亦非的心田流过，让他的心顿时急速地跳动起来……

讲座结束的一刻，雷鸣般的热烈掌声充满了整座大厅。亦非起立向听众们款款致意的瞬间，不由自主地朝他最想看的席位瞟了一眼。他发现美莹的脸上露出了一种美得令人心动的、属于亦非这一刻想要看到或者渴望看到的笑容——那是多么动人而珍贵的微笑啊！虽说这微笑依然有些"轻微"，有如蒙娜丽莎的那般神情，但在亦非的心中，这无疑是无限美丽和让他激动不已的。

亦非没有想到，就在他接受学生和粉丝献花的那一刻，他心中的冰雪丽人多么希望，那花该是由她献给亦非的——这从他后来收到的她的一条短信得以证实："那天最美的一束花该当是我献给你的。或者说，那一刻，在我的心中，我已经将一支玫瑰悄悄献给了你……"

就是从这个时候开始，静静的美莹，冰清玉洁地成了他的粉丝之一，虽说他知道这一切是后来的事情。

"能给我一帧你的照片吗？"——大约是影片上映一个月之后的一天，一个偶然的交流机会，终于让亦非借机大胆地向心中的"冰雪美人"提出了这个像兔子一样不停跳动在心头的、看似寻常却有着特殊美丽含义的希求。话说出口了，亦非这才觉得自己的语气和表情，竟然是那样的别扭和不自在。

美莹抬眼看了亦非一眼，微微笑了笑，笑得十分"含蓄"，紧闭的嘴唇动了动，许久才说出一句："我没有什么好看的照片"。这让亦非多少有点难堪。他只觉得此前好不容易获得的那份感觉重又退回到原地了。心想，这位女子真是有点太令人费解了。随即，她竟然拿一句别的毫无关系的话绕过了亦非的请求。那天，直至临别，她始终都没有再向亦非提及此事，就像是对方什么都没有说过一样，这让亦非感到她的确有点过分了。离别之时，望着"冰雪丽人"款款离去的背影，亦非只觉得自己做了一件特别没趣的事情，而这样感觉不顺畅和没滋没味的事情，在亦非漫长的记忆中，几乎从来不曾有过……

然而，几天后的一个上午，美莹突然"特意"给亦非赠书一本，同时还携带着一份清新美丽的微笑，给了他一小盒"费丽罗"巧克力。毫无疑问，无论是书还是巧克力，都给亦非带来一份出乎意料的温馨和感动。以至于多少日子过去了，他始终舍不得打开那盒巧克力——他觉得那是不可以随便吃掉的珍贵稀奇之物。也是从这个时候开始，他喜欢上了"费丽罗"这个品牌——那是真正的爱屋及乌。

美莹送给他的书，那是一本日本著名电影大师黑泽明谈电影艺术创作的经典之作。她说是自己前天逛书店时发现的。如上所说，递给他书的一刻，她抬眼望着亦非，嘴唇和眉宇间露出一种美得无以言述的微笑。在亦非的记忆中，这个美莹可是很少这样注视过别人，更别说轻易舍得把如此清新美丽的笑容投送给他人……

美莹离开后，亦非打开书，发现书内藏有一帧照片。

那是一幅纯情和漂亮得让亦非一时难以用语言形容的、地地道道的"美人玉照"。在那仿佛专心注视着你、可以望穿你灵魂每个角落的眼神中，流露出一种摄人心魄的情思和魅力。那份不同寻常的美丽、漂亮和清新、高贵，超过了当下众多被精心包装和打扮过的影视明星。

那一刻，亦非大有一种不敢盯着照片多看一眼的感觉——甚至哪怕只是多看一秒钟。他清晰地听见了自己那不受管束的心跳。他突然觉得自己有点累，随之轻轻闭上好似疲惫异常的眼睛……随照片附有一个小纸条，上面写道："哈哈，我自己用手机拍摄于一个不可以告诉你的地方——别笑话，不为别的，只因为那里的光线是那样的柔和……"

亦非呆呆地反复看了好几遍这个只有一句话的纸条，一种清纯甘露一般的甜美从他的心头漫过，他觉得自己心中的这个"冰雪丽人"不仅奇妙而且有趣。不知为什么，就在这一刻，他心头突然生出一种期望，他希望他的冰雪丽人就这样，永远为他保存一份朦朦胧胧、诗意美丽的神秘……

5

亦非发现，有了这幅美丽动人的玉照真好。因为这之后，每当心头因某种莫名的烦躁而显得焦虑之时，只要凝神望着眼前的照片，只要看见她那美神一般的眸子和优雅神情，心头的焦虑就会缓解许多，乃至无声无息地烟消云散。

每当望着美得无法用语言形容的玉照的一刻，亦非的心便会剧烈地跳动。他按捺不住这份充满美丽激情的跳动，于是提笔给她写了一封十分动情，但至今却也没有发出去的书信。其中有这么一段：

……

美莹，这世上，除了人还是人，可是除了你，我却几乎看不见别的人——没有你，我眼中的宇宙大千是空洞和清冷的。

人喜欢人，人爱人，可以有理由，也可以没有理由或者看似没有理由。然而这种看似没有理由的背后，恐怕是比任何理由都深刻和永恒的理由——那属于伟大而不朽的人性的永恒真理……

我相信缘分，也看中缘分，看中人世间的一切缘分。今生今世遇见清新美丽的你，仿佛是我心路历程中一桩最大的痛苦、错误和不该有的虚幻梦想——我觉得这是我时常想到的缪斯女神跟我开的一个恶作剧的、戏弄我的玩笑。但我相信，这痛苦，这错误以及这不该有的虚幻梦想，也是我注定的缘分。因了这份缘分，我知道，你是我今生注定要珍藏在灵魂深处的情和爱的蓝宝石，是我精神和情感夜空中的一颗遥远而靓丽的星辰，是我心灵和生命的美丽呼吸……

人生路上，有人离我很近很近，他们让我的人生从此充满无比的清新和诗意，让我的生命散射出美丽和灿烂的光华。也有人想要离我很近，但我的心却极端排斥，想在乎都没法在乎。于是这样的人就没法离我很近，哪怕近那么一点点，最终只能无言又无奈地消失在我生命记忆的漫漫烟尘之中……

风和日丽的日子出现在我眼前的你，是个多么与众不同的例外啊！因为我的心灵是那样地在乎和依恋你。而你，有时候又是那样的缥缈，仿佛我精神世界一个虚幻的存在，甚至有种让我感到痛苦的淡然、漠然乃至绝然，就像我绝然于他人。我知道，你不可能，也不愿离我更近些，于是，一层无形的却又坚实无比的厚厚的玻璃墙，替你将我和我的梦想挡在外面，让你永远停留在不远不近的"中间地带"。

美莹，你可知道，这中间地带就像是精神和情感世界的真空地带，最终成了我精神世界里一个只能看得见的、属于梦的虚无世界。人生若有来世，我一定要和你生长在遥远天际那同一片林子里……

不过，我又这样想：人的一生中，上帝能让你拥有一个永远离你不远不近的、虽欺骗着却又让你感到幸福的美丽梦幻，也许这也是人生的另一种幸福吧，你说呢？

……

6

就是从写了信的那一刻开始，亦非的心里产生了一个无比强烈的、让他自己无法管束的愿望——他多么期望能够有机会深深地拥抱她，哪怕今生只有那么珍贵的一瞬……

再后来，某年 6 月的一个周末，在自己的玻璃太阳房中，亦非又做了一个梦。奇异无比的梦里，他发现自己变成了牧神——神情和气质犹如清新无限的太阳神阿波罗一样的一位"牧神"。

梦中，他的"冰雪丽人"朝他轻盈走来。可是，一切似乎又有点像过去一样——在她的眉宇之间，一时看不到曾让他心动的那份温情又美丽的笑容，这让他的心中不免感到不安……

梦中，他们在一个由青翠欲滴的绿色藤蔓围起来的、异常优雅而宁静的地方品茗。一切仿佛不在当下人间……

记不得因为何故，梦中，他们深深地拥抱了，而且那一刻的冰雪丽人，突然变得前所未有的美丽温情。亦非只觉得自己飘飘然，如坠幸福的云里梦里……那一刻，他觉得对方的整个血液开始在自己的身体里流淌，他已经无法分得清彼此……

拥抱她的那一刻，他的因陶醉而梦幻般驰骋的心灵，让他像感受一部净化他灵魂的无声电影一般，感受到了世间的一切美好——最美的山，最美的水，馨香四溢的鲜花，绿色的草地，蓊郁的森林、无际的原野，还有让人不知道是幸福还是痛苦的歌声、琴声……一切就像用了万千蜜糖酿成的美酒。这美酒，变成清澈的溪流，从他的心中缓缓流过……这个叫亦非的人，他仿佛看到了那个属于上帝的无限抒情的伊甸园……

深情拥抱着自己心中的"冰雪丽人"，轻轻抚摸着她瀑布一般迷人的秀发，呼吸着她身上散发出来的、淡淡而又沁心的青春芳香，亦非用轻得几乎听不见的声音告诉美莹："亲爱的美莹，拥抱着你，我觉得自己整个的灵魂全都融化和浇灌到你的身心去了……"亦非能感觉得到，听到这话的美莹，情不自禁地将搂着他的一双纤纤玉手，温柔地在他的背部下意识地往紧拢了拢……

他们拥抱了整整二十九分五十九秒，而不是他曾经奢望和幻想的"一瞬"。随后他轻声告诉她："美莹，你可知道，这一刻，我可是拥抱你拥抱了一万八千年，因为我们在一起，如此相拥的每一秒钟，珍贵如若十年、百年……"

轻轻捧着、端详着她那如若梦神一般、美丽得令人眩晕和沉醉的脸庞，亦非终于忍不住轻声道："美莹，你，你可知道，我多想亲亲你啊……"声音轻轻，微弱到几乎听不见。然就在这句话刚刚出口而话音未落的一瞬间，美莹就像是被亦非双手从水里捧到的一条美丽的虹鳟鱼一样，在一秒钟都不到的那一瞬间，滑落了——是的，听了这话的美莹，就像是空气一样，突然间无声无息地从亦非的怀抱里蒸发了，即刻消失得无影无踪，不见了身影……

梦中的亦非突然被意想不到的失落惊醒。

梦中醒来的他，发现自己躺在玻璃太阳房的沙发上，湿漉漉的汗珠挂在他的额角——这才知道，适才的一切，原来是一场黄粱白日梦……

然而让他震惊不已的是：眼前的茶几上，真真切切，的确摆放着那两只晶莹剔透的水晶茶杯，杯中盛着上品香茗，茶烟袅袅、香气四溢。他情不自禁地用手抹了抹，发现杯体竟然还是温热的……

亦非立即从沙发上翻起身来，找遍屋子的每个角落。可是，除了他，屋子里没有第二个人。

就是从这一刻开始，亦非相信，只要心诚，冥冥之中的一切都会实现。他执拗地认为，梦里，美莹的确来过……

也就是这样的一个经历——一个梦中的经历，让他觉得，自己是这个世界上最幸福的人。因为他在梦中拥抱了这个世界上胜过一切美丽与幻想的人——他的"冰雪美人"，他心中的梦神"阿芙洛蒂德……"

可是，幸福过后，随即像洪水一样漫过他心头的，却是令他窒息的寂寥与痛苦。

寂寥与痛苦中的亦非，将他的冰雪丽人——阿芙洛蒂德的照片拿出来，摆在眼前。望着照片上那双美丽的眸子，就像是要望穿对方的五脏六腑，望穿她的灵魂一般，深情凝视良久。那一刻，他突然有种奢望般的幻觉——只要对着照片上的美莹轻轻呼唤一声，她就会从照片上走出来……这样想着，将照片轻轻捧在手心，闭上眼睛，温情无限地吻了又吻，随即将它紧紧贴在心口，泪水随之夺眶而出，一种巨大的痛苦铺天盖地向他覆盖而来……

过了许久，当心情渐渐平静下来之后，亦非在照片的背面写下了这样一行拼音——

"shengmingzhongdeyingsuhua，wojinshengjinshideaihetongku！"

……

尾声

"那后来呢？"我问亦非。

"我把那两个杯子里的茶叶折合在一起，晾干，用一块洁白的丝绸包裹起来，永久地收藏起来了。"

哈哈，好一个人世间难得的情痴！

再后来，我去亦非的太阳房品茗聊天，他拿出收藏的茶叶给我看——那"珍贵的"茶叶被收藏在一个极其精致的景泰蓝小盒子里。同时，他还让我看到了他"金屋藏娇"的冰雪丽人玉照。毫不夸张地说，照片上的女子，的确犹如亦非所描述的那样，堪称倾城之色或有过之而无不及。这样一位冰雪丽人，任何一个男人看了恐怕都难免心动。照片背面的一行"字"（字母），不无幽默的亦非一本正经地说是英文，我看了一眼，差点忍不住笑出声来，因为那根本不是英文，而是一句直截了当的汉语拼音——要不，你仔细拼拼看：

"shengmingzhongdeyingsuhua，wojinshengjinshideaihetongku！"

"生命中的罂粟花，我今生今世的爱和痛苦！"——当时，我瞅瞅亦非的表情，没敢笑话他，因为我感觉得到，那一刻，如果我笑话他，便是对朋友一番圣洁感情的亵渎。作为亦非的好友，起初我都难以理解，他，为什么要将自己如此钟情和爱恋的梦中女子心中美神，形容成这样一种"花"？但转念一想，或许只有这样的形容，才是对心头那份一往情深又无以言表的感情的最深刻、最准确、最绝妙的极致表达！

唉，亦非呀，我懂得你的心……

离开他的太阳房，我的心里有个声音在明白无误地告诉我：亦非那番有关梦的故事，还有他梦里的一切，肯定是真的。

冰雪之吻

深深亲吻她的那一刻，亦非只觉得自己的内心
整个变成了一片被火山熔化的岩浆。
他渴望就近有一片南极般的雪原，
让他敞开自己炽热的胸口，
匍匐在那洁白的冰天雪地……
——题记

1

一年一度的泸沽湖国际旅游节。

影片《梦回泸沽湖》上演的巨大成功，给泸沽湖原本已经不断呈升温趋势的旅游事业再次锦上添彩、大增人气。作为《梦回泸沽湖》的编剧，吴亦非成了旅游节的特别引人瞩目的嘉宾，受到格外热情的盛情邀请。而作为他的好友，我又被亦非特意相约一同前往。

我当时手头本来有要紧的事要做，客观地讲根本去不了的。可结果，我根本拗不过他——亦非连挖苦带讽刺，逼着我一定要陪着他前往。看他那副架势，我知道我必须得去。亦非还特别一脸正色地告诉我说：这次去了，他要告诉一个我肯定特别想知道的、他最为重大的秘密……

见是如此状况，作为他最好的朋友知己，我知道自己不仅必须去，而且真是应该去。

2

仲夏时分，也是泸沽湖最美的季节。前一天夜里下过一场不大不小的雨。雨过天晴的泸沽湖景区，天空一片瓦蓝，空气清新得令人陶醉。四周的景色美得让你觉得自己这是置身于人间天堂。

白天节日的喧嚣过后，夜幕降临的泸沽湖边，更是一派往日难得的如诗如梦景致。美丽的泸沽湖，在这样一个仿佛为她着意妆扮做嫁的夜晚，犹如温柔多情的摩梭少女一般，显得如此的美丽动人，温馨得如同梦幻一般。

看看，那边盛大的篝火晚会正在进行。忘情的游人和沉醉在爱的喜悦中的一对对恋人们，正在围着篝火而欢歌起舞。此时此刻，人生的一切幸福和情爱荡漾在他们的心头，心头的一切美丽和欢乐洋溢在他们的脸上。啊，时光啊，要是能在此时此刻就此悄悄停下脚步，那该多好啊……

在这篝火伴着曼妙舞姿、歌声荡人心扉的月明星稀的夜晚，亦非和我并肩漫步在如梦似幻的泸沽湖畔……

听着来自林间的、像是轻轻说着甜美的情话的轻轻鸟鸣，大自然顿时显出一份从未有过的甜美、温馨、宁谧与神圣。望着洒在湖面的月光，还有不时嬉戏跃出水面的鱼儿溅起的银色水花，亦非像是沉浸在美丽的回忆和幻想之中。朦胧月光下，亦非脸上透射出的那副动人的神情，是往日我很少见过的。

亦非许久都不说一句话。就这样静默着，沿着湖畔漫步而行，让我依着他的心思，同样默然陪着他从湖边静静走过。

最后，终于走到一片宁静的树林边。月光下，这是一块极美、极富诗意的地方。在这片如同彩色地毯一般、仿佛能够听到遍地的小花小草温情对话的草地上，亦非示意我坐下。

我们哥俩席地而坐。就是在这里，他为我讲述了他的故事——他永生难忘的冰雪丽人的"冰雪之吻"。

是的，这次不再是在虚幻的"梦中"，而是一个真实的故事。

看看，现实中的那个"冰雪丽人"，何时何故，再次来到亦非的世界……

3

那是七月初的一个清晨。

亦非的手机响了——"冰雪丽人"的电话。这着实有点出乎亦非的意料。

你在哪？——电话那边的美莹轻声问道。

我在郊外碧云山庄。

碧云山庄？在那干嘛呢？

哈哈，和一位红颜知己约会呢。你相信吗？

对方不作回应，且好一阵没有声音。而后又声音轻轻道：我想见见你，有空吗？

现在？

是啊，怎么？不想见啊？

没有没有，欢迎！

那——在哪？

如果你愿意的话，就来碧云山庄，行吗？这儿挺好的。

一个多小时后，身着一袭洁白衣裙的美莹，像一只轻盈的蝴蝶，亦真亦幻，飘然出现在亦非面前。

那一刻的美莹，看上去似乎比以往任何时候更加冰清玉洁，更加端庄美丽。

冥冥之中，亦非只觉得美莹的突然降临，乃爱神的有意安排……

4

亦非对着我说道：我的朋友，我实话告诉你吧，她让我得以在碧云山庄度过那个"美妙时光"，应该说是有原因的——大约在那之前十天，我忍不住告诉了她一件顶要紧的事——有关你创作那篇小说的事。而且按照我的提议，她随后阅读了那篇小说。

亦非边说边朝我苦笑了一下。

啊？你特意让她看，那不是让她起疑心，对号入座吗？

嗨嗨，根本用不着对号入座——我在给她小说之前，直接告诉她，你的小说写的就是我和她——不对，是"我心中的她"的故事，素材是我提供给你的。

我盯着月光下的亦非，望着他的神情，叹口气，一时无语。

望着我，亦非笑了。随后说道：你不想知道她是怎样的反应吗？

说说看，什么反应？

她生气了。

那还用说！肯定的！

肯定的？为什么？

因为小说从来都是要虚构的。你不想想，你提供给我的素材，再加上我的想象和加工，如此一来，小说中的很多东西，她看了不见得认可。既然不认可不满意，生气自然是难免的！

哥们，我可不这样看。你在小说中把她哪一点写不好了？如果真生气，那是她不识抬举，或者说，他根本就不知道，也不懂得，这世上最美丽的感情、最美丽的人生是什么。

你拉倒吧！我看根本就不是那么回事！说不定人家心里就压根没有一丁点的注意和喜欢你！不喜欢你，人家心里就啥都没有，也就根本谈不上什么懂不懂的问题。

我知道，我没有理由让任何人喜欢我。我的意思是：在你那样一个美丽的艺术作品中，她至少应该为那样美丽的感情而有一丝的感动。

人家那么年轻，哪能想得跟你一样——还感动呢，要我看，你那纯属对人家的骚扰。

我的大作家，懂不懂人间真情啊，感情，跟年龄没有太大的关系！如果换了我，恐怕在她十年前都懂得人间如此美丽的真情了——即便是作为旁观者。

哈哈哈，无药可救的情种，那是你，别人可不这样想！

我怎么了，我是这世界上有着最美丽、最真诚感情的人。

哈哈，好了好了，我的风流才子，说说她到底是什么反应？

她没反应——压根就没反应！

没反应，那你怎么说人家生气了？

"没反应"不是比生气更严重吗？

怎么讲？

没反应那说明人家根本就不当回事。而从根本上来讲，她永远不可能懂得我，永远。

我想了想，亦非的话的确不无道理——什么都不说，说明人家心里没这回事，你说的一切，左耳进右耳出，随着空气飘散了……

5

看看，这里，就是令我的朋友亦非销魂而又痛苦的"冰雪之吻"。

亦非毫无掩饰地、尽情地为我描述了让他永生难忘的"惊魂故事"的全部经过……

那天打完电话约摸一个半小时之后，美莹来到亦非正在"面壁静坐、冥想修行"的碧云山庄——这次不再是像曾经的梦里那样"隔着厚厚的玻璃窗"，而是真真切切地站在了自己的面前。

冰清如玉的她，站在那里，望了亦非一眼，而后就把脸轻轻转向一边，不再看他，那神情，像是在等待亦非说话……

随后的所有谈话——正如你所想，基本上全都是亦非忐忑着找到的各种话题。

过了许久，亦非终于找个自己认为合适的机会，望着近在咫尺的冰雪丽人，轻声道：美莹，我今生最大的愿望，就是想紧紧地拥抱你——不只是在梦里……

他的冰雪丽人看了他一眼，没有回答。足足过了八九秒钟，才微微笑着道：你别想着我的回答呀……

亦非知道，这样的神情，这样的话语，便是心的默然许诺。

伴着一阵心的狂跳，亦非上前轻轻握住了美莹的手——冰雪丽人的手，和她整个的人一样，同样是一双冰清玉洁、令人心动不已的纤纤玉手。亦非轻轻地吻了吻这双梦幻般的玉手，随之轻轻拥抱她，就像拥抱一位天使，紧接着便深深地、紧紧地拥抱了她——真真切切，不再是隔着玻璃的梦里……

美莹轻轻闭上了眼睛，可两只手依旧或放松、或僵直地垂落着，整个人就像是一尊既没有任何思想、也没有什么感情的木然雕塑，俨然一副没有一丁点想要迎合对方那份火一样激动和热情的样子。

面对着自己心中的绝代佳人、梦中美神，陷入激情汪洋的亦非，暂时忘记了自己那原本不可一世的尊严——他将美莹深深揽在自己怀里，然后又将她的两手轻轻拢过去，放在他的背后，就这样，算是让她抱着了自己……

此时此刻，一个暂时忘记了一切的亦非……

除了他，世上恐怕再没有如他这样，在自己满心爱恋和倾慕的丽人面前，好像一个完全忘记了自己的虚荣和尊严的男人——当然，在上帝的眼里，这，或许才是真正的、真性情的男人的真性情。

亦非怀里如梦似幻的"冰雪丽人"，此时此刻，就像是一只温柔如水的白鸽子、或者像是一个完全没有自己的思想和意志的顺从者那样，靠在亦非的心口。这让亦非不知道此时此刻的自己，该是觉得幸福还是痛苦。

在亦非的心中，这样一位不同寻常的女子，一位冰雪聪明、清高、脱俗、仿佛纤尘不染的美的化身，一位让亦非近乎偏执地感到神秘和难以接近的、真正冰清玉洁的"冰雪丽人"，此刻则是真实地拥在自己的怀里。亦非觉得自己像是一位获得了真爱的"帝王"——他觉得自己获得的，是一位原本不爱自己的丽妃的爱……想到这里的亦非，他的整个身心，仿佛沉没在了一种如坠云雾的激情与幸福之中……

就在这一刻，于朦胧的幻觉中，亦非的大脑屏幕上出现了音乐诗人舒曼，随之又即刻想到了诗人的绝世佳人克拉拉——那个被另一位真心仰慕她的天才誉为"世间最完美无缺的女性"的克拉拉。噢！是啊，美莹，她多像那个克拉拉啊！就在这一刻，美莹曾送给他的那副令亦非销魂的照片上的她，那双明亮得摄人心魄的眸子，又挡不住地闯入亦非的脑际，浮现在亦非的眼前——照片上，清新得无法言语、美得举世无双的美莹，眉宇间透出的，是一种如同万里无云的蓝天一样清澈明媚的神情和透彻心扉的温馨笑容……

许久，亦非终于忍不住道：亲爱的美莹，你知道，我多想吻你一下。

她没有作声，只是轻轻闭上了眼睛……

对于陶醉在梦中的亦非来说，那是世间绝无仅有的、让他颤动的心灵为之彻底倾倒的芳唇……

亦非感觉得到，被他紧紧拥抱的美莹，她的周身越来越像是发了高烧一般，开始变得滚烫。瀑布一般美丽的秀发，也因这般滚烫而变得潮润起来……

抱着、吻着怀里的"冰雪丽人"，时间在不知不觉中过了足足一个小时……

深深亲吻着美莹的那一刻，亦非只觉得自己的内心，整个的变成了一片被火山熔化的岩浆。他渴望就近有一片南极般的雪原，让他敞开自己炽热的胸口，匍匐在那洁白的冰天雪地……

临别，美莹留给他一封信。然后，抬眼望着她，足有半分钟的时间，可亦非却无法从自己冰雪丽人的面部，看到任何有内容的表情。而后，他心中的"冰雪丽人"便无声地离他而去，而且是永远地离他远去……

6

冰雪丽人走后，亦非急不可耐地打开了她留给他的信。

美莹信中这样写道：

……

我看了你那个理想主义或者完美主义朋友——那个让我既感动又反感的"大作家"写的小说。他可真能写，虽说写得有些太抒情乃至夸张，但其中也不乏令人感动的地方。从根本上来讲，如果你还理智，你或许压根就不应该告诉我关于小说的事，至少不应该明确告诉我，那篇小说跟我有关。

我从小说中了解到你的全部心情。难得你下那么大的功夫，动那样一番心思，让你的朋友劳神费心写下那样一部"迷人"的作品。或许正是出于你那样的用心和那样的心情给予我的感动，所以我最终说服自己，让我满足你的心愿：与你有这次相会——一次我早已看清"你心中渴盼"的约会。

在我的记忆中，从与你相识的那一刻开始，我不能不说你没有给我留下过美好的、甚至是让我感动的印象和记忆。有的时候，我听见你的声音，望见你帅气的身影——无论是你气质迷人的背影还是不同一般的侧影，还有你那富有磁性和满富内涵的神情和笑容，尤其是你那不同凡响的内心世界，都是我所喜欢的。可我天生是个性格内敛和性情不稳定的人——这一点，连我自己都没有办法改变。一句话，我觉得让我远远望着你，电话里听着你，心里想着你，远比现实中见到你更美好——一句话，我只想用心遥望……

有的时候，我突然觉得我挺不喜欢你，甚至反感和讨厌你。这或许有我自身的原因——不仅因为我无法达到你内心的"很多"高度，还因为我不喜欢一个"如你一样的人"对我太好，尤其是一个我没有首先主动喜欢上他的、让我感到被动的人。而你在这方面却恰恰犯了我的这个大忌，且一而再，再而三。

在我离开你之际，我与你有今日的约会，前面说过了，是为了满足你的"心愿"或者说"渴盼"。然而你一定感觉得到，适才你拥抱和亲吻的，是一个没有多少感情、更不可能喜欢你的近似麻木和有些冰冷的躯壳。你从刚才那个"冰雪丽人"的身上，肯定感受不到你所想要的感情。真心告诉你，那不是因为我没有感情，而是因为我的感情处于休眠状态，或者说我有意让我的感情处于休眠状态了。你甚至觉得我不再像平时那样动人、那样漂亮和美丽。我同样真心告诉你，那是因为你拥抱我的那一刻，我的潜意识不由自主地让我隐藏了本该属于我的那份美丽和漂亮的活力与激情——一句话，你拥抱的那个我，或许根本就不是真正的我——那一刻，我的灵魂出窍，我的脑子一片空白，我的心灵、我的感情去到远方云游了……

尽管我知道有很多人喜欢你，可那是她们。我管不着别的人怎么喜欢你，反正我是真的没法喜欢你。如果要问我为什么如此不想、不能、不愿走近你和喜欢你的原因，有时也真的连我自己都说不清。但有一点我是基本清楚的，而且是没法改变的，那就是我觉得我们之间存在的那条代沟——尽管我早已听说过，跟我同龄的某个"她"甚至之前的好几个"她"，是多么多么地喜欢你……

　　面对你，我时常不由自主地思想和追问这样的一个问题：中外历史上有那么多品貌出众、年轻靓丽的女子，竟然会喜欢上大自己那么多的"男神伟人""风流才子"，年龄在她们那里真变得"不再是问题"。可那是她们，不是我——对于她们，我百思不得其解，也永远不愿理解——在我眼里，我只觉得她们一个个全是不可救药的心理变态神经病。

　　我要走了，不仅仅是到那个遥远的地方去学习去读研，而且我希望将来也不要回到这个地方——在众多的原因中，一个无须隐瞒你的原因是——我真的再也不想走近你，甚至见到你。我不知道十年二十年以后我会是怎样的想法，但至少目前我就是这样的心情和想法——我将这样的心里话讲出来，请你不要太在意。

　　对你，我永远都是那句话：对于我来说，我宁愿在遥远的地方遥望你。或者某个夜晚我的好心情允许和愿意的时候，我会在心里静静地想想你……请你理解我。

　　……

　　唉，一封早已准备好的信，还有她适才早已准备好的一切。美莹，冰雪丽人，冰雪之吻，一个让亦非难以理解和令他痛苦的女子……

7

　　是的，一封信，一封真不知道该说是有情还是无意的信。

　　尽管如此，可亦非还是说，自己对美莹的一份深情，让他觉得自己很幸福，这就足够了。他说这种美好和幸福，就像是有一汪蜜糖酿成的清泉和清澈溪流，在自己的心头潺潺流过。他甚至说，即便是美莹让他跳进眼前的泸沽湖，他也愿意（要我看，亦非真正一个要命的花痴神经病）！

　　听罢他这样述说，望着他，我不知说什么好。我的脑子有点发闷，不由自主地瞪了他一眼，可是说句心里话，其实连我自己都不知道，我这样瞪他一眼是什么意思。

　　你根本不懂得，人生最美丽的感情是什么——亦非冲我说道。

　　我望着他，没有作声。

顿了顿，他又接着说：面对美莹，我觉得自己就像是吸食了罂粟鸦片，体内的毒性毒素，真不知道该用什么样的良药解除，甚至恐怕今生怎么都解除不了了……

我知道，亦非毫无疑问是一位真正感性的诗人。可我觉得，依了我的观念和态度，他身上所发生的一切，并没有如他所说的那样心陷泥潭、情入膏肓、美不可言。

看着我的不靠谱的疑惑神情，引发了亦非的极大不满，他觉得我不够"知音"，于是给我讲述了如下这番他所谓的"自成体系的爱的哲学"——其间的有些话语，是他此前不止一次给我讲过的。正因为这样，所以我相信那是他灵魂深处的、爱的箴言和不能改变的情感信念——

我永远相信：爱一个人是可以没有世俗层面上的那些"理由"的。然而正是这种表面看似"没有理由的爱和理由"，往往有着无比深刻的爱的理由——这种爱是纯精神而非物质的，它纤尘不染，没有任何不纯洁的杂念。

爱是无比神圣的。精神之爱高于一切。对于我来说，爱可以是具体的，也可以是抽象的。而精神之爱很多时候、很大程度上就是抽象的，因为它在美丽的想象、幻想与遥望之中，在灵魂的深情拥抱之中，没有任何物质的依托。

我始终以为，能够认识一个清新美丽的、圣洁的、让你真正心动的人，是幸福的。跟你无比心仪的人相识，便是精神与情感的一种最高境界的获得和拥有。之所以如此，是因为，人并不是只为物质而活着，精神的满足有时会给人带来难以想象的心灵慰藉。正因为如此，今生认识我心中的"冰雪丽人"真的很幸福——即便她对我真的冰冷。

我知道，她的未来正如她自己所述——远走高飞。远走高飞的她，恐怕让我再也难能有见到她的时光。或许我应该潇洒地说一句：这没有关系。我相信，痛苦和失落过后，当心灵平静下来的时候，我会觉得，对我而言，这样的结果很好——见不到她的日子，我将用我的灵魂守望，那灵魂里有着的，是人间至深至纯的、诗一样的美丽真情……

我愿遥望蓬莱仙岛上的灵芝；我愿幻想昆仑冰峰上的仙草——在我的心灵深处，冰清玉洁的美莹——我心里永远的冰雪丽人，就是那养心的灵芝，就是那温情的仙草。

……

　　唉，面对这样一个亦非，我再也找不出什么合适的话语送给他。我能说什么？我只能在心里默默地念道——亦非，情痴啊……

爱新觉罗·雪丽儿

1

雪丽儿她们到达普拉兰度假胜地的第二天傍晚，在酒店附近的拉齐奥海滩，雪丽儿和薛姗意外邂逅"梦起点·文化传媒有限公司"总经理童道临。

雪丽儿不无吃惊地停下脚步，瞪大眼睛，以难以置信的神情望着眼前的童道临——向来性格内向理性的雪丽儿，这一刻在她脸上流露出来的，显然是一份少有的惊异。她掩饰不住内心的惊异乃至惊喜，朝童道临满含温情地笑了笑，前所未有地跟童道临友好热情地打了招呼。望着童道临，雪丽儿在心里寻思着：咋会这么巧啊？童道临怎么也在这个时候来了这里？不过，聪明过人的雪丽儿很快就猜想出了七八分的究竟来……

和雪丽儿不同，看到童道临的一刻，近乎惊喜万分、脑子来不及转弯的薛姗，兴奋得直蹦了起来，像鸽子一样伸开双臂，欢叫着飞过去旁若无人地紧紧拥抱了童道临——自我感觉让她毫不怀疑地认为，童道临定是为她而来的。

或许你也会纳闷儿：是啊！薛姗和雪丽儿这一对闺蜜好友，怎么会这么巧在如此遥远的普拉兰与"熟人"童道临相遇？

事情就这么巧。原来，五天前也就是周一上午，童道临从薛姗那里得知：在电视台广告部工作的薛姗和同在电视台担任名家访谈节目主持的闺蜜爱新觉罗·雪丽儿，将要去风光迷人的印度洋岛国塞舌尔的普拉兰·拉齐奥海滨度假。

薛姗单恋童道临已经有近三年的时间了。也许就是出于这份一厢情愿的暗恋吧，薛姗无论有什么话都想给童道临述说。这不，那天她竟然找着话儿似的，借机把自己和雪丽儿将要出国度假的行程日期、地点甚至入住的酒店等等，一项不落、详详细细全都告诉了童道临。

其实，就在雪丽儿她们到达普拉兰的当天，童道临坐了另班飞机也到了那里。在圈内有身份和早已小有名气的"梦起点"总经理童道临，通常绝不是一个遇事容易冲动和感情用事的人，可唯独在"非同寻常"的雪丽儿这里，他却一而再再而三地"失去理智"，表现得完全不像是他自己。

童道临这次来到遥远的拉齐奥，让知情的人看上去或许多少有那么一点"乘人之危"的意思——两周前，他听说雪丽儿和自己正在谈婚论嫁的上尉军官朱军闹了别扭，而且据说闹得比以往任何一次都厉害。矛盾的原因主要是朱军越来越不允许雪丽儿跟任何别的男性友人来往，可自己放任自流跟某高校女研究生肆无忌惮约会的绯闻，却偏偏顺溜钻到了雪丽儿的耳朵里。为此，他们两个人彼此差不多都到了决意提出分手的地步。后来，由于一向嘴比牙齿还硬的上尉，十分难得地表现出一点妥协的意思，雪丽儿也就顺势暂时地原谅了他。原谅归原谅，可两个人的感情较之以往更显得别别扭扭。

其实，熟悉他们的朋友都知道，雪丽儿跟朱军之间，一直处于热不起来的温乎状态。面对自己这位绝对大男子主义、既自私又特别自以为是的男友，雪丽儿越来越觉得无法忍受。但两个人又不愿意轻易放弃对方——大家看得出，朱军所放不下的，主要是人见人爱的雪丽儿那份冰雪聪明和漂亮容貌；雪丽儿所放不下的，恐怕跟朱军有一个担任军区后勤部副部长父亲的优裕家庭条件多少有些关系……

那天听薛姗说她们要去塞舌尔普拉兰度假，神情故作平静的童道临只是欣然地点点头，微笑着预祝她们玩得开心，除此之外，没有流露出丝毫别的意思。可在他的心里，即刻想到：雪丽儿在这个大热天季节突然约了薛姗去那么远的地方旅游度假，莫非是跟近来与男朋友闹别扭一事有关？

没错，童道临完全猜准了。获得这个惊喜信息的童道临，不由自主地将薛姗远去的背影幻化成了雪丽儿。想到雪丽儿她们即将开始的度假生活，童道临的脑际瞬间出现了拉齐奥的蓝天、大海和洁净的沙滩，还有在那蜿蜒的海滩上漫步的冰雪丽人雪丽儿……啊，梦一样的拉齐奥，你是多么的美丽，多么的迷人呀……

一阵激动和狂喜之下，他的感情失控症即刻犯病——他几乎不假思索地做出一个决定：撂下手头本不该撂下的所有需要处理的事务，甚至哪怕撂下比这更为重要的事务，他也要随雪丽儿她们之后，悄悄飞往梦中的塞舌尔"大溪地"——拉齐奥……

童道临一片痴情、心甘情愿飞到这位于印度洋的岛上，他心头的想法明确得不能再明确，纯粹得不能再纯粹——他的真实的目的只有一个，那就是：追随自己今生梦中的人，到达今生那个梦中的地方，对他来说，这便足够了……当然，他魂不守舍追随而去，跟那个自作多情、自以为是的薛姗，肯定没有半点关系。

你或许想问，作为童道临这样一个有身份、有地位、令很多人瞩目的人，究竟因了何故，会对雪丽儿这样一位有主的丽人如此不顾一切地大动心思？

此话还得从头说起。

2

童道临第一次见到雪丽儿是在五年前。

童道临永远不会忘记他第一次遇到雪丽儿时的情景。那是五年前的一个盛夏时节，去找熟人顺便在传媒大学碧溪花园林荫道驻足的童道临，被一阵轻盈的笑声吸引。抬眼望去，见迎面走来三位女子。三位女子穿着风格各异的时髦短裙，亭亭玉立，清纯芳香，一个赛过一个地漂亮。在经过他面前时，走在中间的那位即刻吸引了童道临的注意。客观地说，是"于瞬间深深地"吸引了他的注意。之所以如此，不单是因为她在这三位美女中长得最水灵漂亮，更因为她长得实在太像童道临记忆中的一位女子，甚至纯粹就像是那女子的翻版。

那个被眼前女子所"像"的女子，就是童道临相知多年的红颜知己夏叶。

惊喜之余，童道临悠然间悲从心来，因为看到这女子的一刻，他不由得想起他那永远不能忘却的红颜夏叶。不幸的是，此人已在两年前因意外事故香消玉殒，与他永远阴阳两隔了……好友的永远离去，给童道临的心上留下了深深的痛苦痕迹……

正因如此，所以与这三位女子擦肩而过、真真切切看到走在中间那位气质不凡女子芳容的一刻，童道临的心着实为之一怔。随即，他的两条腿便不听使唤地像是被钉在了那儿。他凝神望着女子的背影良久，或许是心有灵犀，三位女子竟然一齐朝他回过头来——那一刻，三女子无不为童道临挂在脸上的极不寻常的神情而感到意外并引起注意。凭着女孩特有的敏感，她们无不意识到，隐藏在这个男人特别神情背后的，是一份令人心生好感的真诚和友好……

你或许已经猜出了几分，那三位女子中，一定有雪丽儿。是的，不仅有雪丽儿，还有薛姗。

童道临与雪丽儿的相识或许是天意。三年前雪丽儿研究生毕业后，竞聘到市电视台做节目主持，而薛姗也一同签约到了该电视台的广告部。

这世上的事情有时候就是这么巧。

就在她们二人到电视台工作的第一周，去电视台接洽业务的童道临，一进大门便遇到了薛姗。这个两年前曾给薛姗留下深深印象、气度不凡的帅男人，此时相遇，第一眼就被薛姗认了出来，且主动跟童道临打了招呼——薛姗怕童道临想不起自己来，于是特意说明了一下他们彼此曾经"相遇"的那一幕，童道临即刻想了起来，脸上随即露出格外惊喜的神情。可是你知道，这一切绝不是因为眼前的她，而是因为那另一个"她"。

薛姗像是获得意外惊喜一般，回头便将这一消息告诉了雪丽儿。而童道临也从此跟电视台的业务前所未有地多了起来。通过薛姗，童道临很快见到了"她"——雪丽儿。再后来，常看雪丽儿主持的节目，一来二往，跟这个从第一次邂逅便击中童道临心扉的女子，很快便成了朋友。

比较麻烦的是，偏偏薛姗深深暗恋上了童道临——意识到这一点的童道临，无论他有意表现得多么"淡然"和"白水"感觉，可薛姗始终不愿意放弃。在这件事上，所有明白人不得不说，薛姗真像是被鬼迷住了心窍。其实人就是这样，当你单相思迷恋上一个人时，你不会因为对方对你表现出的某种淡然而甘愿随便放弃。苦苦单恋的人有时比那些彼此爱恋的人更为执着。

　　薛姗和雪丽儿都知道童道临是有妇之夫。为了知己好友，天生理性过人的雪丽儿，费尽心思从现实的角度，从道德的角度，从她所能想到的所有角度，一再劝说自己的好友，不可以堕入这样一个不该堕入的情网。然而让雪丽儿万万没有想到的是，来自童道临那颗蕴藏着火焰般激情的爱心的最大的"麻烦"，却是冥冥之中命定了准备给她自己的……

　　从看似彼此欣赏的好朋友的角度，童道临的确给了雪丽儿不少关心、帮了不少忙，其中比较重要的一件事，当是通过开发商朋友给雪丽儿以市场上没有的超低廉价位，买到了雪丽儿现在居住的那套房子……客观地讲，如果不是雪丽儿后来刻意拒绝，他真想为她把一切都做到无微不至。童道临不遗余力甘心情愿为雪丽儿做她需要帮助的一切，而这看似轻松的背后，有时做起来并不那么轻松。可问题是，只要是为雪丽儿，童道临一切都愿意。

　　在童道临的心里，他明白自己已经不可救药地深深迷恋上了雪丽儿。他知道，起初，他的确是将雪丽儿幻化成了自己的昔日红颜夏叶。但是随着时间的推移，他发现自己迷恋雪丽儿已不完全是因为夏叶，而确确切切就是因为雪丽儿本身——在童道临的心目中，雪丽儿超乎寻常的天生丽质令他着迷，令他沉醉，沉醉到他的心已经无法抗拒散发自她身心的那份天然的魅力。雪丽儿和夏叶，在他的心中越来越走向各自独立，就像她们原本就各自独立那样。

　　是的，雪丽儿自身的非凡魅力，已经不受任何别的因素的影响，她的整个的身心，已经完全亭亭玉立驻留在了他童道临的灵魂深处。按照童道临的人生哲学，在有关情和爱的这个问题上，从来都是一是一，二是二，一码归一码——雪丽儿的飘然走进他的心中，丝毫不影响那个静静安顿在他灵魂深处的夏叶……

　　也许正是因为爱雪丽儿爱得太认真、太在乎、太怕引起对方不愉快的缘故吧，有好长一段时间，童道临始终在极力控制着自己的感情，把对雪丽儿的这份无法扑灭的爱与激情，深藏在心底，以至于让自己的心灵变成了沸腾的熔岩翻滚着却又被死死压抑着的地下爱情之海。因为他懂得，越是深沉越是珍贵的感情，其用心用情，就必须越发慎重，它必须是犹如真情伴着生命一般的深沉付出……

然而终有一天，就像前面所说，雪丽儿还是越来越清晰越来越明确地意识到了童道临对她的那份不同寻常的"友情"，且这种感情在一种无法掩饰中不断地持续升温。面对这份令人不安的感情，原本理性的雪丽儿，变得前所未有的更加理性起来。她即刻做出了想方设法疏远和冷落童道临的选择。

说白了，童道临和雪丽儿的相遇，从一开始仿佛就是一个可以看到结局的悲剧……

3

童道临爱恋雪丽儿的这份感情实在是太强烈了。面对雪丽儿的有意疏远和冷落，痛苦中熬煎着的他，绝望得不知道该怎样安顿自己的这颗心。

如前所述，生来处事理性、很少感情用事的雪丽儿，打从发现了童道临的用心之后，便开始处于半冷不热乃至近乎没有任何反应的状态。这样的状态，真让童道临有点摸不着头脑。他不知道雪丽儿到底是个什么样心思的女子。对于雪丽儿来说，她真的有些为难乃至无奈——从朋友的角度，她知道内心美好的童道临肯定是一片真情好意，她不能、也没有勇气随便跟这样一位对自己一片好心、有修养有魅力的人，从此疏远；从另一个角度，她心里明白，童道临是真的不可以爱她的！而她则更不可以爱童道临——无论他是一位多么出色的人。更不用说，一直以来，自己的好友薛姗迷恋着这个男人，而自己又是不厌其烦给她讲过无数个如何如何"不可以"的大道理的人。从某种意义上讲，或许正是为了躲避童道临，雪丽儿在满心焦虑和并不十分满意的情况下，经同事介绍，认识并处上了自己现在的上尉男友。

然而，雪丽儿很快发现，自己的这一举措对童道临根本丝毫不奏效。甚至于正是由于冒出来个朱军，童道临对她的痴情更是表现得前所未有。她有时候突然有种心疼童道临的感觉，因为，在她心目中，童道临本是一位极具心理能量的、非同于一般的人。可就是这样一个常人眼里心力不凡的人，为了她竟会变得这样反常。有时候他所表现出的那种非理智和为她而焦虑不安的样子，让她觉得那不像是她所认识的童道临。她越来越意识到，童道临这个大男人，在她身上彻底钻了牛角尖。她懂得童道临的这份爱，但是其中那份"原发性的"真实的原因，雪丽儿自己始终也不明白。如前所述，童道临自己心里越来越明白，他深深痴迷雪丽儿，不再是最初的那个原因——他知道，他是真的迷恋上雪丽儿这个人了……

雪丽儿天生的看似傲慢是人所共知的，但真实的情况是：所有以为雪丽儿傲慢的人，其实都是大大地看走了眼。在这一点上，恐怕只有童道临最懂得雪丽儿。

在童道临心目中，就像是一百多年前那位叫勃拉姆斯的音乐大师评价绝世无双的克拉拉那样：雪丽儿是这个世界上最完美无缺的女子——她不仅有美得令人心醉的外表容颜，更有内心天然的舒雅秀美和白天鹅一般高雅的气质。作为"过来人"且有着相当心理能量的童道临，他深知自己不应该去"冒犯"这个他或许真不该冒犯的女子，然而，诚心与他恶作剧的爱神却一再地诱使他，让他这个滚烫的心最终还是不听他的任何把控，从紧紧捆绑着它的锁链中，野马一般挣脱了出去……

拉齐奥海滩相遇的次日清晨，薛姗身体不适在房间休息。身着雪白短裙的雪丽儿，独自来到晨曦中的海滩，感受清晨温柔海风的轻吻。

不知道为何，如此美丽的海滩，如此清新的空气，今天这里竟然没有几个游人。在雪丽儿的视野里，只有右边的海滩远处，有三两对情侣在那儿或漫步，或捡拾夜里涨潮时冲上海滩的贝壳。

潮起潮落疲惫了一夜的大海，终于平静下来，恢复了它昼夜循环中最平静安宁的状态。海滩是如此安静。温顺的海波，发出呢喃般的喘息声，像是对面前这位名叫爱新觉罗·雪丽儿的女子发出的深深爱恋般的问候。

如同亭亭玉立的维拉斯，冰清玉洁的雪丽儿静静地站在那里，面向大海，用心感受着大海这无法用语言形容的辽阔和蔚蓝。

心情不无复杂和难以平静的雪丽儿，深信大海是有灵性的。就像这一刻，她能感受得到有无限的激情在暗暗涌动的大海，就像一位等候多年的恋人，终于等到了自己梦中人的到来。大海深情望着她，向她敞开博大的胸怀，向她献上深不见底的痴情与爱恋……面对大海，她刻意地不想让自己想到童道临，可是没有丝毫办法——她越是这样，童道临的身影就越是和着大海的律动，没有商量地强行进入她的脑际大屏幕……

雪丽儿深信，身心面向大海可以忘却生活中的一切焦虑烦恼，一切烦嚣琐事和不美好；大海最能洗去身心的杂尘疲惫，最能抚慰一个人的心灵，也最能荡涤一个人的灵魂。而在这一点上，她知道，自己的心境和那个极度欣赏着自己的童道临，是完全同步的。客观地说句心里话，雪丽儿对童道临这个出色之人的方方面面的欣赏，是毫无疑问的。但无论怎么欣赏，就感情而言，她必须得把握分寸。因为她深知陷入了一种不该陷入的感情漩涡，意味着将会造成什么样的不堪后果……

这样过了许久，该是回酒店的时候了。一转身，却发现童道临静静站在她的身后——他是什么时候到的这里，来了多久？站在她的身后看什么？想什么？雪丽儿或许知道，或许不完全知道……

不知为何，这一刻雪丽儿突然觉得有点不自在乃至无所适从——仿佛连她自己都说不清楚，此时此刻，究竟是童道临在她面前的好，还是不在她面前的好。矜持到几近麻木的感情，拖着她，跟童道临如同陌生人一样打了个招呼。啊，一切，真是奇怪死了……

在童道临一厢情愿地苦恋着雪丽儿的这两年里，雪丽儿始终对童道临不远不近半冷不热。而此时此刻浮现在雪丽儿脸上的，正是这种让童道临看惯了的半冷不热。置身如此美丽的海边，是人生中多么美妙的时刻啊，可童道临所能面对和感受的，却只有这无限心仪之人无异于残酷的半冷不热……对于童道临来说，他将此看作是恶作剧的爱神对他的无情作弄，看作是冥冥之中那"应得的报应"——他想，雪丽儿一定是受了爱神指使，替那些此前所有被他童道临视而不见、无情冷落过的"追随和爱恋者"的一次浓缩式的集中报复。

4

夜里开始涨潮的时候，心情不能平静的童道临，来到洒满银色月光的海滩。

在童道临的心目中，月光下的海滩，这是一个人静心思考的最佳时刻和最好去处。他可以在这里海阔天空地想他想要思考和愿意幻想的一切——想他为之痴情深爱的雪丽儿，想在感情的沼泽里不能自拔的自己，想无穷无尽的大海，想总是难以预料其未来的人生，想自己难以驾驭的情感世界……

让童道临没想到的是，此时的雪丽儿也在思考也在想——想自己不知道该如何面对的这个童道临，想无所适从的自己，想她的上尉，想大海，想人生，想时时困扰着让自己觉得无可奈何的爱的情感世界……

此时此刻，他们两个人在海边待的地方其实相距并不远，最多不过百八十米——虽近在咫尺，却彼此不知。你可能要问，既然好不容易来到了这么遥远的地方，他们彼此应该随时保持联系，待在一起才是！至少对于童道临来说肯定该是这样，他该想方设法才对！可实际的情况是，他们的确不是这样。雪丽儿有意躲避童道临自不待言，而对童道临来说，正是在这一刻，仿佛上帝让无可奈何的他变成了一位瞻前顾后的"绅士"——不知道为什么，这一刻，他觉得最好的选择，就是远距离、静静地用心守望或守候着雪丽儿……

童道临不无自我安慰地越来越坚持一条爱的信念：超乎寻常的爱，不在于占有爱恋者的身体，而在于深深地进入她的灵魂……

坐在海边，听着大海涌动的潮声，仿佛进入出神入化之境的童道临在心里默念着：心爱的雪丽儿，你可知道，今生今世，我只想紧紧地拥抱你，深深地亲吻你，轻轻抚摸你冰清玉洁的玉体肌肤——除此之外，我不再有任何的非分之想……你一定会疑惑这是为什么？其实，原因很简单——一句话：因为我爱你，因为我爱你爱得太深太深！你应该知道，深爱一个人就要懂得百般地珍惜和保护她，就像被你深爱的那个她自己爱惜和保护自己一样，甚至要比这更胜。我心爱的雪丽儿啊，你要相信，你有多爱惜自己，我一定会比你更爱惜你——你当然明白，这个"爱惜"和"保护"指的是什么……

童道临相信，凡是发自灵魂深处的声音，一定会通过爱的信使，传达给对方——他相信自己的这番话，雪丽儿在心里是一定可以听得到的……

是夜，雪丽儿做了一个甚是奇异的梦。

梦中，她发现自己的上尉男友悄无声息地出现在她的床边。但仔细一看，发现站着的不是朱军而是童道临。他站在那儿，深情地望着睡梦中的她。宁静的月光从窗外无声地透进，朦朦胧胧，然而雪丽儿却能清晰地看到他的面部表情：童道临的神情显得那样的忧郁，可隐藏在这份忧郁背后的，分明是无法掩饰的万般温情和爱恋……雪丽儿在想：这世上，一个看似如此男子汉气质的男人，竟然会有如此温柔的神情呢……童道临静静地站在那里，过了许久许久……之后，他俯下身来，坐在床边，开始为雪丽儿轻轻诉说——真是太神奇了，你猜怎么着？童道临为雪丽儿诉说的，正是海边的童道临在心里默想默念的那一席爱的肺腑之言……

梦境中的童道临让雪丽儿大为感动。

那一幕令人感动的梦中情景，让雪丽儿一时模糊和忽略了一直以来她始终坚守着、本不该忽略和模糊的事……

雪丽儿似乎是一位很难随便被感动的女子。一直以来，对于童道临表现得"淡然和没有感觉"的时候，童道临始终觉得她的心中俨然就像是有一道无形却又坚固得让他的感情无法逾越的铜墙铁壁。然而今夜的雪丽儿，梦醒时分，她突然间芳心萌动——她的心头前所未有地海潮般涌上她平生所有的爱意来。她想到了"心血来潮"一词，但是，这一刻，她甘愿让自己心血来潮……

她身着那件粉色的薄如蝉翼的睡衣来到阳台。在这夜深人静的时刻，独自望着清澈如水的明月，听着大海充满激情的呼唤，她的心情再也无法平静了……她甚至盼着天亮。就在这种连她自己都觉得有点失去理智的、或许就是一时心血来潮的期盼中，她给他发去了一条满含温情的微信……

5

回到北京的当天下午，准确地说是雪丽儿下飞机后的仅仅一刻钟，童道临给她发了短信——两人相约会面，时间是第二天的下午，地点是燕都大厦A座5607号公寓。

童道临和雪丽儿的"幸福约会"的时间，从他们相约的那个下午两点半开始。

望着眼前的雪丽儿，如同沉浸在幸福梦境中的童道临，在心中暗暗问自己：她，这是真的在这里了吗？出现在我面前的这个女子，真是我梦中千百次千万次呼唤着的、亲爱的雪丽儿吗？

在向雪丽儿表白积压在心头的肺腑之言之前，一向能说会道的童道临，此刻却显得异常的拘谨，表现出些许缺乏自信的感觉。他略显别扭地说了一些像是带有"序奏性"的话题……

有一阵，童道临认认真真要雪丽儿给她自己的"靠谱程度"打个分，结果她给了自己 85 分。童道临静静盯着雪丽儿，神情中流露出无比的痴情和爱恋。过了许久，他轻轻告诉她："雪丽，怎么会是 85 呢？是 100 分，我打的。"没错，在童道临的心目中，这个让自己始终不能接近但却让他越来越深信不疑倾慕不已的雪丽儿，一定是这个世界上最稳当、最可信、最靠谱的女子。至少，在他童道临有生以来的记忆中，再也无人能和她相比。

然后，他要雪丽儿给他的"可信任度"打个分。雪丽儿脱口而出：100分，神情中透着无比的真诚。对此，童道临十分自信，他相信这绝对是从雪丽儿的心里说出来的——他自己给自己的可信任度，毫不含糊也同样打100 分。

童道临在心底里爱雪丽儿已经爱到没有任何余地，但他又是一个生来甚是理智又十分克制的人。他懂得，他明白，在上帝和世人的眼里，雪丽儿或许真是他不能去爱的人，但他的这颗像是被施了魔法的心，却偏偏让他爱她爱到不能自制、无法自拔。如此一来，等待着童道临的，只有望不到边的、充满戏剧性的痛苦和煎熬。

是啊，就像你所知道的那样：这世上最痛苦的爱，就是爱上了一个你不该爱、不能爱和根本就没法爱的人！

……

"雪丽儿，你可知道，我爱你爱得多苦啊，我的心都要碎了……"说完这一番话的同时，童道临即刻意识到，自己如此这般的表白多么的苍白和可笑，不像是他这位富有诗意的童道临说的。

望着如此表白的童道临，雪丽儿嘴唇动了动，什么话都没有说。

"雪丽儿，如果有人将咱们俩单独放逐到没有生机的撒哈拉沙漠或是月球上火星上一个月，你能相信我会做到不'冒犯'和'伤害'你吗？"

雪丽儿懂得童道临这里所说的这个"冒犯"和"伤害"指的是什么。她的眼神躲开童道临满含期盼的目光，好像是在望着一个无尽遥远的去处，而后不假思索地轻轻摇了摇头。

童道临没有懂得雪丽儿这番摇头的意思。他不知道雪丽儿是在说"那不可能"还是"我不知道"。童道临没有追问，其实无论是前者还是后者，都不是他心头所期望的满意答案……

爱得心醉的童道临轻声告诉她："亲爱的雪丽儿，你一定得相信，你必须得相信我，否则，你就真是太委屈这颗爱你的心了……"

顿了顿，他又接着道："我对你唯一的奢望，就是希望你今生能在心里哪怕最不起眼的地方，给我留下一个静静的角落，我便心满意足了。"

听完了童道临的表白，雪丽儿依旧没有说什么，只是以从未有过的温情，不无深情地望了童道临一眼……

6

对于童道临来说，这是生命中一个多么难忘的日子啊！——你可能觉得难以相信：从这个下午的四点到七点，童道临和雪丽儿持续激情狂吻整整三个小时……

这样的激情，如此的狂吻，如梦似幻美到极致。在童道临的人生记忆中，这一刻足以称得上他生命中前所未有的、幸福无边的醉生梦死。

而对于雪丽儿来说，起初她在心中像是开脱和安慰自己似的一再默默道：跨出这一步，就当是我对这个难以摆脱、也无力摆脱之人的一种无奈的安抚安慰吧。或者说，就算是对倾心倾情的童道临这份实在纠缠不休的痴情的最后了断和告别吧……正因为有如此这般的"恩赐"心理，所以当童道临渴求拥抱亲吻她的时候，她微笑着默许了……

然而，随着童道临那海潮一般的激情拥吻，原本处于"半拘谨状态"的雪丽儿，开始身不由己地渐渐跌入一种如梦似幻的美妙之境。再后来，她俨然觉得这一切已经完全变成了自己心中激情无比的、热切而美好的渴望……

啊，极度的甜蜜与恍惚之中，这一切显得多么的幸福和美妙……此时此刻，雪丽儿好似第一次发现、第一次意识到，原来自己的心底里对气度不凡的童道临早已怀着一份深深的感情，那是一份缠绵美丽的爱的眷恋！啊，这一切是多么的美妙……

不知道该怎么表白自己满腔热切之情之爱之激情的童道临，忘情地将雪丽儿深深拥在怀里，爱抚无尽地紧紧抱着她的腰，双手捧着她美得难以形容的脸庞，陶醉地深吻着这人间绝代丽人的芳唇……不知不觉中，两人扭曲着身子从沙发上滑落到地板，可童道临依然将雪丽儿紧紧抱在怀里丝毫不愿意分开……沉醉于幸福中的童道临轻轻地问雪丽儿："亲爱的，除了咱俩，世上还有这么坐沙发的人吗？……"

雪丽儿越来越表现出前所未有的陶醉和温柔。如此的温情，如此的温柔，连雪丽儿自己都不知道也不曾想过：自己怎么会变得如此这般让自己难以理解——我，难道原本就是这样吗？她近乎变得自己都不认识自己了……雪丽儿这般如坠云雾的梦幻状态，让童道临也同样觉得难以置信：雪丽儿啊，你是何等美如梦幻温柔如水的女子啊……童道临的心身为之激动和战栗。此时此刻，回归至人性最本真、最温情且因为这份本真和温情而显得不无脆弱的童道临，他是多么的感动，多么的幸福啊……

童道临不停地轻轻呼唤"我心爱的雪丽儿"。随着一次次爱的呼唤，雪丽儿以无尽的温柔，在轻盈的气息中一次次隐隐回答着童道临，声音是那样的柔软。如此柔软的声音，让童道临深深着迷，让他心醉，让他发狂，让他幸福得想要即刻死过去……

童道临和雪丽儿的身体紧紧地紧紧地贴在一起，相互间只隔着一层薄薄的单衣。童道临知道，雪丽儿这层单薄的衣服里面，便是她洁白如雪温柔似水的玉体肌肤……此刻，他之所以把她抱得这样紧，是因为他的一颗心强烈地贪婪地想要让他们两人的心在这一刻紧紧贴在一起黏在一起，好让他们彼此间血液的流动永远地混合在一起……

童道临和雪丽儿的嘴唇深深地亲吻在一起。童道临轻轻闭上眼睛，他的爱，他的心灵的眼睛引导着自己身心彻底进入到一个清新辽远的、蓝天白云般的无限澄明之境……在这清新无限、无边无涯的澄明之境，他的身心在爱的春风中沐浴和升华，他的灵魂被沐浴得空前的圣洁。虔心拥抱着这份澄明与圣洁，他用自己舌尖最敏感最细腻的触觉，痴情感受着天使雪丽儿像婴孩一样细嫩丝滑的唇，那是一种足以让他的身心为之战栗、融化、飘飘然的感觉……

雪丽儿雪白的牙齿无力抵挡童道临柔软却又爱到坚韧无比的舌头——美丽的芳唇、雪白的牙齿香甜可爱的舌尖……雪丽儿的芳唇雪丽儿的一切之于痴情得无可救药的童道临，就像是与苦苦等待了百年千年万年的生死恋人的相遇相逢……啊，世上最美的芳唇啊，世上最美的丽人！……在童道临的心中，这个叫雪丽儿的人，她多像"那位"梦幻中倾国倾城的王妃……

时间过得异常的快。已是傍晚六点了，童道临轻轻问雪丽儿：亲爱的，几点回？雪丽儿轻声道：再过一刻钟。结果这"一刻钟"竟然变成了让他们两人再度如同燃烧的烈火一样尽情拥吻的整整一小时，原本的结束变成了第二次爱的展开……童道临满含爱意的温情爱抚，让雪丽儿的整个身心再度融化，让她的一颗心为之而无法控制地战栗……那充满激情的沉迷，那美妙得难以言表的心的战栗，那种全身心被爱的火焰燃烧和融化的、梦幻般飘飘欲仙的感觉，一切，都是雪丽儿有生以来从未体验、从未梦想过的……

在两人深深拥抱着激情深吻的三个小时中，童道临炽烈的爱让他情不自禁地一次次对雪丽儿说：心爱的雪丽儿，你可知道，你要相信，我抱着的不是人们所理解的情人恋人，她是一位天使——一位世间绝无仅有、超凡脱俗的圣洁天使……

生命中难忘的这一年这一月这一日啊，童道临从此将这个日子当作自己生命中无比深情和难忘的纪念日。他在心中一次次地呼唤：我的雪丽儿，亲爱的雪丽儿；我的天使，我的美得像王妃一样的天使……你是我今生今世不可救药也无药可救的爱和痛苦……

和生命连接在一起的爱情，从来就像是一部激情似火的动人交响乐。爱得痛苦爱得发狂爱得心碎爱得绝望的童道临，自欺欺人地本想将这次约会当作他们这首爱到极致的交响乐的结束。结果深陷爱的漩涡和沼泽之中、昏天暗地不知身居何处的哪一刻，就像所有体验过这般极致之爱的人所懂得的那样，童道临深深意识到：这不过是他狂潮一般奔涌着的、爱的情感的最初呈示——他的这份爱，没有结束部，只有呈示和展开——永远的呈示和展开……

　　冰清玉洁的雪丽儿，在童道临的万般亲吻和爱抚下，彻底瘫软在童道临的怀里。在雪丽儿为他瘫软的那一刻，童道临仿佛看见有数不清的、原本坚硬的雪白的鱼鳞从雪丽儿的身上脱落、飘散……是的，那一刻的雪丽儿，前所未有地对他童道临不再有丝毫的心理设防，她的身心前所未有地放松，放松，和童道临的心灵相融、相合……

　　离别前的道别仪式，让童道临永生难忘……是的，他是一心想要以如此曼妙无尽的仪式，向雪丽儿同时也向冥冥之中的爱神表示：他童道临今生爱雪丽儿爱到了"99999"；他是想要以此仪式给自己命中注定终将孤独和空寂的心上，留下一串深深的、永远不想忘却的爱的印痕……

7

　　童道临没想到，无论如何，雪丽儿跟他童道临终究还是不同、还是不一样的——当激情过后渐渐复归平静、渐渐清醒过来的那一刻，雪丽儿心头的一切仿佛像退潮的大海一样，又开始渐渐地、渐渐地回到了当初。

　　身心渐渐归于平静的雪丽儿，像是从梦境中醒来，回到了属于她的理性和理智的世界。她越来越觉得，适才的一切犹如发生在虚无的梦里。略显疲惫略显木然的她，甚至在心里悄悄地开始为适才自己的所为不自在起来……

　　童道临和雪丽儿，在激情奔涌陷入爱的梦幻之前之中或之后的某一刻，是否想到过那个上尉军官呢？

　　想到过——

　　雪丽儿在想：那个自己原本名正言顺可以爱的人，却总是让她觉得他是那样的不可爱，因为他根本不讨人喜欢不怎么可爱让人没心思去爱，而这一切一切的责任决不能怪她雪丽儿。她隐隐约约地感觉到，和这个自私霸道又自我感觉良好的朱军分手，恐怕只是迟早的事。而此时此刻这个用心紧紧抱着自己的、本不应该爱的童道临，却像大海狂潮一样爱她爱得如此之真切之彻底之不可救药，不可救药到让她没有丝毫办法没有任何力量来拒绝——面对如此狂风暴雨般的爱，她不得不承认，自己真有点无可奈何……

童道临在想：雪丽儿根本就不该属于上尉那个混蛋，他们两个人在一起根本不合适。朱军那个无知又狂妄的自私鬼，哪一点能配得上天生丽质的雪丽儿？不用说他们两人感情本就岌岌可危，而事实即便不是如此，即便雪丽儿不那么讨厌朱军，他童道临也没法让自己不爱雪丽儿——有关爱这个问题，在面对雪丽儿的时候，童道临只信仰自己的真理和准则——所有道貌岸然的道德家们制定的那些有关"爱的人生准则和清规戒律"，在他童道临这儿他妈的彻底失效！童道临发自心底地厌恶、诅咒和唾弃它们！他恨不得掘地九尺将它们彻底埋葬永远去见他妈的鬼……

8

七时许，童道临送雪丽儿到电梯口，两人四目相对无声地道别。

轻轻点了一下开关，就在雪丽儿关上电梯的一刻，不知为何，那电梯竟突然失灵——门怎么都关不上。那一刻，站在电梯内的雪丽儿，神情开始显得有点不耐烦，掠过眉宇的一丝按捺不住的焦躁让她随口念叨（骂）了一声"鬼电梯真是讨厌"，随即瞟了一眼站在电梯外的童道临，没有说话，表情中流露出一分让童道临感到苍白的"木然和淡然"。从这分不经意流露出来的轻轻的淡然中，让不无敏感的童道临读出的，是一丝淡然的陌生以及比这似乎还要多的含义——他实在不愿意说出"无情"这个词……

关上电梯的一刻，一阵浓浓的失落袭上心来，童道临觉得从此把他和雪丽儿之间的一切都关到了两个世界……留在记忆中的只是适才电梯内的雪丽儿那明显不耐烦的表情——那是平静、淡漠乃至乏情和带有那么几分怨意的表情……

然而爱雪丽儿爱到无药可救的童道临，默默回到房间后没过半刻钟便又恢复到他的"常态"——雪丽儿之于他的所有不美好，在他的情感世界里全都被他那把健忘的扫帚清理得无影无踪，而留在他心中的只有雪丽儿那份永远的美好，只有适才惊天动地死去活来的爱与激情……

在这番惊天动地的爱与激情过后，此时此刻的童道临突然觉得，寂静空落的房间里留给他的，是有生以来从未有过的孤独和伤感——雪丽儿这才离开不到几分钟，童道临发现自己已经开始痛苦地思念起她来了。此刻他明确意识到：只要雪丽儿一刻不在他的面前，深深的相思和痛苦就会像幽灵一样，一刻不停地缠绕、弥漫和永远驻留在他失魂落魄的心间……

此时此刻，在这只有他一个人的房间里，童道临好不容易像意外发现一样，终于欣喜地找到了救命的心灵慰藉——他发现，他和雪丽儿适才"坐过"的沙发显得异常的可爱和前所未有的亲切。童道临深切意识到，他从此定将跟这沙发结下生死之交一般的依恋之情——一切皆因一刻钟前雪丽儿坐过这只沙发，更因为这亲爱的沙发亲自见证、"亲身"感受和体验了他和雪丽儿之间身心熔化的爱……

在沙发上静静坐了一刻钟之后，童道临在手机上给雪丽儿写了一封不长不短的书信："……我心爱的雪丽儿，望着你在海边拾贝的那张照片，还有那幅比年轻时的西班牙王妃还要迷人的情影，我真想把你抱在怀里，再好好地用心亲上一口，然后把你扔进大海那雪一样的浪花里……亲爱的，你是今生上帝赐给我的一个无边无际的痛苦……今生遇到你，我知道这是上帝对我这个一路走来肆无忌惮的'迷路者'的最大惩罚，这是我前世的宿命……我心爱的雪丽儿，你可知道，一个人爱到极致时，真有一种不想再活下去的感觉。他多么渴望在爱的幸福与甜蜜中，走向生命永恒的极乐……"

写完了手机书信，童道临心头有种前所未有的释然之感。他靠在沙发上，闭上眼睛静静地坐了一会，脸上露出幸福的微笑——这样的微笑，是只有在他想起雪丽儿、面对雪丽儿的时候才会有的幸福笑容。片刻之后，笑容在他的脸上开始渐渐地退去。伴着弥漫在他心头的连他自己都说不明白的幸福和快乐、痛苦和焦虑，他一口气喝完了眼前茶几上满满一瓶法国"朵拉"52 度红酒……

酒啊，真是个好东西！生来爱酒的童道临，此前还从来没有对这东西有过如此的亲切感。喝下"朵拉"的一刻，他突然觉得有种巨大而莫名的忧伤和悲凉，不知从心的何处而来，像山洪一样不带丝毫商量地涌上心来，裹挟了他整个的身心。极度的悲伤让他情绪彻底失控——他顿时泪如雨下。他无所顾忌，让这掺杂着无尽的幸福与痛苦的、五味杂陈的泪水，无尽地流淌着，流淌着。这一刻，他只觉得自己的一颗心被堵得快要透不过气、快要爆裂。伴着禁不住的哗然泪水，他隐隐发现自己裸露着的胸口生出一条不知是红色还是金色的拉链。他不假思索地"刺啦——"一声，拉开了自己的胸口。展现在眼前的，是自己那颗鲜红的、跳动着的心。在那热烈而孤独的跳动中，他看到了雪丽儿永远美丽的脸庞和微笑……

痛苦过后随之而来的是前所未有的狂喜……童道临顿时觉得自己突然间变得身轻如燕、如履云端，身心爽快得如同回到了二十四岁。他兴奋地打开眼前的落地窗，一阵仿佛来自天堂的芬芳气息随着轻风向他弥漫而来。

晚霞渐渐消失。他望着夜幕映衬下的一座座高耸入云的黑魆魆的建筑，渐渐地，那些建筑越来越模糊，直至完全隐去，代之而浮现在他眼前的，是海市蜃楼般飘浮着的七色云絮。就在这虚无缥缈的幻景中，突然出现了一副巨大的电子屏幕。那屏幕离他的视线越来越近。随着一声又一声低沉的钟声，那屏幕上由模糊到清晰，现出一行行的大小各异的字来——童道临定神一看，发现那是有关女人的"十一条真理"：十一条"真理"的正文前面有这样几句话：痴迷在花的世界里的迷路者，你可知道，这世上的女子，她们只有在这样的时刻、这样的情况下，才会想起你才会需要你……

粗粗读完了屏幕上的文字，童道临觉得自己的脑子像猫爪一样一片混乱。他闭上眼睛，想让自己的心静一静。片刻之后，等他再度睁开眼时，大屏幕不见了。出现在视野中的，重又是那些高高低低的建筑。与此前不同的是，此刻那些建筑到处都是灯火通明，然而仅仅片刻，灯火通明的建筑也不见了，代之以五彩斑斓的缥缈云霞……

啊，美丽的云霞啊！那一瞬，置身56层楼上的童道临，眼前迷迷离离、如梦似幻般出现了难以想象和无法形容的奇异幻景：万籁俱寂一望无际的雪白云海，云海上有七色的花雨似从天堂缤纷落下。渐渐地，渐渐地，雪白的云海又变幻成了大海——一望无尽的蔚蓝色大海。花雨依然在洒落。在那轻轻洒落的花雨中，童道临又一次清晰地看到了雪丽儿天使一般冰清玉洁的倩影，那样的轻盈，那样的飘逸……

童道临在心中轻轻地唤了一声："雪丽儿，我心爱的雪丽儿，今生今世让我心醉、让我魂牵梦绕的至心至爱……"他隐约听得耳畔有从未有过的乐声响起，那样的和谐，那样的美妙。随后，他带着满心的平静和超然，轻轻闭上眼睛，像是奥运跳水健儿一般，纵身跳入眼前飘着花雨的蔚蓝之中……

你不在的时候

1

约好的，那天咱们会面。

那是去年的去年，落下那场雪的前三天。会面的主要目的，是要你看看我新近完成的两件作品——一幅名为《夏夜》的油画，还有一件仿古的仕女彩绘。两件作品，都是你做的模特儿。

当然，和往常一样，除了看画，还一定会和你一道品尝我用精选的哥伦比亚咖啡豆，亲手煮制的咖啡。

顺便插两句：我总以为，咖啡不是像你那么喝的——两杯同时调制的咖啡，永远都是我的一杯先喝完。因为我从来都是喜欢趁热喝下，而你却总是放到我看着早已没了温度的时候，才慢慢享用——咖啡被你喝下了，但是那种不冷不热、凉兮兮的感觉，却被硬生生灌进了我的胃里。

可是，就在那天清晨，七点刚过，你突然发来微信，说要外出旅行，去新西兰。微信告诉我，"我放了你的鸽子，回来给你带一条还没学会咬人的小鲨鱼……"

看到这样的短信，不知何故，我的心，异常的平静。

不同于以往任何一次，我没有丝毫因为你的失约而显出一丝半点的不快——是的，心头连哪怕微弱的一丝失意的涟漪都没有轻轻波动一下。这样的平静，连我自己都觉得有点不可思议。

我回了短信，要你在新西兰玩得开心。

没想到，这样的短信，竟是我与你、与整个红尘俗世情缘了断的最后一个短信。因为，当你回来的时候，你发现，你不在的时候，我已经弃绝红尘，出家了。

2

有时，人心、人生的变故，就在那忽然灵动的一瞬，就在那一念生成的须臾之间。一切就像前往菩提树下静坐前夜的释迦牟尼王子那样。他的传记里说：那是一个夜空清澈如水、万籁俱寂的月明之夜。站在床前，望着熟睡中头发散乱、口水挂在嘴角的王妃，王子突然意识到，平日里仪态端庄的丽人，那番倾国倾城的花容月貌，原来是假的，现在看到的，才是真的……

当然，释迦牟尼的菩提静坐和弃绝红尘，绝非因为某一个简单的原因，而是因为日积月累，让他的眼睛看到的，让他的心智体会到的千千万万个原因。一句话，就是有关生命和宇宙给予他启示的所有的原因……

我非圣贤。所以我的变故的来临，不用在菩提树下静思三天三夜。我只需要在自己灵魂筑起的洗礼堂虔心打坐，一切便是了。

那是一个寒冷的日子，气温仿佛降到零下 30 度。凌晨，见漫天大雪。几十年从未有过的大雪，让整个世界变成天地相接白茫茫一片。那一刻，世间的一切，仿佛都被埋藏在了这天地相接的白茫茫之中，没有任何声息，真是天造的万籁俱寂。

在那白茫茫之中，东西不分、天地难辨。我，用一份冻得快要失去知觉的虔诚，捧着自己的心，行走在寂静的、只有"沙沙"落雪声音的大地旷野。

满世界的白茫茫凝神地看着，冰天雪地里，走来了想要让自己的身心变得如同这冰天雪地一样宁静洁白的人。连冰天雪地都觉得，这位来者有点太不寻常。

对我而言，这洁白和寒冷带来的是身心渴望的那份清爽，在这寒冷与清爽中，我终于停下了脚步，静静站在那里，闭上了眼睛。

闭上眼睛所看到的世界，那是属于我一个人灵魂独守的世界。你要相信，身外的天地有多么空阔，闭上眼睛看到的属于自己灵魂独守的世界，也是同样的空阔；身外的世界在落雪，而自己灵魂独守的世界，此刻也是同样的白茫茫一片。在那白茫茫之中，我分辨着天地之间的东西南北。现出亮光的一方，该是东方。望着东方，我的心中晨曦微露。

静默中，晨曦和着天地间的苍茫与洁白，伴随着一种巨大的力量，瞬间覆盖了我整个的身心。

沙沙沙，只有落雪的声音。

心，静到前所未有。

我能看得见：我的仿佛受着上苍主宰的身心，有万千的灰尘污垢在晨曦中悄然脱落，在天地的苍茫与洁白中悄然脱落，没有声息，大地的空寂和洁白的雪，无穷无尽地落进了我的灵魂……

身外的世界，还有我的世界，真是清静极了。就在这一刻，我的心告诉我：肉体、身心，生命，灵魂的洗礼，原本就是这样……

3

极度的寒冷中，天地间的洁白赐我一刻，让我的心与红尘告别，让我替你回忆那曾经有过的时光。

看看，一切是多么奇妙啊！我的周围，仿佛从地上突然冒出来一般，隔上了一座晶莹剔透的玻璃城池，将我圈在里面——外面，那属于往昔的一切都能看得见，且那样的清晰，但却不再听见那里的任何声音，一个无声的世界。

那个你，纯净得像一位天使……

记得，第一次见到你，是那年的初夏。那个雨后天晴、蓝天白云、青草和花儿上挂满欲滴的晶莹露珠的日子。近午时分，在百草园那座美丽的湖边，岸边垂柳的石子路上走来你们三位，你走在他们俩的中间。虽说你的同伴都很美丽，但和出水芙蓉一般的你走在一起，他们充其量也只能做你的陪衬。我没见过如你一般神情气质的女子。微风中，湖面荡起轻轻的涟漪，犹如美丽情人在春风中的微笑。你的那条洁白的裙子，也一同随风飘动，一直飘到我的心中……

你尚不认识的那个我，欢乐满园诗满园，情满心间。

表面看似平静淡然，实则活在一种诗的时时召唤之中，活在激情和美的拥挤不堪之中。那个我，以为眼中的山川河流，上天的阳光雨露都是专门等待着为他沐浴的；以为那原野上的开得嫣然烂漫的花儿全是上苍为他特意栽培的。他活在富足的阳光明媚之中……

可是，在见到你、为你驻足为你回首的那一刻，他发现心中的许多都不再重要不再清晰。见到你的那一刻，他不由自主地看到了记忆中那漆黑的夜色中，飘然落在那块巨石上的、绚烂的沉甸甸的火鸟羽毛……

从那一天起，我所有从心底里悄悄生长出来的动情的歌，全是唱给你的。你不能不承认，那是世间最美的诗最动听的歌。那里的每一个字每一个词没一个音符，都是由诗神亲自为他们沐浴美容过的。他充满着生命的活力，充满着灵气，充满着清新的气息和源自芬芳大地的爱与深情。

可是，你并不把这一切当回事——无论我为你唱着什么样的歌，晨歌还是夜歌；无论是最初那清脆的声音，还是后来变得有点沙哑的声音……

歌声日复一日。在我的歌声里，我终于将你小心翼翼地安置在一个我只能用心眺望的地方——除了托诗神向你献上月桂编织的花环和我悦耳悠扬的里拉，不再向你道白回响在我心中的任何声音。就这样，于一种宁静与缄默中，你成了我心中一件富有青春生命力的、永远清新灿烂的艺术品。

一个人，能够将一个能呼吸的活人当作一件艺术品的时候，他的精神世界便成了默默珍藏这艺术品的神圣殿堂。而精神世界能够变成一座神圣殿堂的人，他所拥有的这座殿堂，终将成为人们心之向往的境界——那是神圣清凉的去处。世上凡能走进这座殿堂的人，都可以在那里得到身心的沐浴和净化。

可还记得，那个我们，从此漫游在缪斯为我缔造的艺术王国。在那里，我睁着自己的眼、闭上自己的嘴、埋藏自己的心情，无声地伴着你，看那王国里我们所想看，听那王国里我们所想听。就这样，让时光在缪斯无言的神情里，静静流淌……

4

你明白，这是最后的回忆。

随后，我将关上身后的大门。我知道，这扇门，一旦关闭，我的身心，我的灵魂与过去的世界便从此两隔。

可就在这时，从我的前后左右，从遥远的地平线，飞来大大小小数十上百的各色鸟儿，如同七彩斑斓的云霞。

那是你从来没有见过的鸟儿——既有羽毛绚烂华美的火鸟，也有看似不起眼却可爱异常的麻雀；既有歌喉美妙的夜莺，也有身轻敏捷的家燕；既有能说会道的鹦鹉，也有神情清澈却很少言语的羞涩哑鸟……

它们或在我的头顶盘旋，或落到我的身边眼前，有的甚至落在我的肩上。从它们的眉眼间，我望见的是一种或满含疑惑或忧伤或爱怜或哀怜或哀怨或愤懑的、无奇不有的神情。

立在我肩头的鸟，留下无声的眼泪，打湿了我的衣裳；立在我面前的鸟，留下无声的眼泪，变成脚下的露水，挂在青草的叶尖。我知道，太阳底下，过不了多久，所有的泪珠就会化为乌有……

5

面对我自始至终的无声无息，所有的鸟，最后全都消失了。它们的身影，越飞越远，直至完全淡出我的视线……

随即，眼前出现了那颗据说是美国进口的、价值三十元一只的罕见的红苹果。

啊，顶级漂亮的、贴了标签的大红苹果。我从未见过这么好看的苹果，红红的，又大又圆又好看，弥漫着属于苹果才有的芬芳香甜的味道。这样的苹果，天底下有谁舍得吃呢？无论谁看见了，都会觉得：这样一颗举世罕见的红苹果，生来就是给人看稀罕的！我也这样想，它不能吃，只能看——如果你想吃，吃个啥样的苹果不行呢？

于是，我特别制作了一个可以通风透气的、晶莹剔透的水晶宝盒。我将这枚绝代佳人一样的苹果，小心翼翼放进水晶宝盒，凝神注目一个时辰，从此将它供奉珍藏了起来。

我说句属于良心的话，决定珍藏它的那一刻，只因它的美丽，只因它的举世无双，心存何等的善良。可是后来，我不得不承认，这是我今生做过的多么错误的事情。

两年差一个星期以后，苹果彻底风干了。风干了的苹果，就成了后来所有人看到的那番永远一成不变的模样——原来硕大的一颗红苹果，身体缩小了数倍，而今只有一颗核桃那样大小。形容枯槁的模样，看似有点像爬满皱纹的山核桃，但是鼻塌嘴歪满身皱褶变了形，完全没有了曾经的容颜，也远不比山核桃的心疼模样。原有的鲜红圆润和饱满滋润，早已被干枯的乌黑所替——如果是没有人类的记忆和想象，断然不能在你的回忆中还原这颗苹果曾经的容颜模样。

苹果中的绝代佳人啊，看着你，我方才意识到，我是一个何等残酷的刽子手。当初，我是动了何等愚蠢的善念，眼睁睁让你在我的眼前一天天变成了这副令人难以想象的模样——如果我当时吃了你，而今留在我记忆中的，永远就是最初看见的你，那个红红的大苹果——苹果中的绝代佳人……

说归说，想归想。最后，我怀着强烈的负罪心理，不得不痛心地向全世界宣布：这个有罪之人收藏着一枚全人类所没有见过的、目不忍睹的苹果木乃伊……

无言地扯下自己的所有愧疚、自责和伤悲，将它们扔在脚下，从此不再去看，不再去想。转身，眼前豁然开朗。

我看到的，是大海边一座植满了菩提的园子。我搞不明白，自己是什么时候到的这里？因为，当我发现的时候，我已经置身于这世外园子的中央。

在这里，我听到了有生以来那早已属于我的音乐——尽管还是那个莫扎特，还是马勒，还是拉赫玛尼诺夫……可是，在我心中，流淌自那些音符里的风光情景，一切都不再是从前……

我问自己，这是怎么了？

"痛苦"？谈不上——这个词业已远去，跟我的身心已经陌然。

我在这园中徜徉，心无孤寂。渐渐地，渐渐地，往昔的一切，连同他们的声音、话语、气息、气味、颜色、神情、温度、动作、感觉、触觉、视觉、思想、情感等等，等等，一概无声无息地离我远去，直至我不再触摸得到、嗅得到、尝得到、看得到、幻想得到一路走来的一切。是的，我完全忘却了那五颜六色数不清的从前……

6

走过一片青青芳草地，这里有大片姹紫嫣红的鲜花，但在我眼里，一切不再像是从前。若是在以往从前，遇到这样的美丽景色，我的心头定会生起一丝孤独，因为没有人跟我一同观赏这美景。

可是今天，我不再孤独，因为我发现，我的心早已变成了一座教堂——我虽然静默无言，但是我却能看见所有的朝圣者，我能望见他们为了朝圣的灵魂。

拥有属于自己的教堂，我有如此多的可看，可想，可做，可为，我想我从此不再孤独。

有一天，我看到一位老人，那是一个笑看人生，风流一生的过来人。此时此刻，我看到他写满灵魂深处的虔诚祈祷，一切皆因那吟诗赏花、踏歌而行的风流……

再一天，一位曾经声名显赫的达官要人，我看到他写满灵魂深处的祈祷，一切因他的失职而少有教养，纨绔无望的儿子……

又一天，我看到一位一路走来依靠谎言长大的女子，她为自己一路走来的心口不一、言行不一而忏悔。看着她的那副神情，看着她写满灵魂的祷告，我忍不住笑了……

又一天，我看到一位小女孩，她搂着爷爷的手，依在爷爷的身边，仰头望着身边的爷爷那闭目祈祷的神情——永远童心烂漫的爷爷，此刻心中依旧一片洁净澄明，一切就像身边这小女孩的心灵，那样的天然，那样的洁净……

日复一日，一天又一天，我看到四方八面形形色色的人，一个接一个，走进我的教堂……

7

时光，在宁静的无声无息中流淌。

这是一个阳光灿烂的日子。我用心听着阳光、微风和蓝天上飘动的几朵洁白云絮的温馨话语，独自在属于自己的园中漫步。

园中长满菩提，菩提叶子青青，挂满了夜里被雨水洗涤过的清新。我伸出手，想要触摸菩提树叶。可是还没等我触及，发现离我最近的一片形状极好的青叶，像是有灵性一般，向我轻轻摇曳，我分明看到了它和悦的微笑。我心头生出从未有过的温馨和感动，伸出双手将这菩提树叶连同它的微笑，轻轻合在手心。就在我轻轻合上眼睛的一瞬，一种前所未有的清凉，由我的手心沿着我的双臂而后散遍我的全身。我突然意识到，这是菩提传达给我的一种灵性，我从此不再怀疑菩提生来就有的灵性……

菩提的空间，长满了青翠欲滴的各种各样叫不上名来的兰草。菩提和兰草相依相辅，散发出一种淡淡的幽香，直入心扉，沁人心脾。走在这样的院子里，有种令人心旷神怡的感觉。

突然听见身后有人走动的脚步声。转身，发现阳光灿烂一片，四周为之明媚。在清新明媚的一片光芒与灿烂中，那神情慈爱的神明，正朝着我微笑。这微笑和着菩提与兰草的馨香，向我扑面而来。顿时，我的身心充满了被光芒与灿烂辐射和包围的温馨。

我也笑了，一种身心飘逸的幸福感漫上我的心头。是的，你我都认识眼前的清新明媚、阳光灿烂的神明——我们的那位大爱之神。

一片慈祥中，我们深深拥抱，我再次感受到适才菩提树叶给予我的那份身心的舒爽和清凉。随即，他紧紧牵起了我的手，朝菩提与兰草间的幽静小道走去……

菩提摇曳，兰草幽香。

阳光、蓝天、白云，碧透的清清溪流，还有那看似微不足道却比人的生命更为恒久的青青草地，都在对我微笑。大爱，在无声无息中散发和流淌。

在这样的无声无息中，我的心感受到天地永恒的爱，我的心听到无极宇宙的声音和宇宙无极的真理……

我，从此不再孤独。

孤独的回声

简约小说

1

那个落雪的夜晚过后，他的世界，须臾间变成了一个偌大的球形空间，就像你所熟知的那座京城大剧院。奇怪的是，这座外面看上去是浑圆的球形，内里却是标准的方方正正。它，不是一般的空间，是一座教堂。

在这偌大一个空间，里边只待着一个女子——我。

正如你猜想的那样，我是他的恋人——过去，我可能是他不止一个恋人中的一位，而今却成了这角儿中的唯一。

我是个命中注定了要遭同性妒忌的对象，多半是因了我的美貌。我有多美？不好说。我只能引用一位权威"美女评论者"的话——那人说过，我的美，可以倾倒半个世界。

你或许觉得好奇，为什么，我们，或者说他，后来会有如此的变故？

一切，都得从落雪之夜过后，他的忏悔说起。

2

记得那个静得要死的夜晚，忏悔之后，洗心革面、变得木雕似的他，给我讲述他的"忏悔"：

那是一个冰天雪地的早晨，雪，足有一尺深，或者两尺深，整个世界一片洁白，天上地下万籁俱寂。

东方晨曦微露的一刻。他说，他来到一片开阔的林地。视野之内，全是戴着巨大雪冠的森林。除了静默的森林，只有上帝和他。

无声无息，他将自己的灵魂扒出来，摆放在眼前的雪地里，摆放在洁白的上苍面前。

瞅着自己的灵魂，看了许久，直至眼看着那灵魂已经被冻得奄奄一息。他重又收起自己的灵魂，而后面朝东方，轻轻闭上眼睛——上帝看着他，他看着上帝……那一刻，他觉得，上帝变幻成的粉红色的晨曦，轻轻覆盖了他整个的身心，随即，那粉红色飘动着，开始轻轻地、静静地渗入他的灵魂……

3

从此，他的世界，便成了而今这座偌大的空间——仿佛只为我一个人所拥有的偌大空间。

"你撵走了所有，为什么单单留下我？"

"因为我没有任何理由撵你走。"

"那留下我来做什么？"

他笑了，就在他想要转过身去的那一刻，像是严肃又像是开玩笑似的说："做我的书童。"

做他的书童？啊，做他的书童，多么惬意啊……

"唯一的期望是，"他又补上一句，"没有上帝的同意，你不能离开我，做得到？"

我心想：离开？我何曾想过离开呢？——即便上帝要我离你而去，我都不会答应！永远……

从此，他的一切归我——他的身心，他的思想，他的灵魂。

从此，我的一切归他——我的美丽，我的芬芳，我的温情。

4

在这座空旷的屋子里，一切属于我，一切由着我。

我可以唱歌，我可以跳舞，我可以呼喊，我可以……

可是，可是待久了，突然有一天，不知为何，我突然感到了孤独，感到了寂寞，感到了无聊——可怕的孤独，可怕的寂寞和无聊。

在这个属于我的世界里，我可以由着自己为所欲为。可是，无论我怎么喊叫、呼号，我听到的只是我自己的回声。回声，变得那样的孤独。我一天胜似一天，活在了一个真正孤独的世界里……

我想到了从前——我的从前，他的从前，我们的从前——

那时，他的世界，车水马龙，拥挤不堪。他有那么多的粉丝——大的、小的、高的、矮的、胖的、瘦的、成熟的、年少的、平庸的、出众的……七颜六色五花八门，有时不免互相吃醋。我，被他们气得发疯……

那夜，没有风，没有云，没有雨和雪，月亮悄悄升起来了。夜的漆黑中，四周一片寂静。

寂静中，除了寂静，不再有别的。这一刻，想起来，有过去的一切存在的时日，生活多么有生气……

5

看上去，他在自己的世界里，倒是活得自在，活得忘我。

他成了一个我曾经无时无刻不在期盼的、身心灵魂干净的人。

可是，我，或许，还有我曾生活的、外面那个缤纷世界，因为他的神圣变故，从此失去了太多……

我只能在这座巨大的空房子里奔跑，跳跃，唱歌，然后郁闷、孤独、无聊。我听到的，只有自己孤独的回声……

我神圣的工作，就是做他的书童。

你属于我一个人，是吗？

他说：是的。

接着他又说：有一天，如果你离开了，这座房子就彻底空了……

我在心里轻轻问自己：你，会离开吗？

6

有一天，孤独和无聊折磨得几近疯狂的我，真的离开了——既没有征得他的同意，也没有征得上帝的同意。

你说得对，因为那座巨大的房子里着实太孤寂了——除了我自己的回声，什么都没有，空空如也。

出了那屋子，回首，才发现，那里早已是一座透明的存在。一个像我这样的人，怎么可以在那样一个世界活着呢？

没有了我，那透明之所，居住的，只有那个超然物外的灵魂……

7

多年后，一个寒冷的冬天。那一天，多年未见的漫天大雪，在我的记忆中，这里已经多年没有见过这么大的雪了。

气温零下30°。记不得是为了何故，一位女子鬼使神差经过那片寂静茂密的森林——你又猜对了，那女子，正是我。

我发现，他躺在冰天雪地里，身上覆盖着厚厚的雪。他的生命已经奄奄一息。我想要救他，可是我心里突又生出一丝莫名的顾虑，不知道为什么。

我该怎么办？救，还是不救？

我该怎么办？或者，趁没人发现，赶紧离开？

这样想着，我下意识看看我的前后左右，白茫茫一片，荒无人烟。

救，还是不救？——就在我打架的心再次催问自己的那一瞬，我终于做出了我自认为合适的决定……

最后一位恋人

1

从第一次拥有那份独一无二的爱的幸福体验，至今已整整 26 年过去了。26 年来，那清新如兰的味道，便一刻不停一刻不曾离开地弥漫他身心 26 个春秋。

每年的这一天——12 月 30 日，是他一个极特殊的节日。这一天，他数十年如一日地安排一个同样的仪式：有音乐、有红酒，且每一次都会打开一本特别的、如同圣物一样的相册，即此刻摆放在他眼前的这本相册——正如你猜想的那样，相册中所有的照片上都是同一个人。然后关掉手机，独自一人于无边无际的美妙回忆之中，诗意地度过他人生的温馨一刻。

今天又是他的这个纪念日——今生今世永远属于他一个人的纪念日。清晨起来，他认真仔细地洗漱，认真仔细地刮了胡须，再将自己的一头比雪还要白的银发梳得整整齐齐，且特意使用了电吹风，然后穿上那套自认为最好看的深蓝色培罗蒙西服。然后端肃地站在落地衣镜前，盯着镜子中的自己，盯着自己那双走过一生看遍整个世界的眼睛，盯着镜子中虽一头银发，然而神情和眉宇之间却流淌着清澈的、仿佛一万年都流淌不完的生命积淀、爱与智慧的精气神，注目良久。一副笔挺的样子，一派绅士风度，脸上流露出一丝不无满意的微笑。

之后，在自家别墅露天阳台的"水晶宫"，精心布置一番：白色大理石台面的多功能桌上，铺了一块崭新的绿白套色亚麻台布，然后摆上心爱的相册和书，摆上红酒，播放音乐——书是装帧极为精美的 2012 诺顿版歌德自传《诗与真》，红酒是法国"梦桐酒庄"的 18 度"朵拉"，播放的音乐是拉赫玛尼诺夫的第二交响曲，还有必然少不了的由水亦诗演唱的《漂洋过海来看你》……

有音乐，有红酒，在这些"情之所钟、心之所爱"的伴随下，在这特意为自己的灵魂营造的弥散着诗意与浪漫的宁馨氛围中，他开始小心翼翼地打开相册，认真仔细地"品读"起相册中的每一帧照片……

盯着其中的一副，他凝神看了很久。相片中，浪涛涌动的大海做背景，美得如同出水芙蓉一般光着脚丫的女子，秀发随风飘动，一个漂亮而轻盈的凌空腾跳动作，被永远定格在了海天相接的半空。照片的精彩在于：摄影者仿佛毫秒不差地抓住最佳时机，将这"迷人的动作"定格在了镜头之中……

凝神许久，他轻轻合上手头的相册，而后轻轻闭上眼睛，陷入深深的回忆之中。心灵轻轻触摸着那永远不可能散去的清新、温馨、迷人的笑颜和清纯芳香的气息，他的神情中流淌出幸福的微笑……

2

海浪一样涌动的思绪，携着漫上心头的丽人和丽人的神情、气息还有回响在耳边的笑声，带他回到了 26 年前——那年他 52 岁。

他的大脑荧屏又一次现出那无边无际的蔚蓝，还有属于那蔚蓝的特有的味道。

大海啊！那无边的蔚蓝只要在他的脑际出现，他的心便会不由自主地为之颤动。海边相遇，那是人生多么美丽的相遇啊——正如你所猜想的，那一天是 12 月 30 日。

海边的露天酒吧，坐满了休闲娱乐的游人和度假的情侣。几位俄罗斯艺术家又歌又舞的表演，给大家一种美妙惬意的享受。不知为什么，此时此刻的他，突然间觉得自己有一种充满激情的心潮在涌动，心头泛起前所未有的歌唱欲望。

"我能否给大家献上一曲?"绅士风度、笑容满面的他,话音未落,即刻引来一阵热烈的掌声和欢呼声。

声音品质一流的音响,管弦乐伴奏和着海浪的节奏一同响起。

他几十年来的拿手好戏——一曲《我的太阳》,令四座皆惊。不绝于耳的欢呼声、掌声,如此的气氛,让欲罢不能的他,不得不再来一曲。于是,他又演唱了那首更让听者激情不已的《今夜无人入睡》。而歌者自己,可能是受到这种气氛的影响,激情更为高涨,歌唱的感觉和状态比前一首更好。

就在此前他演唱第一首曲子的时候,一位女孩追着歌声闻讯赶来。站在一旁听得入了神。

望着身心投入的歌唱家,借着霓虹灯光,女孩心里悄悄问自己:此人如此面熟,他是谁? 我好像在哪里见过? 几乎就在这样疑问的一瞬,她突然想起来了——没错,见过,就在三年前那个音乐高考的招生现场。

那年元旦刚过,她陪着自己的好友琪雅参加某音乐学院前来本市的招生。考试间隙,她和琪雅听见从二楼考场教室里传来一阵音色漂亮、充满磁性、极富穿透力的男高音。循着声音而去,发现一位气质不凡、神情中散发着动人魅力的中年男士,正在扶着钢琴引吭高歌,一眼望去便知是此次招生的考官教授。为他伴奏的是一位气质同样高雅的年轻女士,一看便知是他一同招生的老师。说心里话,她当时的感觉是,这位帅气得如同电影明星一般的教授的歌声,一点不亚于她在电视里看到的那些明星大腕,甚至比他们唱得更好。因为歌声和歌唱的状态、表情太富有魅力,于是这一切便深深地留在了她的记忆里……

认出他来的那一刻,她的心控制不住地"突突突"跳了起来,那感觉,俨然就像是与自己的一位长相思的老熟人、好朋友于天涯海角意外相逢,而且又是在如此受人欢迎、为他喝彩的一个浪漫场合。今夜的他,无论是动情的令人倾倒的歌声,还是充满魅力的神情气质,似乎比三年前有过之而无不及! 一种莫名的激情、感动和幸福感,像挡不住的海潮一样漫上她的心头。

伴着观众们热烈的掌声和喝彩,热血沸腾的她,第一反应是:我一定要前去跟他打个招呼,必须的!

然而,等她情绪平静下来的时候,不无胆怯地意识到:自己这不是有点可笑吗？你跟人家认识吗？

然无论如何，想要跟他"打招呼"的念头，越来越强烈地盘旋在她的脑际，直至战胜她心中的胆怯。不知为什么，她下意识地看了看她捏在手里的那枚漂亮的彩贝——那是她适才在海滩漫步时捡到的、被她视为奇珍异宝似的美丽贝壳，她本打算将它留着献给自己未来的梦中恋人……

她不由得想：能把一首歌唱到这番境地的艺术家，他有着怎样的修养，他有着怎样的内心世界呢？……这样想着，她的心中悄悄生出满心满怀前所未有的幸福和热烈来。心想，莫非自己这是"喜欢"上他了？心中刚刚冒出这个念头，吓得她不得不即刻将它掐灭。她觉得自己有点太荒唐，于是在心底里将"喜欢"二字悄悄换成了"倾慕"。对，倾慕——像对一位令自己折服的明星一般的倾慕。

然而，无论如何，她的心，伴着海的蔚蓝，开始在一片火红的色彩中跳起舞来……

说来你还真的不要不相信，这世界，异性之间的动心动情、心生倾慕，甚至是那种不要命的一见钟情，有时往往就会这样——一切都在身心遭了电击的转瞬之间。就像你身边熟悉的许多女孩对一位大明星的那种突发的倾慕，直至痴迷到神魂颠倒。

女孩是这样，一位多情的男人又何尝不是呢？你，有没有过，记不记得，曾不小心被一位迷人的俏丽佳人击中了你脆弱的神经，盗走了你的魂魄？那一切，往往不都是在那要命的一眼之间吗？

可能是这位女孩天然的美丽和动人的神情仪态，太不同于眼前众多听者的缘故——众多喝彩的"粉丝"中，歌唱家竟一眼望见了站在灯火阑珊一隅的她，简直就像是猫的眼神。

看见她的那一刻，毫无疑问，清泉一般的女孩，给了他眼前哗然一亮的感觉。

他不由自主地朝着她，用一个优雅男人特有的美丽神情，向她示意，算是跟她打了招呼，一切就像是曾经相识的熟人那样。这番神情，无疑点燃了她的热情，给她增添了莫大的信心。她即刻决定：必须跟他打招呼。

"打招呼"的方式，俏皮、美丽又大方——等他离开歌台之时，她落落大方来到他的面前。

"老师，我认识您的！"话语中伴着甜美的微笑、散着清新的芳香。

等女孩说明详情，得知他们两人竟然在同一座城市工作、学习生活，不无感动的他，即刻觉得自己跟眼前这位女孩在如此遥远的地方相遇，此乃令人不无感动的缘分。面对这样一位如同天使一样可爱的女孩，面对这样令人感动的"缘分"，他和女孩之间即刻有种"一见如故"的感觉。这美妙无比的"一见如故"，伴着暖暖的甜甜的幸福感觉，悄悄漫上他们温馨荡漾的心头……

女孩神情娇娇。随后的交谈中，他们不无默契。她不仅将适才那一枚准备送给自己"未来恋人"的贝壳"献给"他，而且外加一枚菲丽罗巧克力。这一举止让他即刻觉得，这个漂亮的女孩实在太可爱太浪漫太不同于一般。

女孩名叫赵茜，21 岁，京城大学外语学院大三的学生。当初高考以成绩优异的声乐特长生入学。其实，依了她的声乐条件和钢琴演奏等各方面的素质，考音乐学院没有丝毫问题，只是因为外语太好，且有将来出国的想法，所以报考了外语学院。同时又以声乐特长生的名义报考，算是没有放弃艺术，以此圆了她高考的双重梦想。至于我们的男主人公，你或许并不陌生——首都某大学音乐学院的声乐教授兼合唱指挥，艾奇。

3

一周后回到京城，赵茜很快成为了艾奇的"业余"声乐弟子。

其实，这一决定是他们在海边相遇相识的那一刻，已经做出了的——无论对于她还是他，都是一个幸福地满足了内心的热切期盼、令他们感到开心愉悦的决定。是的，人与人的交往，一切都取决于心的感觉、认同与向往。他们两个人能有如此"师生情缘"，无论对于做导师的一方还是做弟子的一方，都是前世命定的。

用艾奇的话来说，人生凡是前世命定的东西，心，只有顺从。

赵茜不仅有着天然的清脆漂亮的嗓音，还有着天然的清纯与灵秀。艾奇一再感叹赵茜这样的好的条件，为什么当初不报考音乐学院——尽管赵茜早已说过其中的原因。

在艾奇的精心指导下，赵茜的声乐技艺又有了很大的提升。面对聪明灵秀的"弟子"，艾奇对她真是珍爱赏识有加。他怎么看怎么觉得赵茜无论哪儿都好。几个月后，恰遇学校的一次重要演出。跟往常一样，这样的演出定是少不了艾奇教授的节目。

一反常态，这次，艾奇没有像往常那样上独唱，而是决定出一个"二重唱"，曲目也不是一贯的意大利美声保留曲目，而是民族唱法的黄梅调《夫妻双双把家还》和山西民歌《想亲亲》。至于被"邀请"跟他搭档联袂的，你应该已经想到了——是的，赵茜。

他们的演唱入情入境。彼此之间的共同感受是：没想到他（她）竟有如此好的表演才能。二人的配合默契，出乎观众的意料，唱出了令人称绝的效果，全场为他们献上热烈的掌声。

有趣的是，一再谢幕之后，乐昏了头的艾奇，竟然忘情地依旧拉着赵茜的手，而赵茜似乎也有点兴奋得忘乎所以，直到台下有人玩笑起哄，两人方才意识到。

这次音乐会之后，艾奇连续度过了好几个不眠之夜。在无言的夜色带来的黑暗与寂静中，虽闭上眼睛，而灵魂却伴着爱的阳光和雨露、歌声与鲜花，狂奔狂欢在灯火辉煌的世界里。一个个不眠之夜，一种巨大的幸福感伴着仿佛青春复活的激情与些许的焦虑，弥漫和蹂躏着他为之战栗的心身。他左右寻思着，想为自己的不眠之夜做出一个"合理的"解释。但是，最终他不得不承认，那些"合理的"解释，全都不合理。

艾奇确信无疑，自己这是深深爱恋上了这个名叫赵茜的女子，爱上了这个让他的感情、他的心力根本无法抗拒的女孩。是的，没法抗拒——对于艾奇来说，面对这样一位天生丽质美得如此动人、如此迷人的女子，想要对她无动于衷，恐怕是很难做到的。因为他心里再明白不过：自己不是圣人。

随之而来的，是一种巨大的矛盾心理——因为赵茜是那样的年轻。暗恋上这样一位浑身散发着青春与芳香的女子，即便是不让对方察觉，他自己已经有了一种挥之不去的负罪感，因为这不符合他一向给自己制定的"情感约法三章"。

毫无疑问，他处在了一种令他幸福与痛苦的折磨之中。

真是凑巧。不经意信手翻开的一本书上，多情兮兮跳动着的几句话，启发了他，也激发了他："人生，什么吸引你，你就折腾什么吧！不折腾，你永远都是'做梦君'！折腾，是对梦想的尊重；不折腾，冬天到来的时候拿什么去回忆？哥们，什么吸引你，就折腾什么……"

同样的话，就看你以怎样的心境、从哪个角度去理解。对于艾奇来说，这几句像是从它们生出来的一刻便专门等着给他打气壮胆的不安分的话，无异于一剂要命的毒素。按他自己的话来说，就是"诱发和点燃了心底不该点燃又渴望点燃的爱的激情"，让他对自己包藏于心的、心动不已的隐私，从此失去约束。

也是从这个时候开始，向来注重自己仪表、气质不凡的艾奇，显然比以往任何时候更注重仪表风度了，甚至开始用起了法国贝奇香水。得体的衣着服饰和仪表，让他看上去简直年轻了十岁……

艾奇永远不会忘记将赵茜作为他心底明确的"暗恋"对象之后，两人第一次在一起的情景。那是夏日的一个午后。约好了，那天下午他给赵茜上课。

正巧，午间和一位远道来的朋友聚会，艾奇喝了不多不少的酒，有点兴奋。

那天赵茜的衣着装束入时而又不失得体，让原本无可挑剔的她，此刻显得比平时更为漂亮迷人。艾奇望着眼前的赵茜，一时没了上课的心思。赵茜的美丽，是艾奇在海边第一眼望见她的那一刻便深深烙在他脑海里的。但是今天的赵茜，她的衣饰，她的神情，她的楚楚动人，她的美得像一尊雕塑一般的线条，她那散发自浑身上下的甜美的青春气息以及这种气息对他的身心的强烈辐射，一切似乎都是艾奇以前所没有感受到的……

正在这一刻，有人敲门进来。艾奇发现来者是自己的好友童教授。跟朋友打声招呼，随后不假思索脱口道："童教授，你看看我的这位学生漂不漂亮？"

童先生一愣神，随即应和到："漂亮，漂亮！非常漂亮！"童先生一边应和一边瞅了亭亭玉立的女子一眼。他意识到，这位叫赵茜的女子，真是美到一种境界！但同时也不无意识到，自己的老朋友今天有点出乎意料的反常，神情异常兴奋，甚至兴奋到有点失态——是因为喝了酒？还是老房子遇着了烈火？

本来要咨询一件要紧事儿的。但见"酒兴未消"的艾奇心头有更要紧的事儿，明显有意不给他话茬，于是随便瞎聊两句便离开了。

童教授走后，艾奇重又回到适才的心境，两手轻轻做了个不无潇洒的动作，而后双手托着自己的脸，深情地瞅着赵茜道，"赵茜，我好困啊"，说话间轻轻闭上眼睛，内心掩饰不住的喜悦从紧闭的嘴唇流露出来，神情一片温暖。那透彻心扉的温情，无声地散射和覆盖到赵茜透着青春气息的身心。整个房间里的空气也似乎为之而变得温馨和充满激情。无比的温情与心的激动之中，时而睁开眼睛满含爱意地看着赵茜，直至看得她脸庞飞过一片迷人红晕、不好意思地低下头去。

就在赵茜低下头来的那一刻，艾奇那双好似带有透视感应功能的眼睛，仿佛看到、仿佛触摸到了这美丽女子那颗急剧跳动的芳心。无声中，艾奇将掩藏在心底的爱的热浪与激情，通过眼睛传达给眼前的女子，直至覆盖了她那跳动的芳心……

"赵茜，考你个问题：请你不假思索地说出一首你最喜欢的歌曲。"

赵茜为这突如其来的问题摸不着头脑，随即答道，"喜欢的歌太多了，一下子想不起来哪首是最喜欢的。"

"那就从你喜欢的中间随便说出一首。"

赵茜想了想，朝着艾奇抿嘴笑了笑，"那就范忆堂的《出色》吧。"

艾奇轻轻闭上了眼睛。赵茜以为老师酒喝多了，想要休息片刻。殊不知，此时此刻，自己这位犯了痴病的导师，正在悄悄地进行一番灵魂的自白："天下的男人，无论多么的道貌岸然，十之八九都是好色之徒，他们没有哪个不爱年轻美貌的女子！更不用说是像赵茜这样的绝色丽人。艾奇啊艾奇，别以为你是正人君子，跟你所谓的那些'坏男人'相比，你也是一样的……"

4

一年多的美好难忘的时光，在这对师徒彼此间动情的歌声、幸福与默契、纠结和痛苦中度过——他们两个人无不意识到，世上最迷人的爱情，总是和无法回避的纠结、矛盾和痛苦连在一起……

感情一天胜似一天，不时处于矛盾和痛苦中的艾奇，给赵茜写过数十封之多的书信。每一个品尝过人间私密而美丽爱情的人，每一个心中有过绝美之爱的人，读了这样的书信，都会有一种难以自拔的感动。看看下面这封因为一次不合时的"娇宠"，面对耍娇脾气的赵茜而写给她的信：

亲爱的茜茜：

我不感确定此时此刻的你想不想听我说，我心里对你是一种什么样的感情，但我还是忍不住要说给你听：我对你的感情，那是一种复合、聚集了世间所有美好感情的、蓝宝石一般的感情——那是父母对自己心爱的掌上明珠的那份感情，那是一位老师对自己最最偏心的爱徒的那份感情，那是一个走火入魔的暗恋者对自己情有独钟之人的无望感情，那是一位天真艺术家对自己最钟爱的艺术作品的痴迷之情，那是一个少有的真性情之人不接地气、迷魂沉醉的感情……

心爱的人啊，我真不敢确定这些话你是不是爱听。但是你要记住，世上的事情永远都有它的两面性或多面性。人类的经验告诉我们：一个人——无论是男人还是女人，其良好的自我状态、迷人气质和深度魅力，往往就是在无数人的关注、赞美、羡慕、爱慕、迷恋、追捧与喝彩声中，不知不觉地滋润和养育起来的——无论这些人是被追捧者在乎还是不在乎、喜欢还是不喜欢的角色。我深信，这些话，一方面可能会让你觉得不知所措，可另一方面，它定会悄悄变成你潜意识中可以养育你气质与魅力的蛋白素和营养液，让你一天胜似一天地滋润靓丽、清新灿烂——不管你相不相信，它都是人生的真理。

我昨夜给你说的那番话，是我痛心疾首的真心话：我越来越觉得，我原本可以成为这世上最最幸福的人——前提是：如果我没有心灵深处这份让我不得安宁的"纠结和痛苦"；可问题是，这个命里注定要跟我过不去的"痛苦"，它偏偏找上门来了；我说的那另一句话，也是真心话：如果上帝让我压根没有遇见这"痛苦"，那该多好啊！可是，可是，他让我美丽地遇见了……

亲爱的，我知道，今生今世，我的灵魂深处根本就不能没有你——你千

万不要怀疑，不要怀疑这是一时感情用事的话语。我是一个脑子无比清醒
——比任何任何人都清醒的、彻头彻尾的醉汉；一个明明知道自己错了，但
却死死不愿意改正错误的不可救药者……站在你面前，我愿意、我只能拿这
句话安慰自己：人的一生，能有几次这样美丽的错误呢，感谢我亲爱的上
帝……

　　亲爱的茜茜，别想太多，别理我就是了！啊，我的上帝！

　　……

　　终于，那个雷雨之夜——令艾奇和赵茜永生难忘的雷雨之夜。

　　此前，艾奇的记忆中，从来没有觉得一个雷雨之夜，在他的生活中，在
他的情感世界里有什么不寻常，当然更谈不上难忘。然而就是这个雷雨之夜
以后，他变得让很多人不能理解：他像是患了极度偏执症一般，从此深深爱
上了雷雨之夜——他从此固执地认为：大雷雨，尤其是夜间的大雷雨，那是
大自然积聚起来的最浓重最强烈激情的浩然释放，是天地之间的"大美之
最"！那是令无限生机的天地万物充满精气神的象征，是他艾奇生命中的"爱
之最"……

　　那夜，天公前所未有地暴雨倾盆。上完课的赵茜，一时根本回不了学校。
然而，无论是艾奇，还是赵茜，他们都没有因为暴雨回不了家而着急而焦虑。
恰恰相反，他们觉得正是因为这难得的大暴雨，给予他们可以在一起相处的
宝贵机会，正所谓天赐良机。面对着充满活力令人激动的电闪雷鸣，他们的
心头生出的，是一份深深的激动和对大雷雨的感恩。

　　透过敞开的窗户，一阵凉意轻轻袭来，坐在沙发上原本有一分距离的两
个人，不知不觉中移近了彼此的距离，直至感受到对方体温的丝丝辐射。赵
茜感受到来自艾奇的温暖，而艾奇却首先嗅到了从赵茜身上散发出来的甜丝
丝的清新芳香，尽管那样的清淡，但却令他沉醉。在艾奇的心中，这是生命
中体会到的最沁心的芳香……

　　在属于爱的世界里，两个命定的人，心灵的默契和互相的倾慕，就在一
抹神情一个眼神之间；有时连这样的眼神都不需要，一切只在两个人的气息
之间；有时连气息都不需要，一切只在彼此能够听得见的心跳之间……

　　在窗外充满激情的电闪雷鸣暴风雨衬托下，乘着赵茜传递过来的温柔无

比的气息，艾奇和她紧紧拥抱。一股爱的激情与暖流，跟窗外覆盖着大自然的闪电一样，哗然流遍两人的全身……

在艾奇的爱的记忆中，这是有生从未有过的体验。

艾奇心头生出一个明晰得像仲夏夜空中的明月一样的感觉，那就是：这个叫赵茜的女孩，是今生能够融化他的身心，能够融化他的感情，能够融化他的一切的圣洁天使。这可爱的天使，足可以让他忘记身外的一切……

过了许久，从裹挟得严严实实的爱与幸福中苏醒过来的艾奇，说出他心头的一个重大心愿——他贴着赵茜的耳朵，声音软软的说道："亲爱的茜茜，答应我，允许我说一句藏在心里的'疯话'吧，听完了这句'疯话'你想要怎么处罚我都可以。"

赵茜用仿佛因无力而轻微到几乎听不见的声音道："你说吧。""我真心告诉你：这一路走来，爱慕过我的，我心仪过的，我不愿意也没必要跟你说起他们，但有一点是确信无疑的：当你走进我心的那一刻，我觉得这个世界除了你便成了一片空白……当我深信我深深爱恋上你的那一天，夜色中，我眼里只看见一个洁白的身影，那就是你……茜茜，今生今世，我最大的愿望就是，紧紧地抱着你，让我轻轻吻你的芊芊玉手，吻你的脸庞……"

她静静地躺下，静静地闭上眼睛，像是在等待一种属于身心的陶醉和美丽的荡涤……

就在这一刻，定定僵在那里的艾奇，只觉得自己的眼前一片洁白——他看得很清，这赵茜，变成了一个冰雪做成的爱的极致标本……

静静地望着眼前的洁白。艾奇突然觉得这洁白是用来荡涤自己的灵魂的。瞬息之间，他只觉得自己的身体随着自己那颗被此时此刻来自大自然的电闪雷击的心，开始缓缓升腾，升腾到一个凌空的去处。在那里，身心越来越清爽的他，像朝圣一样，开始虔诚地望着眼前的洁白。他的心开始叩问自己的灵魂：你，今生可否饶恕？你的心所背负的一切，可是罪孽？也许，眼前这是你不可以看到的洁白。可是你管不了自己，你看到了……一种幸福和愉悦轻轻漫过他的灵魂，这样的喜悦让他的灵魂感到一份从未有过的慰藉。他知道，这，便是罪孽，这罪孽会让他的灵魂下地狱。可这一刻，他只想，罪孽，那就罪孽吧，即便有那么一天，灵魂真的下到地狱。

　　艾奇捂住自己的眼睛，不再让自己看到眼前的洁白。不知道是一种什么样的力量，让他的心渐渐地静了下来。是的，在他眼里，这眼前的洁白，彻底变成了一尊举世无双、旷世绝有的艺术品，一尊爱的极致标本，永远永远都是……

　　可是赵茜，心头涌起一股抑制不住的感情与热切。她轻轻闭上眼睛，紧紧地抓住艾奇的手，死死不肯松开。尽管没有说一句话，但艾奇能够清晰地看见，此时此刻，像天使一样的赵茜，她那流淌着迷人芳香的心里，想要说给他的话……

　　无论她怎么紧紧抓着他的手，艾奇固守了最后的防线。深深爱恋着她、迷恋着她、爱她爱得心碎爱得不愿意活着的这个男人，突然间像是彻底换了一个人似的，变得异常冷静起来。可能连赵茜都有些不能理解，他，怎么会这样?? 其实，只有艾奇心中的那个上帝明白：一切皆因为灵魂深处那胜过一切的、永远化不开的痴爱……

　　赵茜终于松开了手，艾奇瘫软地坐在沙发上。他觉得自己从来没有这样疲惫过。闭上眼睛，想要自己的情绪平静下来。可是，闭上眼睛让他看到、让他感受到的，是心的秋凉、心的雨季。

　　他看得见，在自己凉意不断袭来的心头，他看见一座本是满眼苍翠生机无限的山峦。可此时此刻，那山，被凝成团的、沉沉的云雾笼罩了。不久，那浓雾变成了充满无尽忧愁的雨雾，遮盖了山的青翠容颜……伴着忧愁的雨雾来到艾奇心头的，是跟那笼罩了山峦的浓雾一样、浓烈得化不开的忧郁和伤感……

5

　　"雷雨之夜"过后，一天不如一天，艾奇陷入愈来愈严重的忧郁之中。

　　有朋友劝告他出去散心旅游，比如到南国海滨，或是国外。几个月之后，听了朋友的建议，他终于决定外出"度假"，但选择的去处不是空气里飘荡着诗意浪漫的南国三亚，而是气温零下三十多度的寒冷北国——那个千里冰封万里雪飘、至今不为太多人所知的"雪国"。

来到雪国的第三天，艾奇24年前的友人雨儿突然来访。这让艾奇感到非常的吃惊，因为他无论如何都没有想到这位许久不见的昔日学生和友人，会在这样的时候，不远万里跑到这样一个偏远的地方见他。直到后来，他才知道，雨儿是如何得知他来这里的消息。为此，他打心里感激这位友人——真正的友人……

茶烟袅袅，尽显无助的孤寂和忧郁。和许多处于忧郁和孤寂中的人一样，忧郁中的艾奇，在昔日的友人面前显得异常的脆弱。他半真半假、隐约其词地向友人表露了自己的心声。

"雨儿，好久了，我生活在一种无法排遣的忧郁和焦虑之中。"

虽好久不见，但生性热情明媚的艾奇，竟然会天翻地覆变得如此的沉默寡言、满脸忧郁，着实出乎雨儿的意料。听了艾奇的开场白，雨儿没有搭话，只是凝神静静地望着艾奇，用自己的神情轻轻示意一下。很显然，她是要他继续说下去。

"不管你怎么想或怎么看我，或者怎么看不起我，我必须给你说心里话：我深深爱恋上了一个女孩——一个美得让我的心根本不知道该怎么办的女孩，一个我明知自己不可以爱但却没法不爱的女孩。"随即，艾奇把憋在心里的话，经过一番包装修饰，尽可能多地告诉了雨儿——当然，他不可能告诉雨儿，这女子姓甚名谁，什么身份。

听完了艾奇的诉说，雨儿盯着艾奇看了好一阵，而后用一种异常肯定的口吻道："凭着我对你多年的了解，如果我没有猜错的话，这女孩一定是你的一位学生。"

艾奇没有做任何解释。在雨儿眼里，这无异于默认。

按照自己的理解和判断，雨儿像一位有经验的心理医生一般，给艾奇讲了一席话。现将她当日发表的一些重要的言论摘录于此：

……

依我看，而今的你凭着自己的地位和声誉，将自己摆在了一种放任自流、自以为是甚至是肆无忌惮的境地。说得严重点，你是在走向灵魂的堕落。

就像好早以前我告诉过你的那样，毫无疑问，你的生性多情成就了你，但你必须清楚地认识到，这份多情它同时也对你的人生产生负面影响，它是影响你人生的一把"双刃剑"。

在很多你的仰慕者粉丝的心目中，你的成功和修为让你的头顶上有了一轮不大不小的"后光"，然而哪天由于你的不检点的言行，一旦亲手毁掉了你在粉丝心目中的形象，这轮"后光"便将不复存在。

你应该尽快地清醒过来，唤醒自己曾经拥有的那份"约束意识"——依了你的修为，你难道不能做到像池塘里的荷花那样"出淤泥而不染"吗？

人生的境界有三层——物质的、精神的和灵魂的。更多的人只在物质的层面，少部分人在精神的层面，极少极少的个别人，方能真正进入灵魂的层面。你自认为你是可以在这三个层面自由出入的人，我却认为你多少有"自欺欺人"的成分。进入灵魂层面的人，需要具备常人所没有的修为，需要心灵的极大定力，犹如弘一法师那样。

我知道你是一个非常爱惜自己的声誉的人。可是你的忘乎所以的言行和放任自流，与你的这种愿望是相悖的。对此，你身边的人或许知道或许不知道，但你不能肆无忌惮一味地抱有侥幸心理。你当意识到：天上、地下、你的周围，有许许多多你所看不到的"眼睛"——这些眼睛，它们无时不在看着你。

对你之所以如此苛刻要求，只因为你既不是"有钱就变坏"的商人，也不是大庭广众冠冕堂皇，背地里"老婆情人一大堆"混进我党的腐败公仆——多少年了，你是为精神活着的少数人；你是诸多粉丝心目中"灵魂干净的精神导师"。

按你的说法，你心中的这位女子，毫无疑问是冰清玉洁的绝色美人。在世人眼里，她定然是一朵艳丽娇美到无可比拟的鲜花。既然如此，你就该做一个品行高洁的惜花之人，好好地呵护她——你要让她健康成长，让这艳丽的花儿娇媚盛开，而不是放开你心中的魔鬼毁了她……想想，这一切，你做得到吗？

……

离别的一刻，艾奇和雨儿深深拥抱——他轻声告诉她：曾几何时，你只是我心中的丽人。而今你不仅是我的挚友，还是我人生的导师——在我心中，今天的你，犹如遥远地平线上的圣母……

是的，雨儿的一席话之于艾奇，犹如醍醐灌顶。他真不知道，曾几何时的那个笑声爽朗的雨儿，不知何时何故，竟然变成了这样，变得如此的严肃和哲学，哲学得让他有点不认识了……

无论雨儿言过其实与否，她走后，艾奇静静打坐两个时辰……这一刻，艾奇的心里生出一个念头——他渴望让自己的心获得一份安宁和平静，一份他不曾有过的安宁和平静。他意识到，此时此刻的打坐，不是形式上的，而是心的需求与渴望，而且是唯一的需求和渴望。席地而坐，虔心闭上眼睛的那一刻，他清晰地觉得自己的周边，那显得空寂宁静的地上，无声无息地长出了青翠欲滴的大片菩提……

菩提环抱中，他开始回想自己走过的人生路，想自己的一切……

两个时辰中，他将自己的心放了下来。他平静地脱开自己躯壳，望着自己的灵魂，审视、思考、拷问、评判、警醒自己……

艾奇心里明白，如果自己真像雨儿所说的那样"放任自流""自以为是""肆无忌惮"乃至"走向堕落"，那么，一个重要的原因，则是因为在他的潜意识中，长期隐藏着一种致命的、不可告人的主导思想。这思想，是一个孕育可怕毒瘤的温床。

他默默告诉自己：当新的一天新的太阳升起的时候，我将在晨光中忏悔，接受太阳的洗礼，开启自己新的人生……

6

夜里，悄无声息落了一场足有一尺厚的雪，让原本早已遍地积雪的冰雪世界，变得更加洁白寂静，犹如梦幻中不属于俗世的童话世界——一个地地道道的"雪国"。

这个清晨，雪在继续，漫天皆白。

你能感受得到，你能听得见凝结在天地间的寒冷的声音。满眼的洁白和洁白的宁静中，让你感受到一股扑面而来的凛冽。毫无商量地顺着你的鼻子灌进你心里散遍你全身的，只有静寂的冰天雪地的味道。可对于想要沐浴严冬这清冷晨曦的艾奇来说，此刻感受到的，却只有透彻心扉的清爽。这份清爽，是他的身心所渴望的。

这是晨曦沐浴下心的忏悔灵魂的救赎……

静静伫立在大地的洁白中，面对着眼前同样静静的、被白雪覆盖了树冠的森林海洋，艾奇的心中一片宁静，整个世界一片宁静。闭上眼睛接受晨曦荡涤的一刻，他用心擦拭属于心灵的那双眼睛。他开始审视和检阅自己的灵魂。他开始唤醒自己心灵深处或昏昏欲睡、麻木沉醉，或放任自流、为所欲为的那些堕落精灵……他清晰地看得见自己心灵的那些污垢们，难免神情黯然，难免连皮带肉，开始默然地脱落，脱落……他知道，在如此的宁静中，在如此无声的默然脱落中，灵魂获得的，是他想要获得、渴望获得的那份救赎和再生……

艾奇，在这样的忏悔和洗礼中，突然意识到，自己不再孤独。

身心的清爽中，好似受到某种神奇力量的点拨，艾奇如若梦醒一般，突然找到了太多或内心或外在的、可以让自己不再孤独的事物——那是伟大的艺术，那是充满生机的大地、洁净的雪原，那是美丽的山川河流、绿色森林，阳光大海……

雪还在飘，大地一片洁白，世界一片寂静与清新，就像此刻艾奇的心灵……

"度假"回到家，走出忧郁的艾奇，让朋友们重又看到了那份多年来属于他的神情，那里有爽朗的笑声，笑声中有明媚的阳光。

赵茜依旧跟随艾奇学习——直至一年多以后，生活让她做出新的选择的那天。

艾奇一如既往地精心指导她，且对她格外地关心，丝毫不减从前。但是除了教学和该关心的方面，艾奇不再提起任何与他们两人往日的情感有关的"题外话"。如此巨大的变故，起初一段日子里，让赵茜感到特别的不适应，因为对于变成这副神情、这样做法的艾奇，她完全不能理解。有的时候，她会盯着老师，无言地看上好长时间。是的，她不能理解，原来那样一个人，怎么可能、怎么可以变成这样……

没错，不要说赵茜不能理解，天下很多人都不能理解，因为这不大符合人性的常理。

要让一种精心养护起来的、堪称深不见底的情感完全死灭，无论对何人而言，都是一件困难到不可想象的事情。天下人如此，艾奇亦如此。治好心病走出忧郁之初，一切难免显得脆弱。重又见到赵茜的时候，艾奇的内心，不时会涌动一种让他觉得难以说服的感觉，那是一种无法用语言描述的感觉。除了艾奇在心中体会，恐怕没人能够明白那究竟是一种什么样的感觉——那是一种无声无奈的、淡淡的酸楚。但是每一次，他只要在心中默念那紧箍咒一般的"忏悔心语"，便会即刻平复心中隐约荡起的微澜，恢复心的平静。

最后一次上完课，艾奇递给赵茜一封淡蓝色信封的书信。他微笑着叮嘱，要她回去再看。

离开艾奇，赵茜急不可耐地打开信封，见信纸上，工工整整只写着一行字：

"赵茜，今生今世，你就是我灵魂深处的掌上明珠……"

尾声

经人介绍，赵茜认识了而今成为他的人生伴侣的那个人——哈佛大学一位才华横溢的理学博士。婚后，她随自己的博士丈夫去了美国，并在那里定居。生活在国外的赵茜，不时有书信来，而且只要回国便来看望自己的老师，没有一次例外。好巧，赵茜最近一次看他，是在去年的"纪念日"。这次探望，赵茜特意为他送上了那首让他爱不释手、百听不厌的歌。

这些年来，艾奇的心中怀着一份深深的感激。这感激，既是对雨儿，也是对赵茜……

让时间和我们一道，回到艾奇"露天水晶宫仪式"之后的第二天——

这天，艾奇在自己的卧室"寿终正寝"。

人们看到，他特意穿着自己当初那身情有独钟的笔挺西装，身边放着26年前赵茜送给他的那枚漂亮贝壳。

艾奇的葬礼恐怕是世界上最简单的葬礼——根据其遗嘱，不希望任何人来道别，尤其是他曾经的那些"友人"。他特别嘱托，骨灰撒进大河，因为大河跟远方的大海连在一起。

　　终于，他成了今生来世他的世界里哪怕只有他一个人也不再孤独的非凡生命——这是佛、是上帝给他的力量。在他的心里，一个人只要心中有阳光有雨露，有充满生机的大地，有绿色草地和森里，有山川河流和大海，还有上帝的天国，他就会永不孤独……